# À PROPOS DE L'AUTRICE

Originaire de l'Alabama, Harper St. George se passionne dès le lycée pour la romance historique et rêve de devenir autrice. Son rêve devient réalité avec *La prisonnière du Viking*, son premier roman publié chez Harlequin. Elle vit aujourd'hui à Atlanta avec son mari et ses deux jeunes enfants.

# Dans le lit du guerrier

HARPER ST. GEORGE

# Dans le lit du guerrier

*Traduction française de*
HÉLÈNE ARNAUD

Les Historiques

HARLEQUIN

*Collection :* LES HISTORIQUES

*Titre original :*
IN BED WITH THE VIKING WARRIOR

*Ce roman a déjà été publié en 2017*



**HARPERCOLLINS FRANCE**
83-85, boulevard Vincent-Auriol, 75646 PARIS CEDEX 13
Service Lectrices — Tél. : 01 45 82 47 47 - www.harlequin.fr
ISBN 978-2-2804-6028-6 — ISSN 1159-5981

Composé et édité par HarperCollins France.
Imprimé en octobre 2021 par CPI Black Print (Barcelone)
en utilisant 100% d'électricité renouvelable.
Dépôt légal : novembre 2021.

FSC www.fsc.org MIXTE
Papier issu de sources responsables
FSC® C159065

Pour limiter l'empreinte environnementale de ses livres, HarperCollins France s'engage à n'utiliser que du papier fabriqué à partir de bois provenant de forêts gérées durablement et de manière responsable.

*Pour mes parents, merci d'avoir fait tant de baby-sittings pour me permettre de finir ce livre !*

*Comme toujours, merci à Tara Wyatt et Erin Moore qui sont toujours là quand l'écriture devient difficile. Merci à Brenna Mills qui lit mes premiers jets. Et un merci tout particulier à Michelle Styles pour ses conseils et le partage de ses connaissances historiques. Vous êtes les meilleures. Je n'ai pas de mots pour vous dire à quel point j'apprécie votre aide. Enfin, un grand merci à mon éditrice, Kathryn Cheshire, qui m'a aidée à faire vivre cette histoire !*

# Chapitre 1

La fumée lui piquait le nez, emplissait ses poumons à chaque inspiration, presque suffocante. Il poussa un profond soupir, pris de vertiges et de nausées. Mais son corps avait tant besoin d'air qu'il inspira de nouveau.

Une violente quinte de toux déchira sa poitrine et l'élança sous les côtes. Il pouvait à peine bouger, un poids immobilisant ses bras. Il ouvrit lentement les yeux — son trop long sommeil rendait cette simple tâche épuisante et, l'esprit encore embrumé, il sentit le début d'une migraine tambouriner sous ses tempes.

Un halo orange emplit son champ de vision et il dut refermer les paupières pour contenir la violente douleur qui menaçait de briser son crâne en deux. Au bout de quelques instants, il prit conscience de la chaleur qui léchait son corps, brûlante, agressive. Il était bien trop près du feu ! Détournant la tête, il fit l'effort de soulever une nouvelle fois ses paupières et découvrit, en face de lui, deux yeux grotesques, grands ouverts et vitreux. Des yeux qui ne voyaient plus rien. Les yeux d'un mort. Ce n'était pas la première fois qu'il contemplait pareil spectacle. De vagues souvenirs de cadavres étendus au sol lui revinrent. Il se tourna autant que son corps engourdi le lui permettait pour voir le reste du visage. La tête était monstrueuse, déformée par un cri d'horreur silencieux.

Il ouvrit la bouche à son tour pour appeler à l'aide, mais seul un son rauque et angoissé s'échappa de ses lèvres. Il voulut alors se redresser mais le fardeau qui pesait sur lui l'en empêcha. Il comprit enfin. Tout autour de lui, des yeux sans vie étaient braqués vers le ciel.

Il était allongé au beau milieu d'un tas de cadavres. Les guerriers tués avaient été dépouillés de leurs vêtements et de leur identité, avant d'être empilés en attendant d'être brûlés — cela épargnerait aux assassins d'avoir à creuser des dizaines de tombes et tiendrait les vautours à l'écart.

Comment était-il arrivé ici ? Il n'en avait aucun souvenir. Aucune image de bataille ne lui vint en mémoire et les cadavres qui l'entouraient ne lui évoquaient rien. La seule chose qu'il savait avec certitude, c'était qu'il n'était pas mort, mais qu'il le serait bientôt s'il ne trouvait pas un moyen de s'enfuir. D'un mouvement brusque, il dégagea son bras du corps qui l'écrasait. La violence du geste le fit rouler sur le côté et il atterrit sur la terre dure, à côté du tas de cadavres. Il resta allongé là quelques instants, la joue pressée contre le sol, essayant de recouvrer ses esprits.

Quelques petits gestes lui permirent de s'assurer qu'il n'avait pas de blessures, à l'exception de quelques égratignures sans gravité. Il était nu, certes, mais ce n'était pas le moment de s'en soucier… Chaque respiration le faisait souffrir.

S'étant éloigné du feu, il inspira une grande bouffée d'air, encore un peu chargé de fumée, puis parvint à s'agenouiller. Une douleur aiguë lui vrilla le crâne. Il leva péniblement une main à sa tempe et découvrit une large plaie. Le sang avait coagulé et s'était en partie englué dans ses cheveux.

Quand il baissa son bras, le monde parut pâlir sous ses yeux et tout se mit à tourner. Il dut prendre appui au sol pour éviter de s'écrouler. Avec la conscience de sa blessure, une pulsation lancinante avait surgi derrière son front qui refusait de s'apaiser. Il fut pris d'une nausée violente et tomba vers l'avant.

Il passa une main sur son torse et sentit une fine couche de poussière sur sa peau. Une odeur de cendre froide…

Combien de temps était-il resté inconscient ? Quelle bataille l'avait entraîné ici ? Plus il cherchait à se souvenir, plus sa tête semblait lourde, douloureuse. Il laissa donc sa mémoire en paix, releva la tête malgré la nausée, et jeta un rapide coup d'œil à la clairière pour s'assurer qu'il était seul. À présent, le plus urgent était de se mettre en sécurité. En découvrant un homme vivant parmi les corps, ceux qui avaient préparé ce bûcher ne montreraient sans doute aucune pitié.

Un sentier courait au milieu des arbres. Il allait le suivre, disparaître dans la forêt pour laisser derrière lui le brasier et la mort certaine qui l'attendait… Avant de se redresser, il ne put s'empêcher de jeter un dernier regard à l'amas de cadavres. S'il s'était battu aux côtés de ces hommes, l'un d'entre eux au moins devrait lui sembler familier ; mais il ne reconnaissait aucun de ces visages, ne voyait que des inconnus, des étrangers. Quand il parvint à se relever, il fit avec difficulté le tour de cet amoncellement — il devait y avoir vingt corps, peut-être plus — et toucha ceux qu'il pouvait, à la recherche de survivants. Hélas, il ne sentit sous ses doigts que leur peau froide et rigide.

On n'avait rien laissé d'utile, rien qu'il aurait pu prendre avec lui. Les vêtements des morts avaient disparu, sans doute brûlés ou emportés par les vainqueurs. Il n'y avait pas d'arme non plus. Les flammes l'aveuglèrent et la fumée âcre lui fit monter les larmes aux yeux.

Il fit enfin volte-face, s'enfonça dans les bois en trouvant appui sur les arbres qui bordaient le chemin, dans un effort surhumain pour rester debout. Ses jambes menaçaient de le trahir à chaque pas, trop faibles pour porter son poids, et il avait le plus grand mal à conserver son équilibre — sans doute à cause de sa blessure à la tête. Il devait à tout prix trouver un endroit sûr où il pourrait se reposer quelques jours. Et il avait besoin d'eau pour apaiser sa gorge irritée.

Le ciel était couvert et aucune étoile ne venait éclairer son chemin. Mais cela n'avait aucune importance : il ne savait ni où aller ni d'où il venait, et il ignorait même son propre nom. En dépit de ses efforts, son esprit n'était qu'un vide sombre et vertigineux. Sa frustration ne faisait qu'accentuer la douleur lancinante qui lui vrillait les tempes et il s'efforça de chasser ses pensées. Il fallait qu'il trouve un lieu où reprendre des forces, le reste reviendrait certainement quand il se serait soigné. La mémoire finirait bien par lui revenir !

Le bruit d'un filet d'eau ruisselant sur la roche attira son attention. Le cœur battant et les jambes animées d'un sursaut d'énergie, il se laissa guider par ce son dans l'obscurité. Finalement, sa main quitta le tronc d'un grand chêne sur lequel il avait trouvé appui, il glissa dans la boue de la berge et se retrouva dans l'eau froide. Les galets meurtrissaient la plante de ses pieds nus. La tête la première, il se plongea avec délice dans le ruisseau et avala de longues gorgées d'eau, comme s'il n'avait pas bu depuis des années.

La rivière était glacée mais l'eau lui parut brûlante, tant sa gorge était enflammée, et d'un goût de cendre. Avant même d'avoir le temps de réagir, un nouveau haut-le-cœur le saisit et il recracha tout ce qu'il avait bu. Tout son corps le faisait souffrir à présent, et il pressa ses paumes contre ses tempes pour chasser son vertige, en vain. Affaibli, il retomba sur la berge et resta allongé là, immobile. L'eau glacée venait mordre sa chair dénudée, mais il songea qu'ainsi il ne pourrait pas s'évanouir et décida de rester là.

Lorsqu'il ouvrit à nouveau les yeux, son champ de vision était encore trouble mais, refusant de sombrer, il s'assit. Cette fois, il prit soin pour boire de recueillir l'eau dans la paume de ses mains pour n'avaler que de petites gorgées — juste assez pour apaiser sa douleur.

— Halte !

Le cri était sorti de nulle part, transperçant son crâne d'une myriade d'aiguilles acérées. D'autres ordres suivirent, émis d'une voix sèche, si rapidement qu'il ne put les comprendre.

Un homme seul sortit de la forêt en passant près du gros

chêne et se précipita sur lui. Il avait dû suivre le même chemin depuis la clairière. La nuit était trop obscure pour y voir clair, mais l'inconnu portait une tunique sombre et brandissait une épée de ses deux mains.

En dépit de sa blessure, il n'avait plus le choix : il devait se battre. Malheureusement, sans arme, sans armure et sans vêtements, il partait avec un désavantage certain. Il se leva, les dents serrées, bien décidé à garder son équilibre, et recula lentement dans le ruisseau pour attirer l'homme sur la berge. Il n'avait aucun moyen de se battre sur la terre ferme, à mains nues contre un adversaire armé, et de s'en sortir indemne — surtout avec cette plaie qui l'empêchait de réfléchir clairement. L'eau glacée lui montait jusqu'à mi-cuisse quand il s'arrêta, mettant l'homme au défi de le rejoindre.

L'inconnu s'immobilisa au bord du cours d'eau, son épée dressée au-dessus de sa tête, trop loin pour présenter une menace sérieuse. Même si l'arme s'abattait, elle finirait dans l'eau. L'assaillant se remit à parler, plus lentement et d'une voix emplie de haine. Il eut besoin de quelques instants pour comprendre le sens de ces paroles — d'autant que l'homme parlait d'une manière étrange, avec un accent marqué.

— Tu mourras ce soir, Magnus. Tu ne pourras pas t'échapper une seconde fois.

*Magnus.* Etait-ce comme ça qu'il s'appelait ? Ce nom n'évoquait rien pour lui, n'éveilla aucun souvenir. De toute évidence, sa blessure avait causé bien des dommages…

— Qui êtes-vous ? demanda-t-il d'une voix rauque qu'il ne reconnaissait pas lui-même.

Et à son grand désarroi, l'homme éclata de rire, ses yeux scintillant d'un éclat mauvais dans la pâle lueur de la lune. Pourquoi avait-il tant de mal à s'exprimer ?

— Mais tu es devenu idiot ! Peu importe. Je suis venu t'achever, Magnus.

Magnus — puisqu'il semblait s'appeler ainsi — recula encore de quelques pas pour forcer l'inconnu à s'avancer.

L'homme s'exécuta, grimaçant lorsque l'eau glacée imprégna ses vêtements puis se pencha, essayant d'atteindre sa cible d'un coup d'épée. Sans doute préférait-il ne pas trop s'enfoncer dans le ruisseau. Magnus évita le coup d'un mouvement vif et instinctif qui raviva son vertige. Tout sembla tourner autour de lui et il se rattrapa à la seule chose qu'il avait à portée de main : le poignet de son adversaire.

Il tira d'un coup sec et se jeta dans l'eau en entraînant l'autre dans sa chute. L'inconnu ne lâcha pas son arme et reprit pied sur les galets. Sans perdre un instant, Magnus attrapa la jambe de l'homme, derrière le genou, et tous deux tombèrent une seconde fois dans l'eau. Il ne fallut pas longtemps à Magnus pour prendre le dessus, serrant le poignet de son adversaire le plus fermement possible pour l'empêcher de se servir de son épée, tout en exerçant une pression du genou au milieu de son torse.

Libérant sa seconde main, l'homme lança un coup de poing à l'aveugle, heurtant brutalement la tempe de Magnus, juste à côté de la plaie qui se rouvrit. Un épais filet de sang chaud coula dans son œil et brouilla sa vision. De nouveau, l'homme parla, un grondement indistinct derrière le sifflement aigu qui résonnait aux oreilles de Magnus.

Ce n'était pas le moment de s'abandonner à sa faiblesse. Il fallait frapper. Gagner ce combat ou mourir — et il ne se laisserait pas entraîner à nouveau sur la pile de corps.

Lâchant son adversaire, il agrippa sa tunique et le frappa de toutes ses forces en plein visage. L'os du nez émit un craquement sinistre, aussitôt suivi par un violent cri de douleur. Instinctivement, l'homme lâcha son arme dans l'eau.

Magnus profita de l'avantage et poussa l'homme dans le courant glacial. Ce n'était pas une noble victoire ; il aurait préféré achever son agresseur à coups de poing ou d'épée, mais l'accès de force qui l'avait envahi au début du combat commençait à s'épuiser. L'homme s'écroula sous son poids et avala une grande gorgée d'eau. Il n'y avait plus qu'à le maintenir sous l'eau et l'empêcher de se relever, jusqu'à ce que ses bras et ses jambes se mettent à flotter, sans vie.

Lorsqu'il traîna enfin le corps jusqu'à la rive, Magnus sentit ses propres bras trembler. Au moins, cela réglait le problème des vêtements. Il prit quelques instants pour nettoyer le sang qui avait coulé sur son visage avant de déshabiller l'inconnu. Un emblème était brodé sur la tunique — une sorte de timbre. Il aurait certainement dû savoir de quoi il s'agissait mais, de nouveau, sa mémoire ne lui fut d'aucune aide. Chassant sa frustration, il récupéra l'épée au fond du ruisseau avant d'enfiler les vêtements. Ils étaient étroits pour lui. La tunique le serrait un peu au torse et le pantalon était trop court à son goût mais, même mouillées, les bottes lui allaient. C'était toujours ça de pris.

Lorsqu'il eut fini, il retourna avec le corps dans le ruisseau et le traîna derrière lui dans le sens du courant. Il y avait forcément d'autres ennemis dans les environs, et il allait devoir essayer de cacher le corps de l'homme qu'on finirait peut-être par aller chercher. En avançant dans l'eau, il privait ses éventuels poursuivants de toute trace. Cela lui donnerait plus de chances de leur échapper : s'il parvenait à ne pas quitter l'eau, sans mourir pendant sa fuite, on ne le retrouverait jamais.

Il marcha péniblement pendant plus d'une heure avant que ses tremblements ne l'obligent à quitter le ruisseau. Au moins, les saignements avaient cessé avec le froid. Il traîna le corps jusqu'à une alcôve naturelle formée par deux arbres morts près de la berge, le poussa dans le creux et le regarda une dernière fois. L'homme avait les cheveux coupés très court. Il palpa sa propre chevelure, qui retombait sur ses épaules, et sa barbe épaisse. Il allait certainement devoir les couper. Il ignorait qui était cet homme et quel était son statut, mais il allait devoir tout faire pour lui ressembler, surtout s'il portait ses vêtements. Il y avait un couteau dissimulé dans la doublure de la botte. Cela lui serait utile pour se raser en temps voulu. Mais pour le moment, il fallait qu'il s'éloigne autant que possible de la clairière et de la forêt.

Il continua à marcher un peu dans la rivière avant de la quitter de nouveau, en arrivant sur une berge formée de larges rochers plats — il ne laisserait pas de traces, si jamais ses poursuivants arrivaient jusque-là… Après avoir bu une dernière gorgée d'eau, il s'éloigna du ruisseau pour s'enfoncer à nouveau dans la forêt. À cause de ses vêtements mouillés, la petite brise nocturne se faisait glaciale. Autant continuer à avancer. S'il s'arrêtait, il serait sans doute mort de froid à l'aube. La fatigue continuait à lui donner des vertiges et, par moments, il trébuchait et se rattrapait aux arbres, tombait par terre et perdait connaissance pendant quelques instants, avant de se redresser et d'obliger ses jambes à le porter un peu plus loin.

Finalement, alors que le ciel commençait à s'éclaircir, son corps se rebella et il s'écroula sur la terre froide. Quand il tenta de se relever, ses forces l'abandonnèrent, sa tête heurta le sol de plein fouet et un éclair de douleur parcourut tout son corps. Il fallait à tout prix qu'il se repose pour que sa blessure n'empire pas. Il parvint à relever la tête, juste assez pour découvrir un grand épicéa aux branches tombantes, sous lesquelles il se traîna pour s'allonger sur un tapis d'aiguilles. Il n'avait même plus le courage de tirer son épée du fourreau qu'il portait sur l'épaule et se contenta de sombrer, dans le refuge offert par l'arbre.

Magnus se réveilla en sursaut, en ayant l'impression d'avoir fermé les yeux quelques secondes à peine. Son cœur battait la chamade, comme s'il cherchait à sortir de sa poitrine, mais Magnus resta parfaitement immobile : le moindre geste pouvait signer son arrêt de mort. Un mouvement furtif attira son attention sur un buisson, situé à quelques pas de lui : deux pinsons se disputaient. L'un d'eux finit par s'envoler, chassé par l'autre. Le soleil était déjà haut dans le ciel.

Soulagé, il poussa un profond soupir et reposa sa tête lourde sur le sol. Il n'avait pas bougé d'un pouce depuis qu'il s'était effondré et ses vêtements, toujours détrempés, étaient couverts de rosée. Chacune de ses expirations formait un petit nuage blanc devant ses yeux. Les premières grosses gelées ne devraient plus tarder, quelques semaines peut-être, à en croire le froid qui sévissait déjà… Cela ne lui laissait pas beaucoup de temps pour découvrir qui il était et où il vivait.

*Magnus.*

Ce nom si peu familier continuait à résonner encore et encore dans sa tête, sans rien éveiller en lui. Si c'était vraiment son nom, ne devrait-il pas le reconnaître ? Le simple fait de se poser la question aggrava sa migraine. Il s'assit péniblement et dut attendre que la terre cesse de tanguer avant de rouvrir les yeux. D'instinct, il porta la main à sa tempe et grimaça en sentant la chair sensible et gonflée qui entourait la plaie. Une bosse s'était aussi formée à l'arrière de son crâne — à la suite de sa chute sans doute. Il ne pouvait rien faire pour panser ses plaies, pas tant qu'il risquait d'être découvert par ses ennemis.

Il palpa sa chevelure emmêlée, poisseuse de sang séché. Si jamais il croisait quelqu'un, il ne pouvait pas se permettre de ressembler à un maraudeur, à un sauvageon couvert de sang. Il allait devoir se couper les cheveux. Tous les corps empilés près du feu avaient des cheveux longs et d'épaisses barbes…

Tirant le couteau de sa botte, il entreprit de couper ses cheveux au plus court. Les mèches blond foncé tombèrent au sol, tachées de rouge sombre. Quand il eut fini, il s'attaqua à sa barbe, sans parvenir à se raser de très près avec la lame grossière du poignard.

Puis, les jambes encore tremblantes de fatigue, il rejoignit le ruisseau et but une longue gorgée d'eau avant de plonger son visage dans le courant pour laver le sang séché qui maculait sa peau. Il n'osa pas frotter de peur de rouvrir ses plaies : pour réussir à s'enfuir, il avait besoin de toutes ses forces.

Puis, prenant une profonde inspiration et frémissant de froid, il pénétra dans le courant glacé. Découvrant ses traces jusqu'à l'arbre, ses poursuivants s'éloigneraient peut-être du ruisseau.

Il marcha toute la journée dans l'eau, n'en sortant que lorsque le froid glacial devenait insoutenable.

A la tombée de la nuit, il trouva un autre arbre sous lequel s'écrouler, épuisé. Il avait faim, mais cela devrait attendre le lendemain.

# Chapitre 2

Aisly ravala ses larmes et se remit à creuser la terre avec sa petite pelle. Elle s'acharnait à déraciner un pied-d'alouette mais la plante lui opposait une résistance des plus obstinée.

Elle était déjà partie une bonne partie de la matinée et une longue marche l'attendait pour rentrer. Elle n'avait pas un instant à perdre. Les filles allaient bientôt finir les ourlets des robes sacerdotales. Elles maîtrisaient ce motif d'entrelacs depuis des mois mais si Aisly ne rentrait pas rapidement, ses jeunes apprenties allaient se lasser et sortir jouer dans le soleil du matin. Jamais elle ne réussirait à les faire rentrer pour achever leur ouvrage et la journée serait perdue.

Elle ne pouvait pas se permettre de perdre une journée de travail : cela la mettrait en retard pour honorer ses commandes. L'abbesse répétait déjà à qui voulait l'entendre que les prix pratiqués par Aisly tenaient du péché et qu'une femme plus dévote aurait dû se sentir honorée de travailler pour Dieu et l'abbaye… Elle n'hésiterait sans doute pas à déduire une pénalité de retard du paiement.

Aisly n'avait jamais cru qu'en accomplissant ses broderies, elle travaillait « pour Dieu ». Mais elle savait qu'il s'agissait là de son unique moyen de subsistance, et qu'il risquait bien de lui échapper.

C'était pour cette raison qu'elle pleurait, ce matin. Pour cela qu'elle s'attaquait si vigoureusement à la racine de la plante qui finit par lâcher, à la surprise d'Aisly qui fut propulsée en arrière et tomba.

Si elle s'était rendue dans la forêt au lieu d'attendre que la commande soit enfin achevée, c'était parce qu'elle ne voulait pas qu'on la voie pleurer. À l'aube, ses règles étaient arrivées, lui rappelant cruellement qu'aucun enfant ne viendrait, que plus rien ne la liait donc au foyer qu'elle avait appris à aimer et dans lequel elle puisait sa volonté et sa force. Non, rien n'empêcherait plus son beau-père, Wulfric, de la chasser de la maison de feu son époux. Elle avait pourtant signé, le jour de ses noces et sous le regard de lord Oswine, un contrat qui l'autorisait à rester dans la maison familiale en cas de veuvage. Mais elle n'avait pas retrouvé le document dans les affaires de Godric. Sans enfant pour la lier au domaine, rien ne la protégeait de la vilenie de Wulfric et elle serait bientôt jetée à la rue, privée de tout moyen de gagner sa vie.

Retrouvant peu à peu son calme, elle fouilla les feuillages bas à la recherche de sa musette. Les larmes ne servaient à rien, autant les ravaler et reprendre le contrôle de ses émotions. Inutile de trop penser au père de Godric, cet homme horrible qui la menaçait — pour le moment, rien n'était encore joué. Elle avait encore quelques mois devant elle avant qu'il puisse tenter quoi que ce soit, et les anciens du village ne semblaient pas décidés à accepter cette cruelle décision.

De toute manière, même s'ils acceptaient, il leur faudrait encore convaincre lord Oswine. Après la mort des parents d'Aisly, emportés par la fièvre, il était devenu son tuteur, ainsi que celui de son frère. Il en avait fait ses domestiques plus que ses enfants adoptifs, mais lord Oswine avait tout de même pris son rôle de tuteur au sérieux. Il avait assisté au mariage d'Aisly et avait personnellement supervisé la signature du contrat.

Elle finit par retrouver son sac de peau au milieu du tapis de feuilles mortes qui jonchait le sol et y fourra la plante avant de le fermer. Il était sans doute stupide de sa part de récupérer ce pied-d'alouette pour le replanter chez elle et espérer qu'il prenne racine, mais elle en avait besoin pour s'entraîner à teindre ses fils elle-même au printemps. Au moins, cela lui économiserait quelques pièces. Elle cala sa pelle sous sa ceinture, récupéra la vieille épée de Godric qu'elle avait laissée par terre et entreprit de rentrer.

Sous ses doigts, elle pouvait sentir le métal froid de l'arme, qui la rassurait plus que Godric ne l'avait jamais fait. Pourtant, il s'agissait là de l'épée qu'il utilisait lorsqu'il était enfant, pas de sa lame de guerrier que les Danois lui avaient confisquée avant de le tuer, alors qu'il s'était rendu dans leur campement afin de parlementer. Après la mort de Godric, les Danois étaient même venus réclamer une compensation financière à Aisly, pour l'incendie que son mari était censé avoir déclenché et qui aurait détruit quelques-unes de leurs maisons. Elle avait même dû leur donner ses tapisseries, la laine qu'elle gardait en réserve et la plupart de ses moutons. La perte des bêtes était douloureuse mais moins que celle de la laine, qu'elle avait conservée pour tisser des vêtements et les vendre. Céder son stock aux envahisseurs l'avait ruinée…

Néanmoins, ce qu'elle pleurait le plus, c'était la collection de tapisseries tissées par sa mère, qui avait été une brodeuse assez connue dans la région d'Heiraford. Ses œuvres valaient assez cher, mais Aisly les avait surtout chéries car elles étaient les seuls souvenirs qu'elle gardait de cette femme. Elle avait perdu sa mère à l'âge de huit ans et les images heureuses de son enfance restaient floues… Elle se rappelait surtout les heures passées à apprendre les points, aux côtés d'une maman si patiente ; puis, après son deuil, des années durant lesquelles elle avait essayé de recréer les broderies ornant les tapisseries. Hélas, les Danois avaient fini par venir et lui avaient arraché ce dernier lien avec son passé. Sans prévenir. Ils avaient brutalement frappé à sa porte un matin, lui avaient raconté ce que son époux était censé avoir fait et lui avaient annoncé sa mort. Quelques instants plus tard, ils étaient repartis en emportant tout ce qu'elle avait de plus précieux.

Par moments, elle s'en voulait de pleurer ses tapisseries plus que son époux. Mais le veuvage était bien plus agréable que la vie aux côtés de Godric. Après ces premières semaines de liberté retrouvée, elle s'était déjà promis de ne jamais se remarier, de ne jamais tomber à nouveau sous la houlette d'un autre tyran.

Pour tenir parole, elle devait apprendre à se protéger toute seule. Son frère, Alstan, était l'un des meilleurs hommes de lord Oswine et elle avait réussi à le convaincre de passer quelques heures à lui enseigner le maniement de l'épée. Avec si peu d'entraînement, elle n'était pas encore capable de grand-chose. Mais malgré tout, elle se sentait déjà plus à l'aise quand elle brandissait son arme. La petite lame, légère en comparaison de celle que Godric avait portée au combat, serait certainement incapable de briser les os d'un adversaire, mais elle suffirait au moins à la protéger.

Les deux mains bien fermées sur la garde, elle parvenait à brandir son arme sans hésitation et ses bras ne tremblaient plus comme la première fois qu'elle l'avait saisie, quelques semaines plus tôt.

Alors qu'elle cheminait pour rentrer chez elle, elle donna quelques coups dans le vide et s'essaya à une ou deux parades. La lame trancha l'air immobile dans un sifflement sec. Avec le temps, elle arriverait peut-être un jour à faire face à un véritable adversaire. Cette idée lui arracha un sourire. Elle aperçut devant elle un tronc d'arbre déformé par un nœud et fit tournoyer son épée avant de frapper le nœud en plein cœur. Parfait !

Son humeur s'améliorait peu à peu. Elle poursuivit sa route en frappant tas de feuilles mortes et branches basses dans un sentiment de triomphe. Ce n'était certes pas grand-chose mais, au moins, elle *essayait* de conserver son indépendance. Si elle parvenait à prouver à tout le monde qu'elle était capable de se protéger toute seule et de se nourrir, alors Cuthbert et les autres anciens ne seraient pas obligés d'insister pour qu'elle prenne un second époux. Bien sûr, il faudrait aussi qu'elle convainque son frère. Elle pourrait vivre heureuse, toute seule. Pour cela, il fallait tout faire pour que ces hommes aient confiance en elle.

Evidemment, ne pas se remarier voulait dire qu'elle n'aurait pas d'enfant. Elle s'immobilisa un instant et posa la main sur son ventre plat ; elle ne pouvait mentir et prétendre que cette perspective la laissait indifférente. Aussi loin que ses souvenirs remontaient, elle avait voulu un enfant, une famille. Et sa vie dans la demeure de lord Oswine ne lui avait jamais permis de recréer le foyer qui leur manquait tant, à son frère et à elle. Les longues nuits passées au coin du feu avec sa mère pour apprendre le métier, et les récits héroïques de son père appartenaient au passé. Quand elle avait épousé Godric, un garçon qu'elle connaissait depuis l'enfance, elle avait pensé qu'enfin ses rêves de famille allaient se réaliser. Mais… Mais Godric était Godric. Il se souciait davantage des récoltes, de l'argent qu'elle gagnait grâce à ses broderies, des Danois — de tout, en fait, sauf d'elle. Rapidement, elle avait commencé à être plus heureuse les soirs où il ne rentrait pas à la maison que les soirs où il était à ses côtés.

Seigneur, elle ne devait pas se laisser gagner par de telles idées ! Il n'est jamais bon de penser du mal des morts. Godric n'avait peut-être pas été un bon époux — certes — mais il ne méritait tout de même pas son amertume. Reprenant son épée, elle chassa sa morosité et commença à descendre la petite butte qui menait à la rivière : elle rentrerait plus vite en empruntant le sentier plutôt qu'en continuant sur le chemin méandreux de la forêt.

Evidemment, elle serait aussi plus exposée, mais il n'y avait eu aucune attaque depuis l'été. Hélas, à peine s'était-elle engagée sur le chemin qu'elle aperçut la silhouette d'un homme, accroupi au bord de l'eau sur l'autre rive, occupé à examiner la terre mouillée. Il ne parut pas l'entendre, trop occupé par sa tâche. Aisly sentit son cœur bondir dans sa poitrine. Une longue chevelure fauve flottait sur les épaules de l'homme. Il était grand. Puissant.

Un Danois.

Ses derniers doutes s'envolèrent à la vue de la cotte de maille. Les Danois qui étaient venus chez elle, le jour de la mort de son époux, portaient tous ce genre d'armure — et les bras de cet homme étaient ornés des mêmes bracelets d'or. En un instant, la terreur qui l'avait étreinte lorsqu'elle avait découvert les Danois à sa porte l'envahit de nouveau. Ce jour-là, ils auraient pu faire ce qu'ils voulaient et personne ne serait intervenu. On faisait encore parfois appel à l'autorité de lord Oswine, mais tout le monde savait très bien que les Danois contrôlaient la région, à présent. Même le roi n'était plus qu'un collecteur de taxes à leur solde. En tout cas, c'était ce que Godric lui avait raconté. C'était pour cela qu'il avait été si révolté, si déterminé à rassembler des hommes pour chasser les Nordiques.

Heureusement, elle était encore assez loin de l'homme accroupi ; peut-être ne la remarquerait-il même pas. Prenant une profonde inspiration, elle ravala sa peur et commença à reculer avec précaution. Si seulement elle parvenait à rejoindre la forêt, elle serait en sécurité et pourrait rentrer chez elle sans même qu'il s'aperçoive de sa présence. Mais il lui faudrait beaucoup de chance pour cela et, ces derniers temps, la chance n'avait pas été de son côté.

À peine avait-elle reculé de deux pas qu'une pierre roula sous son pied, trahissant sa présence.

Oubliant les traces qu'il étudiait, l'homme leva vivement la tête et son regard, bardé d'épais sourcils en broussaille, se braqua sur elle. Aisly continua à reculer, lentement, sans le quitter des yeux, de peur qu'il l'atteigne plus vite si elle se détournait. Depuis le printemps, son village avait été attaqué plusieurs fois par ces barbares : des Danois rebelles qui n'obéissaient à personne, pas même à la troupe qui s'était établie dans le camp et volait troupeaux et moissons au village, comme si la nourriture leur revenait de droit ! A la fin de l'été, deux jeunes femmes avaient disparu, enlevées par les rebelles.

L'homme qui faisait face à Aisly appartenait sûrement à l'un de ces groupes de sauvages et de voleurs. Lorsqu'elle avait vu les Danois du campement, ils lui avaient paru plus… plus officiels. Ils étaient soignés et avaient traversé le village à cheval, avec une sorte d'autorité respectueuse. Au contraire, cet homme avait tout d'un sauvage, sale et dangereux. Il ne ressemblait pas du tout aux autres et paraissait prêt à bondir sur elle pour l'assassiner.

Soudain, son pied glissa dans la boue et elle émit un petit cri en perdant l'équilibre. Lâchant instinctivement son épée, elle se rattrapa du mieux qu'elle put et fit volte-face. Pas assez vite : le Danois ne perdit pas un instant et bondit dans la rivière pour la traverser. Le cœur battant, Aisly se redressa. Elle n'avait plus le choix : elle devait faire face à son assaillant, ici, sur la berge. Elle ramassa son épée et la tint fermement à deux mains pour se donner du courage. L'homme la dévisageait toujours. Ses dents blanches brillaient d'un éclat menaçant dans sa barbe fauve rassemblée en deux tresses qui tombaient sur son torse. De toute évidence, la position de combat d'Aisly l'amusait. Tandis qu'il s'approchait, elle vit des lignes sombres et horizontales gravées sur ses dents — on racontait que les rebelles se marquaient eux-mêmes de cette manière. Les hommes qui étaient venus chez elle, eux, n'avaient pas de telles marques.

Il était presque sur elle à présent. Mais il n'avait toujours pas tiré son épée, sans doute persuadé de ne pas en avoir besoin pour triompher.

Ce mépris fit monter en elle un dangereux élan de rage, qui irrigua la force de ses bras. Sans réfléchir, elle leva son épée au-dessus de sa tête, comme son frère le lui avait appris.

L'homme avançait à grandes enjambées. Il ne lui faudrait pas plus de quelques secondes pour fondre sur elle. Dix enjambées tout au plus.

Réprimant sa peur, elle les compta en silence : quand il serait à deux pas d'elle, encore trop loin pour l'attraper, elle pourrait l'atteindre d'un coup d'épée. L'attaquer en cet instant où il serait plus vulnérable serait certainement son unique chance de salut…

*Huit.*

Ses doigts se crispèrent sur la garde, prêts à frapper.

*Sept.*

Elle assura son équilibre dans la boue glissante, enfonçant ses pieds jusqu'à trouver le sol stable.

*Six.*

Elle prit une profonde inspiration. Elle relâcherait son souffle en portant son attaque. L'homme remarqua sa raideur et, prenant cela pour un signe de peur, sourit de plus belle.

*Cinq.*

Un mouvement furtif, derrière le Danois, attira son regard : un homme s'extirpait des arbres les plus proches. Il s'avança délibérément vers le rebelle, son épée brandie devant lui. De plus en plus terrifiée, Aisly se concentra de nouveau sur son assaillant et poursuivit son décompte.

*Quatre.*

Incapable de se contrôler, elle jeta un second coup d'œil à l'inconnu qui venait d'apparaître. Ami ou ennemi ? Comment savoir ? Il posa immédiatement un doigt sur ses lèvres, lui intimant d'un regard de se taire, puis il assura sa prise sur la garde de sa longue épée et la leva d'un geste assuré. Ne sachant que faire, Aisly se tourna encore une fois vers le Danois qui continuait d'avancer. Il était si près qu'elle pouvait voir le bleu éteint de ses iris.

*Trois.*

De nouveau, elle serra ses doigts sur la poignée de son arme et pria pour avoir suffisamment de force. Le rebelle lâcha un bruit de triomphe, presque inhumain. Un grognement de bête.

*Deux.*

Quelque chose dut attirer l'attention du Danois, à moins que les regards répétés d'Aisly sur le traqueur silencieux ne l'aient trahi. Quoi qu'il en soit, le rebelle se retourna, juste à temps pour éviter le coup de l'homme. Horrifiée, Aisly le vit bondir sur l'étranger. Son instinct la poussait à fuir, à mettre autant de distance que possible entre elle et ce combat mortel, mais ses pieds restèrent ancrés dans la boue et les pierres de la berge.

Les deux hommes avaient presque la même taille, musclés et larges d'épaules ; mais les gestes du rebelle étaient maladroits et gauches, alors que l'étranger paraissait presque gracieux, touchant à peine le sol tandis qu'il lui tournait autour et se plaçait entre le danger et elle. À l'instant où le Danois poussait un second grognement et tentait de tirer son épée, l'étranger plongea en avant. Le grognement se transforma en mugissement. Le rebelle écarquilla les yeux, surpris, et s'écroula par terre.

Sans lâcher son arme, Aisly se tourna vers son sauveur inconnu ; allait-il s'attaquer à elle, à présent ?

L'homme regarda le rebelle avec intensité, pour s'assurer qu'il ne présentait plus la moindre menace, puis il leva ses yeux noisette sur Aisly. Son épée sanglante pendait encore au bout de son bras. Il ne fit pas le moindre mouvement dans sa direction, mais elle ignorait toujours s'il lui voulait du mal ou non. Son regard n'était pas menaçant, certes, mais sa vie aux côtés de Godric lui avait appris que le comportement des hommes pouvait changer à une vitesse étonnante.

— N'approchez pas, je vous préviens ! lança-t-elle lorsqu'il finit par faire un pas prudent dans sa direction.

Il pencha la tête de côté, les sourcils froncés, et se contenta de soutenir son regard quelques secondes, sans prononcer un mot. Puis il indiqua l'homme, étendu à ses pieds. Aisly recula et acquiesça, les dents serrées, laissant l'inconnu désarmer son agresseur. Le danger semblant écarté, elle sentit une violente nausée monter en elle. Ses bras se mirent à trembler, fatigués d'avoir brandi son épée pendant si longtemps.

L'homme la regarda encore et jeta l'épée du Danois sur les pierres moussues, loin d'eux. Son arme à lui reposait dans la boue, à ses pieds. Le poignard du rebelle suivit le même chemin que l'épée puis l'inconnu leva les mains pour bien montrer à Aisly qu'il était inoffensif.

Enfin capable de prendre une respiration plus profonde, Aisly baissa sa lame — mais la garda devant elle, par précaution. Elle se permit alors d'examiner son sauveur plus en détail. Il ne s'agissait pas d'un Danois — en tout cas, il n'en avait pas l'air. Il était grand et large comme eux, mais ses cheveux étaient étranges. Blond foncé, ils avaient été maladroitement coupés, comme s'il les avait sectionnés lui-même à l'aide d'un couteau. Sa barbe était à peine visible, une ombre légère sur son beau visage. Une large plaie bordée de sang coagulé traversait son front pour se perdre dans ses cheveux, au-dessus de son oreille. Apparemment, la blessure était vieille de plusieurs jours et n'avait pas été convenablement soignée : elle était rouge et très enflée. Près de la plaie, la peau fine qui bordait l'œil de l'homme était un peu décolorée et irritée.

Il ne portait pas de cotte de maille et sa tunique brune restait très simple, marquée néanmoins d'une fine broderie le long du col et d'un emblème sur l'épaule — peut-être un oiseau — qui parut vaguement familier à Aisly. Ce n'était pas une tunique danoise. Elle avait déjà vu un mercenaire porter quelque chose de semblable, mais son sauveur n'avait pas non plus l'apparence d'un Franc. Bien sûr, il existait beaucoup d'autres pays dont elle ignorait tout.

— Qui êtes-vous ? demanda-t-elle d'une voix ferme.

L'homme fronça de nouveau les sourcils, les yeux fixés sur ses lèvres. Comprenait-il ce qu'elle venait de dire ?

— Quel est votre nom ? reprit-elle en articulant prudemment.

Toujours aucune réponse. Elle avait peut-être eu tort : il ne s'agissait peut-être pas d'un mercenaire, en fin de compte. Elle en avait déjà rencontré et ils comprenaient sa langue. Ils n'avaient pas le choix, s'ils voulaient travailler dans le pays.

En tout cas, s'il ne la comprenait pas, il devait être étranger et n'avait absolument rien à faire dans la région. Elle jeta un coup d'œil en direction de la forêt, ses doigts machinalement crispés sur la garde de son épée qu'elle redressa un peu. Etait-il seul ? S'il avait de mauvaises intentions, il n'aurait eu aucun intérêt à s'approcher seul du village...

— Non, dit-il en tendant la main sans pour autant oser s'approcher d'elle. Je ne vous ferai pas de mal.

Sa voix était un peu rauque, comme si sa gorge était irritée, et il semblait hésiter entre chaque mot. Elle examina son cou : aucune trace de blessure.

— Je ne sais pas qui je suis, ajouta-t-il avec un petit geste pour indiquer la plaie, sur son crâne.

Il n'avait pas l'air gravement blessé. A l'exception de la coupure et des chairs enflées, Aisly remarqua son étrange pâleur et le léger film de sueur qui recouvrait son visage. Elle avait entendu parler d'un homme qui avait cessé de parler après avoir été chargé par un taureau ; mais comment un simple coup à la tête pouvait-il faire oublier à un homme sa propre identité ?

— Vous ne vous souvenez plus de votre nom ?

L'homme déglutit et fit non de la tête, juste avant de fermer douloureusement les yeux. Son corps entier frissonna. Quand il la regarda de nouveau, ce fut avec une intensité surprenante.

— Tout ce que je sais, c'est que cet homme était là pour me tuer et que votre apparition m'a donné l'avantage. Merci.

Rassurée, Aisly baissa à nouveau sa lame. Son sauveur n'était pas une menace, elle en était sûre désormais.

— C'est vous qui m'avez sauvé, répondit-elle. C'est donc moi qui devrais vous dire merci...

— Il n'aurait pas été là pour vous menacer si je ne l'avais pas attiré.

Sa voix abîmée et rauque avait un certain charme, songea Aisly, troublée.

— Je vais y aller, maintenant, poursuivit-il. D'autres hommes pourraient me poursuivre et je ne veux pas vous mettre de nouveau en danger.

Il récupéra son épée et recula de quelques pas mal assurés avant de la saluer de la tête et de lui tourner le dos. Tandis qu'il s'éloignait, rejoignait la forêt dont il avait surgi, elle remarqua son pas laborieux. Sa grâce féline l'avait déserté. Lourd et lent, il paraissait épuisé et trébucha sur une motte de terre avant de se rattraper. Avait-il réellement l'intention de reprendre son chemin comme si de rien n'était ? Comme s'il ne venait pas de lui sauver la vie ?

Elle aurait voulu pouvoir se détourner elle aussi, mais ne pouvait s'empêcher d'admirer les épaules de l'homme tandis qu'il rangeait son épée dans le fourreau sanglé sur son dos. Sous sa tunique, sa carrure trahissait la silhouette d'un guerrier accompli. Et sa main, fermée sur la garde de son arme, était grande et forte, striée de petites cicatrices près des articulations. Une main habituée au maniement des lames et au combat…

— Attendez !

L'homme s'immobilisa et tourna vaguement la tête, révélant à Aisly son profil indemne. Elle sentit alors son estomac se nouer — et ce n'était pas désagréable. Etait-ce à cause de ce nez droit, de ce sourcil élégant ou de cette mâchoire bien taillée ?

— Vous devriez vous reposer avant de reprendre la route.

— Je vais bien. Mais je vous serais reconnaissant si vous pouviez me dire où je suis…

Comment un guerrier si puissant pouvait-il ignorer où il était ? C'était absurde !

— Ce ruisseau mène à la Tyne, à quelques lieues d'ici, je crois. Nous sommes près de mon village : Heiraford.

Elle n'était jamais allée bien loin de son foyer et son univers s'étendait du manoir de lord Oswine à l'abbaye où elle se rendait pour livrer ses commandes, de temps à autre. Le campement danois était au sud, mais comme l'homme se dirigeait vers le nord, elle ne crut pas nécessaire de lui donner cette information.

Il acquiesça, sans prononcer le moindre mot de remerciement.

— C'est ce Danois qui vous a blessé ? Votre plaie est vilaine.

Il ignora sa question et fit maladroitement demi-tour, glissant un peu sur les roches mouillées. Craignant qu'il ne s'écroule, Aisly rengaina rapidement sa courte épée et courut pour le soutenir. Elle passa un bras autour de sa taille pour l'aider à garder son équilibre. Ses muscles étaient étonnamment fermes et denses.

— Quand avez-vous mangé pour la dernière fois ?

L'homme lâcha un soupir étrange. Un rire, peut-être ?

— Je ne sais pas, avoua-t-il. Je me suis réveillé il y a deux jours après avoir été blessé. J'imagine que j'ai dû manger avant cela…

— Et vous ne vous souvenez pas du tout de cet homme ? Vous ne savez pas pourquoi il voulait vous tuer ?

L'homme eut un petit sourire désabusé, dévoilant une rangée de dents très blanches.

— Je sais, on pourrait penser que je me souviendrais d'une telle brute, mais il ne me dit rien du tout.

Aisly prit une profonde inspiration, se sentant un peu nerveuse. Etait-il vraiment sage de sa part d'inviter cet inconnu chez elle ? Il était blessé et venait de lui *sauver* la vie… Mais tout le monde se méfiait des étrangers depuis que les attaques avaient commencé. Aider cet homme était évidemment la bonne chose à faire — il avait besoin de soins, même s'il ne voulait pas l'avouer. Hélas, les anciens du village ne seraient peut-être pas de cet avis et elle ne pouvait pas se les mettre à dos tant que sa situation restait si précaire.

Peu importait ! Elle devait faire ce qui était juste.

— Venez avec moi. Vous m'avez sauvée, le moins que je puisse faire, c'est de vous offrir un bon repas.

Avant qu'elle puisse faire quoi que ce soit, il lui effleura la joue du bout des doigts. Ce contact inattendu éveilla une avalanche de frissons brûlants en elle.

— Je refuse de vous mettre davantage en danger, ma belle.

Aussi agréable que fut cette caresse, Aisly écarta un peu la tête — mais elle fût incapable de le quitter des yeux. Ses iris étaient d'un beau brun lumineux, parsemé de paillettes d'or. Envoûtants. Elle eut d'ailleurs besoin de quelques instants pour retrouver la parole.

— Je ne courrai aucun danger. Ma maison et mon village se trouvent juste derrière ces arbres, là-bas, et nous avons des guerriers pour nous défendre.

Elle jeta un rapide coup d'œil au Danois, toujours étendu par terre.

— Ces rebelles nous harcèlent depuis des mois. Vous méritez nos remerciements pour nous avoir débarrassés de celui-ci.

Son sauveur hésitait tellement à accepter son offre qu'Aisly prit la décision à sa place et, passant de nouveau son bras autour de sa taille, l'entraîna vers les arbres.

— Restez au moins le temps de manger et de vous reposer un peu. Vous allez avoir besoin de toutes vos forces, si vous voulez poursuivre votre voyage.

S'il ne s'agissait que d'un repas, elle pourrait peut-être le lui apporter à l'extérieur des remparts. Il serait sans doute reparti avant même que Wulfric et les autres anciens ne s'aperçoivent de sa présence. Cela simplifierait certainement les choses. Au moins, elle n'aurait pas à expliquer pourquoi elle accueillait chez elle un étranger — qui aurait très bien pu être un ennemi —, ce qui aurait pu donner à son beau-père une bonne raison de la chasser de sa maison…

— Oui, je pense qu'un repas me ferait du bien. Merci encore, ma belle.

Puis, il passa son bras autour des épaules d'Aisly et l'attira contre lui.

Ils remontèrent lentement vers le village. Sans doute formaient-ils un couple étrange, sur le sentier…

Tout en marchant, Aisly ne put s'empêcher de prier en silence. Pourvu qu'elle ne soit pas en train de faire une énorme erreur !

# Chapitre 3

*Magnus.*

Alors qu'il enlaçait la jeune femme à ses côtés, ce nom résonna de nouveau à ses oreilles. Il ne lui semblait pas plus familier que la première fois qu'il l'avait entendu. Néanmoins, c'était son nom, il n'y avait presque aucun doute : son assaillant n'aurait eu aucune raison de mentir à ce sujet, surtout qu'il ne se doutait pas de son amnésie.

Un élan de culpabilité l'envahit, mais il le chassa. Il avait menti, certes, mais il ne voyait aucune utilité à révéler son nom à cette femme alors qu'il ne savait toujours pas vraiment où il était, ni *qui* il était. Son instinct lui criait de ne rien dire pour sa propre sécurité — le temps au moins de s'assurer que les gens du village n'étaient pas ses ennemis.

Sa blessure à la tête s'était infectée et il avait de la fièvre. Il n'avait donc pas vraiment le choix : soit il acceptait de mourir lentement, en plusieurs jours, soit il prenait le risque d'aller au village. Au moins, s'il prenait le risque de suivre cette femme, il aurait peut-être une chance. Et s'il mourait, ce serait aux côtés d'une belle femme…

Il lui jeta un rapide coup d'œil. Elle l'aidait à monter la pente douce, mordillant nerveusement sa lèvre. Il ne put s'empêcher de la serrer contre lui un peu plus, devinant les formes délicates de son corps à travers ses vêtements.

Lorsqu'ils furent en sécurité au sommet de la colline, il examina plus attentivement son visage, ses pommettes, ses yeux. Bordés de longs cils mordorés, ils scintillaient comme deux joyaux verts. Elle dut sentir son regard car elle leva brièvement ses beaux yeux avant de se détourner, les joues en feu. Il continua néanmoins son examen. La lumière pâle du matin faisait ressortir les taches de rousseur qui parsemaient ses joues et une fine mèche de cheveux presque roux dépassait de sa coiffe. Elle était vraiment charmante…

L'éclat vif de ses yeux verts croisa de nouveau son regard. Cette fois, elle ne se détourna pas tout de suite. Elle paraissait douce, gentille. Au bout de quelques secondes, elle baissa de nouveau les yeux et Magnus dut se contraindre à guetter les ombres, sous les arbres qui les entouraient. Il devait rester vigilant.

Il avait tellement de mal à trouver ses mots, à parler. C'était exaspérant… La langue de cette femme ne devait pas être sa langue maternelle.

— Votre village est loin d'ici ? demanda-t-il après quelques instants d'intense réflexion.

Ils s'étaient éloignés du ruisseau, s'enfonçant de plus en plus dans la forêt.

— On va encore devoir marcher un moment. Si vous avez besoin de vous reposer, nous pouvons nous arrêter. Ne vous en faites pas, dit-elle vivement, comme pour le rassurer.

Magnus eut un rire un peu amer. Il secoua machinalement la tête mais ce geste réveilla la douleur sous sa tempe. Cette femme piétinait sa fierté sans la moindre hésitation.

— Je peux marcher, ma belle. Je me demandais simplement pourquoi vous étiez partie seule, si loin de votre village et de ses protecteurs.

— Je ne suis pas seule. J'ai mon épée.

Magnus fut tenté de lui rappeler que ce n'était pas son épée qui l'avait sauvée du Danois, mais il se ravisa.

— Vous pensez que je n'aurais pas pu m'en tirer seule.

Ce n'était pas une question, plutôt une affirmation.

— Je pense simplement qu'il faisait deux fois votre taille. N'avez-vous donc pas d'homme pour vous protéger ?

A ces mots, elle manqua de trébucher, mais elle poursuivit sa route sans même le regarder.

— Non, je n'ai pas besoin d'un homme.

Les yeux fixés droit devant elle, elle serra les dents.

Comment une femme si jeune pouvait-elle penser qu'elle n'avait pas besoin d'homme dans sa vie ? C'était une question intéressante mais il n'osa pas insister, préférant rassembler ses forces pour mettre un pied devant l'autre sans s'écrouler, et scruter les bois à la recherche d'éventuels guerriers en embuscade.

Pendant un moment, ils poursuivirent leur chemin en silence. La douceur des courbes de la demoiselle s'accordait si bien au corps de Magnus qu'il s'octroya le plaisir de savourer cette promenade. Apparemment, cela faisait longtemps qu'il n'avait pas profité de la présence d'une femme. Soudain, elle se raidit contre lui, plus alerte. Ils devaient approcher de son village.

Il s'écarta alors d'elle, provoquant un froncement de sourcils perplexe. Quoi qu'elle en pense, il ne voulait pas laisser qui que ce soit deviner la gravité de sa blessure. Ici, en terrain inconnu, il ne pouvait compter sur personne pour le défendre en cas de besoin — même si sa demoiselle essaierait sans doute… Et il avait confiance en elle.

— C'est votre village ? demanda-t-il lorsqu'il aperçut une clairière devant eux.

Un rempart composé de terre et de bois s'élevait à l'autre bout du terrain découvert. Il ne put s'empêcher de penser qu'un tel mur n'offrait pas une défense bien fiable : on aurait facilement pu l'escalader. Sa mémoire était peut-être embrumée mais ses instincts de guerrier, eux, étaient intacts.

Au-dessus du rempart, on apercevait la paille d'un toit de chaume — la cible idéale pour une flèche imbibée de poix. Sans oublier cette fois sa blessure, il tourna prudemment la tête à gauche, puis à droite, à la recherche des sentinelles. Mais il ne vit personne, même s'ils étaient assez près pour avoir été repérés. Ce mouvement de tête pourtant maîtrisé fit apparaître des taches sombres devant ses yeux et il trébucha, manquant d'écraser la pauvre femme sous son poids.

Elle lâcha un petit cri de surprise. Magnus fit de son mieux pour ne pas atterrir sur sa blessure et tomba brutalement sur ses côtes déjà endolories. En dépit de ses efforts, son front cogna le sol. Il lui fallut quelques instants pour faire taire le grondement de la douleur et entendre la voix de la jeune femme. Il eut encore besoin d'un moment pour comprendre les mots étranges qu'elle prononçait. Sa vision finit par s'éclaircir à nouveau et il vit son beau visage penché sur lui, déformé par l'inquiétude.

— Je vous en prie, ne mourez pas. Ne mourez pas. Ne mourez pas, répétait-elle comme une prière désespérée.

Quel pouvoir avait donc cette femme pour le transformer si facilement en benêt souriant ? Une fois encore, il ne put s'empêcher de tomber sous son charme. Dans cet état proche de l'inconscience, les difficultés de l'existence semblaient presque disparaître. Sans y penser, il leva la main pour caresser une nouvelle fois la joue de la demoiselle. Du pouce, il effleura sa pommette et sentit la douceur de sa peau.

— Je ne vais pas mourir, parvint-il à articuler. Pas encore.

Elle eut un sourire charmant. Hypnotique. Etait-elle vraiment humaine ? Ou avait-il rencontré une nymphe prête à le conduire vers sa mort ? Dans les deux cas, il était heureux de la suivre… Après tout, il l'avait déjà suivie jusqu'ici, au cœur de cette forêt inconnue.

— Mon village est juste là, dit-elle en faisant un signe de tête en direction du mur, sans pour autant le quitter des yeux. Nous n'avons plus beaucoup de chemin à faire.

— Je vais rester ici. Si d'autres hommes me suivent, je ne veux pas les guider jusqu'à vous et votre village. Ce ne serait pas prudent.

La demoiselle fronça de nouveau les sourcils.

— Mais nous serons plus en sécurité derrière les remparts.

Magnus fit non de la tête, incapable de réprimer une grimace sous le coup de la douleur.

— Ce village est bien près du ruisseau et ses fortifications sont trop fragiles. Rien ne se dresserait entre le danger et vous.

— Il y a des remparts, répliqua-t-elle assez sèchement. Nous ne sommes pas si près du ruisseau et des sentinelles sont en position pour guetter l'arrivée d'inconnus.

— Le mur est trop bas, il n'arrêtera jamais des guerriers déterminés. Et s'il y avait réellement des sentinelles, elles nous auraient déjà remarqués.

La demoiselle mordilla sa lèvre, l'examinant d'un air presque soupçonneux. Elle se demandait certainement comment il pouvait savoir tout cela — et Magnus ne pouvait pas l'en blâmer. Il songea un instant à se mettre à courir pour fuir, mais son corps refuserait de lui obéir et sa vision était encore trop floue. Il était incapable de partir, à la merci des guerriers de ce village. C'était d'ailleurs pour cette raison qu'il refusait de franchir le rempart.

— Nous sommes arrivés par-derrière et je sais où nos hommes se cachent. Je les ai donc évités, dit-elle avec un sourire à la fois fier et timide. Je me suis dit qu'il vaudrait mieux que les autres ne découvrent pas tout de suite votre présence…

— Est-ce que je cours un danger ici ? Ou suis-je une menace pour vous ?

— Je peux vous promettre que personne ne vous fera de mal tant que vous resterez chez moi.

Leurs regards se croisèrent quelques instants et Aisly se sentit soudain essoufflée, le cœur battant. Quelque chose, chez cet étranger, la touchait plus qu'elle n'aurait voulu l'admettre. Elle ne le connaissait pas mais sentait qu'il ne représenterait pas de danger pour elle, qu'elle pouvait l'inviter dans sa maison en toute sécurité. Non, le danger — s'il y en avait un — viendrait des anciens, pas de cet homme.

Finalement, l'homme se détourna et examina à nouveau les remparts du village.

— Je vous crois, ma belle. Je ne souhaite pas rendre les choses plus difficiles pour vous, mais je vous l'assure : il vaut mieux que je reste à l'extérieur du village. Je repartirai dès que j'aurai mangé. Si vous pouviez juste m'apporter ce repas ici, je vous en serais très reconnaissant.

Elle tenta d'ignorer sa voix affectueuse et le fait qu'elle en appréciait les accents presque tendres.

— Je m'appelle Aisly et pour être honnête, je crains que vous n'alliez pas très loin dans votre état.

Qu'il le veuille ou non, sa plaie avait un aspect inquiétant. Aisly était même surprise qu'il ait tenu deux jours sans tomber dans ce sommeil profond qui saisit parfois les personnes victimes de telles blessures. En général, ce sommeil conduisait à la mort — et cet homme risquait de sombrer bientôt s'il n'acceptait pas rapidement de se nourrir et de se reposer. Même un repas et un bon lit ne suffiraient peut-être pas… Si seulement les hommes du village voyaient les choses du même œil qu'elle, si seulement ils pouvaient lui permettre de prendre soin de lui avant de se demander s'il représentait ou non une menace, alors elle aurait peut-être une chance de le sauver.

— J'ai seulement besoin de quelques heures de repos. Je me remettrai vite, répondit-il avec un faible sourire.

Réaction typique d'un guerrier ! Jamais ils n'avouaient leurs faiblesses, même si cela devait leur coûter la vie.

Pourtant, même à travers l'épaisseur de sa tunique et de sa chemise, elle pouvait sentir la chaleur inquiétante de son corps ; et le simple contact de la main d'Aisly sur son front confirma ses craintes. Il avait de la fièvre et ne survivrait pas plus d'une journée tout seul — encore moins si les rebelles danois étaient encore à ses trousses.

— Vous avez besoin de manger *et* de dormir, dit-elle. Restez ici. Je vais chercher de la nourriture et de quoi panser votre plaie.

Il acquiesça et tenta de sortir son épée. Quand il grimaça de douleur, elle défit la sangle du fourreau pour lui permettre de s'installer plus confortablement. Il lui sourit de nouveau et s'adossa contre le tronc d'un arbre, son arme fermement plaquée contre son torse. Le regard qu'il jetait sur elle, si intense et presque admiratif, la troubla.

— Merci beaucoup, ma belle.

Elle voulut lui rappeler que son nom était Aisly mais décida de ne rien dire. Se relevant, elle le regarda une dernière fois.

— Je vous en prie, restez ici. N'essayez pas de partir.

— Vous avez ma parole.

Ses paupières se fermaient peu à peu. Parviendrait-il à rester conscient le temps qu'elle revienne ?

La gorge nouée, elle tourna les talons et se précipita sous les arbres pour atteindre la porte principale. Il valait mieux ne pas éveiller les soupçons et ne laisser personne se demander pourquoi elle se promenait seule derrière le village. Elle leur parlerait de son sauveur plus tard, quand elle aurait fait le minimum pour l'aider.

Arrivée à l'orée du bois, elle fit une courte pause, lissant sa coiffe et sa jupe du plat de la main pour s'assurer qu'elle n'avait pas l'air aussi bouleversée qu'elle l'était. Un rapide coup d'œil au soleil lui apprit qu'il était près de midi. Il y avait encore du mouvement dans les champs, sur sa gauche. Les hommes et les femmes du village travailleraient encore pendant quelque temps. Ses allées et venues n'attireraient donc pas l'attention.

Elle prit une profonde inspiration et traversa le champ qui s'étendait devant elle d'un pas aussi tranquille que possible, en direction de la porte grande ouverte. Un guerrier était adossé contre le battant de la porte noircie par une échauffourée avec les rebelles danois. L'homme avait servi sous les ordres de Godric, mais n'était pas allé au campement, en ce jour fatal, deux mois plus tôt. Aisly lui sourit et il la salua d'un petit signe de tête avant de se retourner vers l'autre homme qui montait la garde à ses côtés.

Dans le village, personne ne flânait. Les moissons d'automne réclamaient le travail de tous — ce qui avantageait plutôt Aisly, pour le moment… Longeant les petites maisons bâties au pied du rempart, elle parvint à calmer sa respiration. Entre chaque bâtiment, elle apercevait la grande demeure de Cuthbert, au centre du village. La plupart des guerriers se trouvaient dans les champs, pour aider, mais quelques-uns étaient restés à l'intérieur pour s'entraîner au combat. Ils ne viendraient pas déranger Aisly. Elle préférait néanmoins ne pas attirer leur attention et resta cachée dans l'ombre des maisons pour passer devant le manoir et la place nue qui l'entourait.

L'atelier du forgeron se trouvait aussi au centre du village, car le feu qu'il laissait toujours allumé l'obligeait à rester loin des murs. Une fois son atelier dépassé, elle prit la ruelle qui menait chez elle. Elle arriva juste à temps pour voir les boucles luxuriantes de sa meilleure apprentie, Bryn, disparaître au coin d'une maison. Elle entendit des rires d'enfants ; apparemment, ses apprenties étaient parties jouer mais, pour une fois, cela l'arrangeait.

En approchant de chez elle, elle prit de l'assurance et accéléra le pas. Sa maison était l'une des plus grandes du village, dans la partie occidentale. Elle possédait suffisamment de terre pour cultiver un petit jardin et accueillir quelques moutons ; ainsi qu'une grange pour y entreposer sa laine. La pensée de sa réserve vide la mettait toujours en colère… Les Danois avaient bien failli réduire à néant tous ses projets d'indépendance.

Heureusement, elle avait encore un mince espoir et, si elle

ne pouvait faire autrement, elle pourrait toujours demander de l'aide à lord Oswine. Il y avait *toujours* de l'espoir !

Elle entra rapidement chez elle et trouva la maison vide. Les filles avaient fini les pièces qu'elle leur avait donné à broder et les avaient laissées, bien pliées sur la grande table. Aisly vérifierait la qualité de leur travail plus tard. Pour le moment, elle avait d'autres soucis en tête. Passant rapidement devant l'âtre situé au milieu de la maison, elle posa sa musette remplie de plantes sur la table de sa petite cuisine. Les pieds-d'alouette attendraient aussi. La journée était étonnamment chaude pour la saison, mais les murs chaulés conservaient encore la fraîcheur et l'humidité des dernières nuits. Elle ajouta deux bûches dans la cheminée avant de remplir un bol du consommé qui mijotait dans la marmite, et le plaça au fond du panier qu'elle utilisait au jardin. Elle le recouvrit d'un second bol, pour éviter de le renverser. Elle attrapa ensuite un long morceau de toile fine et une gourde qu'elle ajouta à son bagage.

Alors qu'elle reprenait la route pour rejoindre l'étranger, elle pria pour le retrouver en vie. Les villageois commençaient à revenir des champs, et elle maintint son regard baissé dans l'espoir que personne ne vienne lui parler. Les guerriers qui gardaient la porte étaient tellement habitués à ses allées et venues qu'ils se contentèrent de lui jeter un petit coup d'œil, sans même lui adresser la parole. Elle attendit néanmoins d'avoir atteint l'extrémité du champ et gagné l'obscurité de la forêt pour contourner le village et se mettre en quête de son sauveur.

Elle marcha aussi vite que possible, sans pour autant renverser le potage dans son panier. Quand elle aperçut finalement le corps du guerrier, qui n'avait pas changé de position depuis son départ, elle remercia le Ciel. Il n'avait pas sombré dans le sommeil — ce qu'elle avait craint un instant — et n'avait pas pris la fuite. Au contraire, il la regardait avec les paupières mi-closes et lui souriait vaguement en dépit de sa pâleur.

Seigneur, il avait l'air si faible !

Un léger voile de sueur brillait sur son front et sa peau paraissait plus blafarde qu'avant. Mais, étonnamment, son charme renversant était intact.

Aisly s'agenouilla à ses côtés et ouvrit son panier.

— Je vous ai apporté de la nourriture.

Les yeux de l'étranger s'ouvrirent un peu plus à ces mots. Apparemment, le parfum du consommé lui redonnait déjà des forces.

— Ce sont les dieux qui vous ont envoyée pour me sauver…

Son sourire s'attarda quelques instants.

Les dieux ? Aisly avait entendu dire que les Nordiques croyaient en *des* dieux… Son cœur s'emballa mais elle ne fit aucune remarque et approcha le bol des lèvres du guerrier pour qu'il puisse se nourrir. Il but un peu puis rejeta la tête en arrière pour reprendre son souffle, et elle osa enfin demander :

— De quels dieux parlez-vous ?

L'homme secoua la tête puis s'immobilisa en grimaçant, comme s'il avait oublié la douleur que lui provoquait le moindre mouvement.

— Je ne sais pas. Je ne connais aucun dieu. J'ai dit cela machinalement, sans réfléchir…

Il paraissait sincère. Les mains posées sur celles de l'homme qui tenait l'assiette chaude, elle le guida pour lui permettre de boire un peu plus. Cela lui permit de mieux examiner sa plaie. Elle n'était vraiment pas belle : infectée, rouge et boursouflée. Il aurait fallu recoudre, sans doute. Mais il était certainement trop tard pour cela.

— J'ai apporté des linges et de l'eau pour nettoyer votre blessure. Et vous aurez besoin d'un cataplasme…

Après une dernière gorgée de potage, l'homme s'écarta à nouveau.

— Je vous l'ai déjà dit : je ne peux pas rester.

Aisly se mordit la lèvre. Il n'avait pas vraiment le choix, mais à quoi bon le souligner ? De toute manière, il s'en rendrait compte lui-même ; il serait sans doute incapable de faire plus de quelques pas.

— Dans ce cas, laissez-moi au moins essayer de nettoyer votre plaie avant que vous ne partiez.

Il ne la quittait pas des yeux. Son regard brûlait Aisly comme un feu ardent.

— D'accord, je vous remercie.

Il reprit un peu de soupe, sans la quitter des yeux.

Un délicieux frisson parcourut Aisly et ce fut elle qui dut se détourner. Elle sortit le tissu de son panier et en déchira une longue bandelette, qu'elle humecta avec sa gourde. Quand elle lui montra le morceau de tissu sans oser lui dire un mot, il acquiesça mollement et la laissa presser l'étoffe sur son front. Il gémit à voix basse — un son rauque qui brisa le cœur d'Aisly.

Faisant de son mieux pour ne pas se laisser emporter par l'émotion, elle tamponna les chairs gonflées avec douceur, essayant de faire vite, sans lui causer davantage de douleur. Malheureusement, le sang avait déjà formé une croûte épaisse et ne pas le faire souffrir semblait impossible.

— Je suis désolée, murmura-t-elle en nettoyant de son mieux les lèvres de la plaie.

Après en avoir fini avec ces préliminaires, elle n'eut pas d'autre choix que de s'attaquer à la blessure elle-même.

— Cela risque de faire mal, prévint-elle avec douceur.

Comme il ne répondait pas, elle risqua un rapide regard sur son visage. Il l'examinait toujours, étudiant ses traits avec attention. Elle ravala son trouble et se remit à la tâche. Quand elle commença à nettoyer la plaie, il ne lâcha pas le moindre cri, ne se crispa même pas, se contentant de la regarder, encore et toujours.

Il fallait de la délicatesse pour nettoyer la blessure sans

la rouvrir. Après quelques minutes, elle fut enfin satisfaite. Avec un peu d'eau et un simple morceau de tissu, il était impossible de faire mieux de toute manière. A présent, il lui faudrait demander à Edyth de préparer un cataplasme — si elle parvenait à convaincre l'homme de venir chez elle.

Abandonnant la bandelette, elle attrapa ce qui restait du tissu et le mouilla avant de le presser en douceur sur la peau bleuie et enflée, sous l'œil de son patient.

— Laissez cette compresse en place quelques instants. Avec un peu de chance, l'eau froide aidera l'hématome à se résorber.

L'étranger avait fini sa soupe et reposa le bol sur le lit d'aiguilles de pin séchées qui lui servait de paillasse. Il posa ensuite sa main sur celle d'Aisly pour maintenir la compresse. Ce simple contact fit naître en elle un étrange plaisir qui lui coupa le souffle et elle eut un mouvement de recul. Croisant un instant le regard de l'homme, elle sut immédiatement que cette émotion inattendue était partagée : les yeux noisette posés sur elle s'emplissaient d'un soupçon de perplexité.

— Vous savez, vous devriez vraiment vous reposer un peu avant de reprendre la route.

Il acquiesça de façon presque imperceptible, sans prononcer le moindre mot. Son corps de guerrier commençait à s'affaler peu à peu contre le tronc de l'arbre et ses paupières paraissaient plus lourdes à chaque instant. Le sommeil allait bientôt l'envahir. Il ne restait plus qu'à espérer qu'il se réveille de nouveau…

Avec précaution, elle replaça le bol et la gourde dans son panier mais, quand elle bougea pour le poser à l'écart, le regard de l'homme ne la suivit pas.

— Etranger, appela-t-elle.

Il releva les yeux, péniblement, comme s'il avait du mal à se concentrer. Ses paupières se mirent à battre plus vite.

— Reposez-vous. Je monterai la garde.

Elle aurait pu se taire, cela n'aurait rien changé : le grand corps de l'homme s'affaissait déjà sur le sol. Aisly se précipita pour amortir sa chute et plaça doucement sa tête sur le matelas d'aiguilles.

Il prit une profonde inspiration mal assurée et fronça vaguement les sourcils.

— Vous devriez prévenir vos guerriers, au sujet du Danois qui vous a attaqué, murmura-t-il. S'il n'était pas seul, vous pourriez encore être en danger.

Il était à présent presque inconscient et elle décida d'attendre pour parler à qui que ce soit. Les hommes du village ne lui feraient certainement aucun mal, mais elle préférait laisser le guerrier se reposer quelques heures et retrouver des forces grâce à son repas avant de mentionner son existence.

Avait-il le pressentiment qu'il risquait de ne pas se réveiller bientôt ?

Il dut sentir qu'elle hésitait car il lui attrapa les mains et ses yeux se rouvrirent quelques instants.

— Promettez-moi de leur dire, balbutia-t-il.

— Oui, je leur dirai, répondit-elle nerveusement.

Il prit quelques inspirations profondes, plus tranquilles. Combien de temps pourrait-il tenir, dans cet état ? Tout son corps brûlait de fièvre…

# Chapitre 4

Le soleil s'était rapproché de l'horizon et l'étranger dormait toujours. Aisly lui avait tapoté l'épaule, le bras, l'avait secoué et lui avait parlé. Rien n'y avait fait.

Sa respiration était devenue plus lente, plus imperceptible. Finalement, elle avait compris qu'il ne se réveillerait pas — pas avant la nuit en tout cas.

Elle avait pourtant espéré qu'il serait au moins capable de marcher avec elle jusqu'au village, après un peu de repos. Elle aurait voulu l'installer chez elle avant de le présenter aux autres… Mais cela ne serait pas possible. Elle l'avait donc laissé dans la forêt, à contrecœur, et était retournée au village. Cette fois, elle était allée directement dans le manoir, pour y trouver Cuthbert. Une fois devant la porte de la grande salle, elle s'était arrêtée un instant, avait pris une profonde inspiration et était finalement entrée.

Bon sang ! Elle avait oublié que le conseil s'y tenait ce jour-là !

A peine avait-elle passé la porte qu'elle se retrouva face à son beau-père, Wulfric, debout au fond de la longue pièce. Son visage sévère avait suffi à la terrifier et à la figer sur place. Il portait une tunique brune, maintenue par une ceinture de cuir qui soulignait son ventre proéminent. Sa barbe foncée, striée de fines mèches argentées, était séparée en deux parties qui retombaient sur son torse. Sa moustache était rasée, permettant à tous de voir l'éclat ravageur de ses dents blanches. Il souriait, menaçant, face au pauvre homme agenouillé devant lui. Les autres membres du conseil étaient assis sur des bancs, le long des murs. Tous les regards se concentraient sur Wulfric et sa victime.

— Lorsque vous aviez douze ans, n'avez-vous pas juré de respecter les lois de ce pays ? lança Wulfric.

Sa voix puissante résonna et emplit la pièce silencieuse.

Aisly entendit à peine la réponse de l'homme.

— Oui…

Son accent familier attira l'attention d'Aisly. Examinant l'homme plus en détail, elle reconnut Beorn, qui vivait dans une petite maison, près de chez elle. Il n'était pas guerrier mais fermier et avait enfin réussi, quelques mois plus tôt, à économiser assez d'argent pour épouser sa douce amie.

— Le vol est illégal, dans notre pays, reprit Wulfric. Or on m'a dit que vous aviez volé un mouton. La laine a été retrouvée chez vous. Votre épouse…

Il eut un petit signe en direction d'un des coins de la pièce. Aisly aperçut alors la jeune femme — devenue son amie avec le temps — debout, seule, sanglotant en silence.

— Elle était dans votre maison, avec la laine. Il est évident qu'elle savait…

— Non ! cria Beorn. Elle ne savait rien ! Je ne lui ai pas dit d'où venait la laine.

— Et vous allez me faire croire qu'elle n'avait aucun soupçon ? Qu'elle n'a jamais posé de questions ?

Wulfric paraissait de plus en plus satisfait, cruel et implacable. Il avait toujours eu l'air d'aimer tourmenter les pauvres et les faibles — un trait de caractère que l'on retrouvait souvent chez Godric.

— Elle n'avait aucune raison de douter de moi. Je ne lui ai jamais parlé de mes dettes…

D'instinct, Aisly se mordilla la lèvre et plaqua ses bras sur son ventre. Rowena venait d'apprendre qu'elle était enceinte. Qu'allait-il leur arriver ? C'était auprès de Godric que Beorn s'était endetté. Aisly n'avait jamais su comment puisque son époux ne lui parlait jamais de ces choses-là, mais cela était sans doute lié à la passion vouée par Godric aux jeux de hasard…

A sa mort, elle avait récupéré les reconnaissances de dettes mais n'avait jamais demandé à être remboursée. Cela lui était venu à l'esprit quand les Danois avaient volé tout ce qu'elle avait, mais elle savait que le malheureux couple n'avait pas de quoi la payer.

Elle chercha rapidement du regard la chevelure blanche de Cuthbert, le chef du village, ou la silhouette généreuse de son frère, Arte. Ils n'étaient pas là. Wulfric tenait rarement des séances du conseil sans eux mais cela arrivait de temps en temps… Le beau-père d'Aisly était l'homme vers qui tous se tournaient pour régler leurs disputes.

Toujours debout face à Beorn, il haussa les épaules, comme si ce que pouvait dire l'accusé pour se défendre n'avait aucune importance.

— Taisez-vous ! Cette femme est de votre famille et elle souffrira avec vous. De toute manière, votre goût pour le vol a dû déteindre sur elle. Vous serez tous deux conduits devant lord Oswine et je lui conseillerai de vous chasser du…

— Attendez ! s'écria Aisly sans réfléchir.

Toutes les têtes se tournèrent vers elle et la jeune femme se trouva coincée, sans la moindre chance de pouvoir fuir discrètement. Son cœur se mit à battre la chamade. Elle se sentait comme une proie, piégée par un chasseur implacable.

Wulfric serra les dents et, malgré la distance, elle crut voir une veine gonfler sous sa tempe — comme chaque fois que quelqu'un le mettait hors de lui. Elle ravala sa terreur et avança de quelques pas.

— Est-ce… Est-ce vraiment nécessaire, Wulfric ? Je n'ai jamais réclamé le remboursement de cette dette. Ne pouvons-nous pas simplement rendre la laine à son propriétaire et en rester là ?

— Cette dette n'a jamais été la vôtre, ma chère, répondit Wulfric, qui avait bien vite retrouvé son mépris et son arrogance.

— Cet homme devait de l'argent à Godric. C'est donc moi qu'il aurait dû rembourser.

Les poings serrés, elle retrouvait peu à peu son courage.

— Tout ce qui appartenait à mon fils n'est pas vôtre, reprit Wulfric sévèrement. J'étais cité sur la reconnaissance de dette, elle m'est donc revenue. Et j'en ai réclamé le paiement.

— Ces gens vous doivent donc de l'argent alors que vous êtes le seul à pouvoir décider de la punition adéquate en cas d'impayé ?

C'était injuste !

— Oui, en effet. Qu'essayez-vous de dire, Aisly ?

Elle prit une profonde inspiration, dans l'espoir vain de calmer son cœur emballé. Wulfric avait été très clair dès le début : il n'avait pas apprécié que son fils épouse une simple servante. Il avait aussi répété à qui voulait l'entendre qu'il désirait à présent la chasser de la demeure de Godric. Ce n'était certainement pas le moment de le provoquer, mais ce qui se passait devant elle était si malhonnête qu'elle ne pouvait se taire.

— Je ne sous-entends rien, Wulfric. Je vous demande simplement de faire preuve de pitié : cette femme est enceinte et aucun d'eux n'a jamais volé jusqu'à présent. Peut-être n'était-ce qu'un accident, le résultat d'une erreur de jugement. S'ils rendent la laine, rien n'aura été perdu.

Wulfric eut un petit rire méprisant.

— Le mouton ne reviendra pas, lui. Ils n'ont pas volé que la laine ; et même s'ils la rendaient, cela n'effacerait pas leur crime. Les voleurs doivent être punis. Vous devriez le savoir, Aisly : ce qui est fait ne peut être défait.

Son regard menaçant laissait entendre que ces paroles lui étaient directement destinées et un frisson glacé la parcourut.

Wulfric se détourna et se concentra de nouveau sur le pauvre Beorn, toujours agenouillé devant lui.

— Peut-être pourrais-je payer à leur place, insista Aisly. Combien vous doivent-ils ? Si je me rappelle bien, la somme est plutôt modeste.

Le montant qu'annonça Wulfric était si élevé que cela parut absurde. Venait-il d'inventer tout cela ? Elle n'aurait jamais pu payer une telle somme, même avant que les Danois ne la privent de ses biens. Devinant à raison qu'elle était incapable de payer, Wulfric eut un nouveau sourire carnassier. Il leva la main dans un geste théâtral, savourant clairement sa position de puissance.

Aisly examina de nouveau l'assemblée. Personne n'aiderait donc ces pauvres gens ? Malheureusement, seuls Cuthbert et Arte osaient s'opposer à Wulfric. Tournant les talons, elle se précipita hors du manoir. L'étranger avait besoin d'aide et Cuthbert était le seul à qui elle oserait se confier. Elle en profiterait aussi pour lui parler de Beorn. Le vieux chef était bon et juste, alors que Wulfric était froid et fourbe. Peut-être pourrait-il intervenir.

Elle courut jusqu'aux portes du village et manqua de renverser Cuthbert, qui rentrait des champs.

— Nous allons le transporter chez moi et je demanderai à Edyth de s'occuper de lui, dit doucement Cuthbert en examinant l'étranger inconscient, sans oser le toucher.

Deux de ses guerriers les avaient accompagnés dans la forêt mais, à en juger par leur taille modeste et le fait que l'étranger serait un poids mort, Aisly doutait qu'ils parviennent à le porter seuls.

Elle se fiait à Cuthbert, un chef sage et réfléchi, mais n'avait aucune confiance en les autres. La simple pensée de laisser son sauveur à la merci des guerriers qui dormaient dans le manoir la rendait malade.

— Je préférerais m'occuper de lui moi-même, dit-elle d'une voix aussi confiante que possible, en dépit des doutes qui l'envahissaient.

L'étranger était grand. Sa cuisse, engoncée dans le pantalon, était presque aussi large que les deux jambes d'Aisly mises côte à côte. S'il le voulait, il la maîtriserait aisément…

Cuthbert soupira.

— Non, nous ne pouvons pas nous fier à cet homme.

— Je le sais bien, mais je l'ai vu tuer ce Danois rebelle de mes propres yeux. Il n'est pas l'un des leurs.

Elle avait déjà raconté toute l'histoire à Cuthbert et aux deux guerriers sur le chemin — mais avait évité de leur avouer qu'elle était longtemps restée assise avec lui, ou qu'il l'avait traitée avec une étrange gentillesse.

— S'il avait eu l'intention de me faire du mal, il l'aurait déjà fait.

— Il a l'air trop affaibli pour essayer de vous faire du mal, remarqua l'un des guerriers.

Pour dire une chose pareille, il n'avait pas vu l'étranger à l'œuvre. Il ne l'avait pas vu attaquer le rebelle avec sa grâce féline. S'il l'avait vraiment voulu, ce guerrier aurait pu la tuer elle aussi. Mais Aisly n'avait pas décelé la moindre trace de méchanceté dans le regard de son sauveur ; rien qui pût lui faire croire qu'il voulait lui faire du mal. Instinctivement, elle se sentait à l'aise à ses côtés, comme si elle le connaissait. Elle avait eu affaire à un regard menaçant pour la première fois deux mois après son mariage avec Godric. Ce jour-là, elle avait été occupée par une commande et n'avait pas vu le jour s'achever. Godric était rentré en compagnie d'un ami et pensait trouver de la viande en train de rôtir dans la cheminée. Seulement, Aisly n'avait préparé que du potage. Godric ne l'avait pas frappée… Pas cette fois-là… Mais elle avait vu dans ses yeux qu'il en avait envie.

— Il va avoir besoin de soins constants et de calme. La

grande salle du manoir n'est peut-être pas l'endroit idéal pour cela.

Les guerriers du village se méfiaient de tous les étrangers et, au fond d'elle-même, Aisly ne leur faisait pas confiance pour s'occuper de son sauveur. Pour une raison qu'elle ne comprenait pas vraiment, elle avait l'impression d'être la seule à avoir le droit de veiller sur lui. Peut-être était-ce parce qu'elle l'avait trouvé, ou parce qu'il l'avait sauvée — elle préférait ne pas trop s'attarder sur ses véritables motivations…

Cuthbert lui jeta un nouveau coup d'œil circonspect avant de se retourner vers l'homme inconscient.

— Non, pour vous protéger il faudrait que je laisse un de mes guerriers auprès de vous et après le massacre, je ne peux pas me le permettre.

L'attaque qui avait conduit Godric et ses hommes à la mort avait eu lieu des semaines plus tôt, mais le risque de représailles était toujours réel.

— Mais nous avons besoin de le soigner ! Il porte une tunique de mercenaire, il pourra nous être utile…

Aisly se rattrapait à ce qu'elle pouvait pour donner de la valeur à la vie de son sauveur, même si elle ignorait pourquoi cela lui tenait tellement à cœur. Après tout, quand elle s'était levée ce matin, elle ne le connaissait pas encore. Mais il lui avait *bel et bien* sauvé la vie…

Le guerrier qui avait déjà parlé se pencha sur la broderie qui ornait la tunique.

— Oui, c'est bien la marque d'un mercenaire. Seulement, cet homme pourrait tout à fait être danois : il leur ressemble.

— Nous allons devoir l'interroger, trancha Cuthbert. Le fait est qu'il a tué un rebelle, et qu'il pourrait donc nous être utile. Danois ou pas, si nous pouvons acheter sa loyauté…

Aisly ne prit pas la peine de leur rappeler que l'homme était amnésique. Elle le leur avait déjà dit et puis sa mémoire lui reviendrait peut-être, à son réveil.

— Quelle que soit son identité, cet homme a besoin de repos et je ne cours aucun danger, protesta-t-elle encore.

— Pas pour le moment, en effet, mais quand il se réveillera, il aura sans doute retrouvé toutes ses forces.

Comment contredire Cuthbert sur ce point ?

— Dans ce cas, laissez-le avec moi, mais attachez-le. S'il est attaché en plus d'être blessé, il ne pourra pas me faire de mal.

Cuthbert poussa un profond soupir mais finit par céder. Il ne tenait sans doute pas à héberger un guerrier inconnu et blessé dans la grande salle de son manoir.

*Il se réfugia de nouveau entre les racines du grand sapin pour se protéger du vent violent, et pour se cacher des gens qui s'agitaient dans le village, en contrebas. Ramenant ses genoux sous son menton, il se pelotonna, se fit tout petit et s'efforça de ne pas trembler. En vain. Son bras gauche restait plaqué contre ses côtes, seul moyen qu'il avait trouvé pour apaiser la douleur cuisante qui traversait son torse.*

*Un nouvel accès de terreur le figea sur place quand il vit la porte de la petite maison s'ouvrir à la volée. Un homme en sortit. Quelle lâcheté ! Tant bien que mal, il ignora sa peur et s'obligea à suivre des yeux l'homme qui parcourait le ponton pour rejoindre son bateau, sans jeter le moindre coup d'œil derrière lui. L'homme commença à s'éloigner de la terre ferme dans son embarcation et alors seulement, Magnus s'autorisa un soupir de soulagement. Il attendit néanmoins que le bateau ait disparu pour se risquer hors de la forêt, qu'il quittait pour la première fois depuis une semaine. Il descendit la colline en direction du village. La douleur qui lui sciait les côtes aurait pu le ralentir mais il n'y prêta même pas attention. Combien de temps lui restait-il ? Il n'en savait rien. Raison de plus pour agir vite.*

*Néanmoins, une fois arrivé devant la porte de la maison,*

*il hésita. Qu'allait-il trouver à l'intérieur ? Sa petite main tremblait comme une feuille lorsqu'il poussa le battant, et son sang pulsait à tout rompre dans son crâne.*

Magnus se réveilla en sursaut. Des voix étouffées parvenaient jusqu'à lui. Son rêve étrange et la douleur qui le rongeait l'avaient empêché de trouver un sommeil paisible. Les images venues le hanter étaient sans doute un souvenir d'enfance, mais il n'était sûr de rien. Dès qu'il ouvrit les yeux, le rêve commença à s'effacer.

Il lui fallut quelques instants pour s'habituer à la pénombre de la pièce. Un petit feu lançait des reflets d'ambre et lui chauffait les pieds, mais sa blessure semblait se réveiller à chaque fois qu'il tentait de se soulever pour mieux voir où il se trouvait. Il finit donc par regarder devant lui, sans chercher à bouger. Au bout de quelques secondes, il comprit qu'il ne regardait pas *devant*, mais *vers le haut* : les contours d'un toit de chaume se dessinaient lentement au-dessus de lui.

Une tapisserie avait été accrochée sur sa gauche, pour séparer son alcôve du reste de la maison. Près de ses pieds, les braises rouges d'un feu moribond luisaient encore et, de l'autre côté de l'âtre, une table rudimentaire se dressait, chargée d'ustensiles de cuisine. Les voix s'étaient tues mais il entendait encore des bruits discrets.

Avant même de chercher à comprendre où et avec qui il était, il sentit une nouvelle douleur, aiguë, dans ses épaules. Cela n'avait rien à voir avec ses côtes endolories, témoins de la mystérieuse bataille à laquelle il devait avoir participé. Non, cette fois, des dizaines d'aiguilles semblèrent descendre le long de ses bras lorsqu'il tenta de les bouger. Il n'y parvint pas et leva les yeux, surpris. Ses poignets étaient attachés à la tête de lit !

Une vague de panique l'envahit soudain et il tira de toutes ses forces — pour se rendre compte, au même instant, que ses chevilles étaient attachées au pied du lit. Son angoisse le crispa de plus belle et son cœur s'emballa.

Rassemblant ses quelques forces, il tira, se contorsionna sur le matelas dans le vain espoir de se libérer. Tout ce bruit allait sans aucun doute attirer l'attention de son ravisseur mais cela n'avait aucune importance. Il fallait qu'il se tire de ce mauvais pas !

— Etranger ?

La voix de femme l'arrêta net. Le simple fait d'apercevoir la silhouette, à quelques pas de lui, suffit à l'apaiser. C'était *elle* ! Il pouvait presque sentir son corps pressé contre le sien, son corps chaud et rassurant qui l'avait soutenu quand elle l'avait conduit à son village.

Elle portait une robe différente, d'un vert qui rappelait l'éclat de ses yeux, et un tablier blanc était noué autour de sa taille. Elle avait les mains levées devant elle, comme si elle cherchait à le rassurer, et se mit à parler très vite. Trop vite. Il ne comprit rien de son petit discours.

Il voulut demander une explication mais fut incapable de trouver les bons mots. Finalement, après un temps de réflexion assez long, il parvint à articuler :

— Pourquoi suis-je attaché ?

Il n'avait pas réussi à rendre sa voix aussi froide qu'il l'aurait voulu... La demoiselle souriait et il était clairement incapable de se mettre en colère quand elle le regardait comme cela.

— Ils ne vous auraient pas laissé vous reposer ici si je n'avais pas accepté. Je suis désolée, répondit-elle en venant s'agenouiller près du lit. Comment vous sentez-vous ?

— Laissez-moi partir, reprit-il, plus fermement cette fois.

La jeune femme eut un geste de recul et il regretta immédiatement son emportement. Il essaya de nouveau, en prenant soin de rester calme.

— Vous savez que je ne vous ferai pas de mal, ma belle. Détachez-moi, je dois partir.

— Je sais. Je n'ai pas peur que vous me fassiez quoi que ce

soit. Seulement, je n'ai pas eu le choix : ils ne vous auraient jamais laissé ici si vous n'aviez pas été attaché.

Elle fronça les sourcils et s'appuya au bord du lit, l'air sincèrement navré.

— *Ils ?*

Question absurde. De toute évidence, il était dans le village et les chefs ne faisaient pas confiance à un inconnu — un étranger, comme elle l'avait appelé. Le fait qu'il soit encore en vie et n'ait pas été tué sous le pin près duquel il s'était écroulé était déjà une bonne chose… Mais les hommes attendaient peut-être simplement de découvrir son identité avant de l'assassiner.

— Ce sont les anciens du village, expliqua-t-elle. Cuthbert est notre chef. Quand vous vous êtes endormi, j'ai essayé de vous réveiller mais sans succès. Comme j'avais peur que vous ne repreniez jamais conscience, je n'avais plus le choix : je devais lui dire que je vous avais trouvé. Il est revenu avec moi et quelques-uns de ses hommes vous ont porté jusqu'ici.

Magnus l'écouta, incapable de détacher ses yeux de la jeune femme. Elle était si vive, si vibrante, si lumineuse… Il aurait pu passer sa vie à la regarder. Mais il avait besoin de toutes ses facultés pour comprendre ce qu'elle disait, et il dut faire preuve de détermination pour ne pas se laisser distraire par ce beau visage.

— Ils voulaient vous emmener dans la grande salle du manoir mais j'ai pensé que ce ne serait pas le meilleur endroit. Je voulais veiller sur vous moi-même et je leur ai demandé de vous transporter chez moi. Ils ont accepté à condition que vous soyez attaché. Je pensais simplement lier vos bras, au début ; seulement, vous n'arrêtiez pas de bouger dans votre sommeil et j'avais peur que vous vous fassiez du mal. J'ai dû immobiliser vos chevilles aussi.

Le regard de Magnus dut trahir sa confusion, car elle eut un petit sourire et rougit.

— Toutes mes excuses, je parle trop parfois…

Ses pommettes, rosies par l'émotion, attirèrent l'attention de Marcus sur la mèche de cheveux qui dépassait légèrement de son voile. Des éclats roux, auburn plutôt, brillaient dans la lueur des braises. Il aurait voulu lui arracher cette horrible coiffe et libérer sa chevelure — quelle idée… Ce n'était pas le moment de laisser ses émotions prendre le contrôle !

Il fit de son mieux pour se concentrer à nouveau et tenta de bouger, réveillant la douleur qui déchirait ses bras immobilisés dans cette position inhabituelle. Sa blessure se rappelait aussi à lui et tout le haut de son corps commençait à le faire souffrir.

— Comment va votre tête ?

Elle tendit le bras pour palper le cataplasme placé sur la plaie et maintenu par une bande de tissu qui lui encerclait la tête. Satisfaite de voir le bandage fermement noué, elle posa doucement sa paume sur l'autre tempe du guerrier.

— J'ai toujours mal, admit-il.

— J'ai une potion pour vous, si vous voulez la boire. Edyth, la guérisseuse qui a fait votre cataplasme, m'a dit que ce breuvage calmerait la douleur.

Il acquiesça, d'un mouvement léger pour éviter qu'elle ne s'éloigne de lui. Sa main, si douce, lui caressa les cheveux et il dut lutter pour ne pas s'abandonner au plaisir.

— Vous vous êtes réveillé en sueur, la nuit dernière ; mais j'ai l'impression que la fièvre est retombée. Vous êtes à peine chaud, maintenant.

La langue qu'elle parlait lui était toujours aussi peu familière mais cela n'avait aucune importance. Même sans la comprendre tout à fait, il aurait pu passer des heures à écouter sa voix posée et un peu cassée.

— Merci. Vous m'avez sauvé la vie.

Pour le moment du moins. Tant que les villageois ne décidaient pas de le tuer.

— C'est *vous* qui m'avez sauvée.

Leurs regards se croisèrent un instant et le temps parut

s'arrêter. Il n'entendait plus rien que le souffle de la jeune femme, ne voyait plus que son visage et ne sentait plus que la caresse furtive de ses doigts qui redescendaient le long de sa mâchoire.

— J'ai mis votre vie en danger et je m'en excuse, murmura-t-il. Comment pourrais-je vous remercier pour tout ce que vous avez fait ?

Elle sourit, le coin de ses yeux se plissa d'une manière adorable et ses joues s'enflammèrent de nouveau. Elle reposa la main sur le matelas, timidement.

— Je pense que vous avez encore besoin de temps pour vous remettre, il est trop tôt pour penser à me remercier.

Elle avait cessé de le toucher mais restait assise sur le lit, et la chaleur de son corps, si proche, commençait à troubler Magnus. Elle le réchauffait comme le plus doux des feux et l'enveloppait de son parfum frais, étonnamment fleuri. Une odeur vaguement familière... Mais ses souvenirs étaient encore trop flous pour faire un lien quelconque entre Aisly et ses sensations d'avant. A chaque fois qu'il essayait de se remémorer quoi que ce soit, toutes les images qui se bousculaient dans sa tête paraissaient se mélanger comme un écheveau emmêlé.

— Je ne devrais pas m'attarder ici.

*Et pourtant...* Il aurait tant voulu passer plus de temps avec elle. Il pourrait la convaincre de le détacher sans difficulté. Soudain, il comprit ce qu'elle lui avait dit et se souvint qu'elle avait changé de vêtements.

— Je suis ici depuis combien de temps ? demanda-t-il alors.

— Une nuit. Vous êtes arrivé hier et la matinée tire à sa fin.

Il était chez elle depuis un jour et une nuit. C'était beaucoup trop ! La veille, il avait été trop faible pour effacer leurs traces quand ils avaient rejoint le village : si les Danois le voulaient, ils pourraient les suivre tout droit jusqu'à cette maison.

— Dans ce cas, il est urgent que je parte. Je suis resté trop longtemps.

— Non, vous ne pouvez pas partir. Pas encore. Vous n'êtes pas en état de voyager : votre fièvre peut revenir. Ce serait imprudent d'être tout seul dans la nature.

Il avait prévu de la quitter dès que l'occasion se présenterait mais un élan de tendresse l'envahissait. Qu'avait donc fait cette inconnue pour le troubler à ce point ?

— N'ayez pas peur pour moi, ma belle. Grâce à vous, j'ai retrouvé des forces.

Il l'avait touchée, la veille. Il se souvenait très bien d'avoir effleuré sa joue, d'avoir senti sous ses doigts la douceur de sa peau, aussi lisse qu'une étoffe de soie. Une jolie nuée de taches de rousseur s'étendait sur son nez et ses joues. Il aurait voulu en suivre le motif complexe, l'explorer.

Elle entrouvrit les lèvres et prit une profonde inspiration. Elle avait une si jolie bouche, charnue et délicate comme un fruit mûr.

— Vous avez besoin de vous reposer davantage… et de manger.

— Je mangerais volontiers, merci. Mais je vous en prie, libérez-moi, répondit-il en tirant à nouveau sur ses liens d'un coup sec.

Elle le dévisagea d'un air troublé. Ses grands yeux verts scintillaient dans la pénombre.

— Je ne peux pas, dit-elle. Croyez-moi, si cela ne tenait qu'à moi, je l'aurais déjà fait : je sais que vous ne présentez aucun danger. Mais je ne peux pas désobéir à Cuthbert.

Quelque chose, dans ces paroles, trouva un écho au fond de l'esprit de Magnus. Etait-ce la réticence de la demoiselle à trahir la confiance des siens ? Les contraintes dues à l'organisation de son village ? Quoi qu'il en soit, tout cela lui paraissait étrangement familier : il avait déjà dû connaître ce genre de situation dans sa vie. Il était guerrier, après tout — de cela, au moins, il était sûr.

— Je vais vous chercher à manger.

Il n'eut pas d'autre choix que de la regarder s'éloigner et passer derrière le foyer. Elle prit un bol sur la table et le remplit de ce qui mijotait doucement dans la marmite. Tandis qu'elle s'occupait de son repas, il examina plus attentivement la pièce. La tapisserie suspendue près du lit lui dissimulait une bonne partie de l'espace, mais ses yeux s'étaient suffisamment habitués au manque de lumière pour lui permettre de remarquer quelques détails. Près de lui, le mur était en partie dissimulé par une série de paniers remplis de tissu et de fils. Une table et des tabourets étaient aussi installés près du feu, chargés d'aiguilles et de tambours à broder.

— Vous êtes tisseuse ?

— Brodeuse, mais je tisse un peu aussi.

Elle lui lança un grand sourire, ses yeux brillant d'un éclat de fierté.

— J'ai trois apprenties, vous savez. Enfin, plutôt deux : l'une d'elles est encore très jeune et ne vient que le matin pour m'aider à m'occuper de mon jardin.

— Vous n'avez pas de serviteurs ?

Elle secoua la tête, sans lever les yeux de sa marmite.

— J'en avais une, autrefois. Elle m'aidait au jardin et à la maison pour que je puisse consacrer plus de temps à mon travail. Mais après la mort de mon époux, je n'avais plus les moyens de la payer.

Son mari était mort ? C'était affreux ; mais il ne ressentit pas la tristesse qu'un tel aveu est censé provoquer. Bien au contraire, une joie inattendue effaça un instant sa douleur physique et il éprouva soudain un puissant désir de possession. Il voulait cette femme. Il voulait la faire sienne.

Cette émotion était si incontrôlable qu'il dut se détourner d'Aisly. Pour la première fois, il fut heureux d'être attaché à ce lit : ses liens l'empêchaient au moins de la prendre dans ses bras, comme il aurait tant voulu le faire. Son regard se posa sur la couverture pliée sur ses jambes. Elle était vieille et son éclat passé mais elle lui appartenait. Ce lit était *son* lit. Il prenait tant de place au milieu du matelas qu'elle n'avait pas dû pouvoir s'allonger durant la nuit. Néanmoins, il ne put s'empêcher de l'imaginer là, contre lui. Cette vision avait quelque chose de vivant, de presque palpable. Il aurait juré pouvoir sentir la chaleur de ce corps de femme pressé contre le sien. C'était une impression si précise qu'il ne pouvait l'avoir imaginée. Non, il se *souvenait*. Le visage de la femme inconnue qui lui revenait avait pris les traits d'Aisly. S'il n'était pas à ce point sûr qu'elle ne le reconnaissait pas, il aurait presque pu croire qu'elle était l'amante de son souvenir.

Evidemment, c'était une idée absurde : ils n'avaient jamais été amants et ne le seraient jamais.

Par courtoisie, il aurait dû lui présenter ses condoléances pour la perte de son époux. Il garda le silence. Il ne voulait pas lui mentir plus que nécessaire. Il lui avait déjà caché la vérité au sujet de son nom — par prudence — et continuerait de le faire pour la protéger.

Il changea donc de sujet :

— C'est vous qui avez fait cette tapisserie ?

Il appuya sa question d'un petit signe de tête lancé vers le panneau suspendu au plafond. Il représentait un motif floral complexe, chargé de volutes et d'entrelacs, dans des tons fanés de rose, de jaune et de vert mousse.

— Oui, répondit-elle sans même lever les yeux. Ma mère l'avait commencée. Vous pouvez sans doute repérer les fils plus anciens, en haut. Et c'est moi qui l'ai finie. Bien sûr, mon travail n'est pas aussi précis que le sien : j'apprenais encore.

— C'est charmant. Vous avez du talent.

Elle haussa les épaules mais ses joues empourprées trahirent son émotion. Ayant enfin fini de le servir, elle s'éloigna de l'âtre. Elle était décidément très belle. Le simple fait de la regarder était envoûtant…

Soudain, l'estomac de Magnus gargouilla bruyamment, brisant la magie de l'instant. Elle rit et il ne put s'empêcher de sourire en la suivant des yeux dans la pièce. Sa petite taille et la finesse de ses membres auraient pu passer pour de la fragilité chez n'importe quelle autre femme, mais pas chez elle. Elle avait une certaine confiance, la tranquillité de qui sait exactement de quoi il est capable.

Tout ce qu'il désirait, pour le moment, c'était mieux voir ses cheveux, dissimulés par la coiffe qu'elle portait. La fine mèche qui venait effleurer sa tempe avait des reflets cuivrés si profonds…

— Votre mère doit être fière de vous.

Elle fronça les sourcils de nouveau et une profonde tristesse s'invita dans son regard.

— J'espère qu'elle l'est, de là-haut.

Magnus connaissait cette peine. L'amertume et le manque s'emparèrent un instant de lui — une absence qui ne serait jamais comblée. Il essaya de retrouver des souvenirs de sa propre mère, mais ce simple effort réveilla sa migraine.

— Je suis désolé pour vous…

Elle renifla avec un petit sourire triste.

— Mes deux parents sont morts quand j'avais huit ans. Une fièvre les a emportés à quelques semaines d'écart. J'ai encore beaucoup de souvenirs de ma mère, quand elle m'apprenait le métier, mais elle me manque beaucoup. Ils me manquent tous les deux. Mais c'est différent avec les mères, vous ne pensez pas ?

Il croisa son regard. Comment pourrait-il la réconforter, chasser l'ombre du deuil de ses beaux yeux ?

— Je suis heureux que vous ayez pu garder cette tapisserie…

Dans un nouveau soupir, elle examina rapidement les autres murs de la maison, tous dénudés.

— J'en avais d'autres mais on me les a prises. En contrepartie.

— En contrepartie de quoi ?

— D'une chose que Godric a faite. Cela n'a aucune importance.

Magnus voulut en savoir plus, mais elle ne lui laissa pas le temps de poser la moindre question.

— Vous savez, les hommes du village ont trouvé le Danois, près de la rivière. Ils l'ont reconnu : c'était l'un des rebelles qui nous harcelaient depuis l'été.

— Qu'ont-ils donc fait ?

— Pas grand-chose au début : ils ont brûlé des récoltes, volé des moutons. Mais à la fin de l'été, deux jeunes femmes ont disparu et les rebelles ont mis le feu à nos remparts. Certains disent que les deux filles ont été attirées dehors par les Danois, d'autres pensent qu'elles ont été tuées — sacrifiées pour un rituel barbare. En tout cas, on n'a plus jamais entendu parler d'elles.

— Et vous ? Qu'en pensez-vous ?

— Je ne sais pas. J'espère qu'elles ont trouvé des hommes pour veiller sur elles. Mais j'en doute. Les Danois sont des brutes, tous autant qu'ils sont : les rebelles *et* ceux du campement.

— N'y a-t-il donc personne à qui vous en remettre, quand vous avez besoin d'aide ? Pas de seigneur ?

On ne trouvait jamais de villages comme celui-ci, perdus en pleine nature, qui n'avaient pas de protecteur puissant pour assurer la sécurité des habitants…

— Oui, nous avons un seigneur et nous avons fait appel à lui ; mais lord Oswine ne voit pas vraiment l'intérêt de se mettre les Danois à dos. Ceux qui vivent dans le campement, non loin d'ici, dirigent la région à présent. Les rebelles, eux, sont installés ailleurs et sont censés être des ennemis du campement. Je crains que rien ne puisse nous protéger d'eux : ils volent tout ce qu'ils veulent et lorsqu'on ose se plaindre, on ne fait que s'attirer de nouveaux ennuis.

Elle expliqua tout cela d'une voix dure et froide, en s'installant sur un tabouret au chevet de Magnus. Elle lui fit boire le contenu d'une petite fiole et il obtempéra — même si son estomac se rebella au contact du liquide amer.

Une fois sa nausée passée, il tenta de se souvenir du nom du seigneur, mais « lord Oswine » ne lui rappelait rien. Après tout, le contraire eut été surprenant, étant donné que son propre nom restait une énigme pour lui.

— Votre seigneur ne s'est pas opposé aux Danois ?

Frustré, il ignora le trou noir qui emplissait son esprit et se concentra sur le bol tandis qu'Aisly lui faisait déguster le ragoût à la cuillère. Il se sentait comme un enfant, impuissant et dépendant d'elle, mais le fait que personne d'autre ne soit présent pour le voir dans cet état apaisait un peu sa honte.

— Les Danois du campement ont tout pouvoir sur lui. Il ne ferait rien qui puisse les contrarier.

Après avoir avalé une nouvelle cuillerée, il demanda :

— Et ces Danois qui harcèlent les villageois sont-ils les mêmes que ceux qui contrôlent Oswine ?

— Non, pas tout à fait. L'homme de la rivière était l'un des rebelles. Ils ont fini par s'éloigner du campement et ne reconnaissent l'autorité de personne. Celui que vous avez tué portait leur marque. Mais cela n'a aucune importance : les Danois du campement ne se soucient pas de nos problèmes. En ce qui me concerne, rebelles ou non, ils se valent tous les uns les autres, répondit-elle amèrement.

Les problèmes d'Aisly n'auraient pas dû préoccuper Magnus ; il n'aurait pas dû s'inquiéter pour elle. Néanmoins, elle n'aurait jamais dû se promener seule dans la forêt, si loin de chez elle ! C'était déjà imprudent en temps de paix, mais encore plus lorsque la menace des rebelles pesait sur la région. Une telle femme était un trophée de choix pour n'importe quel homme, surtout qu'elle n'avait ni père ni époux pour la protéger. Elle aurait facilement pu être enlevée — et le simple fait de l'imaginer entre les griffes de la brute qu'il avait tuée au bord de l'eau le rendit malade.

Quoi qu'il en soit, que pouvait-il y faire ? Il fallait qu'il continue à avancer, qu'il découvre qui il était et auprès de qui il devait revenir. Il avait forcément des responsabilités quelque part dans ce monde.

Toutes ces pensées réveillèrent sa migraine, et il les chassa tandis qu'Aisly lui faisait avaler une nouvelle cuillerée de ragoût. Au même instant, des coups secs furent frappés à la porte.

# Chapitre 5

Au son des coups portés sur la porte, Aisly faillit lâcher le bol. Une terreur soudaine l'envahit mais elle se leva et posa le ragoût sur son tabouret. Elle s'attendait à voir Wulfric arriver à chaque instant. Depuis la mort de Godric, les visites de son beau-père lui faisaient peur ; mais aujourd'hui, c'était pire que d'habitude. Après tout, elle lui avait publiquement tenu tête la veille, lors du conseil…

En vain, d'ailleurs. Son intervention n'avait servi à rien : Wulfric avait envoyé le malheureux couple chez lord Oswine en ne leur permettant d'emporter que quelques possessions, facilement transportables. L'hiver arriverait d'ici quelques semaines. S'ils étaient bannis, ils mourraient sans doute avant le printemps ; à moins que lord Oswine ne fasse preuve de miséricorde.

Elle venait de passer quelques semaines à ne se soucier que d'elle mais, aujourd'hui, elle ne se préoccupait plus que de son sauveur. Wulfric aurait certainement son mot à dire concernant le destin de l'étranger.

La gorge nouée, elle traversa la pièce et ouvrit la porte. Ce n'était pas Wulfric. C'était Alstan, son frère. Et il était seul. Le soulagement qui l'envahit faillit lui faire perdre l'équilibre mais elle parvint tant bien que mal à se contrôler. Sa visite était une surprise. Il vivait dans une petite maison, sur les terres de lord Oswine, et ne pouvait pas être déjà prévenu de la présence de l'étranger chez elle — à moins que Cuthbert n'ait envoyé un message la veille.

Dans ce cas, lord Oswine n'aurait pas perdu de temps à envoyer l'un de ses hommes de confiance pour enquêter, surtout en apprenant qu'un rebelle danois était impliqué dans l'affaire.

L'expression froide et contrariée d'Alstan trahissait ses émotions. Il n'était pas content d'elle, c'était évident ; mais c'était assez habituel, venant de lui…

— J'imagine que tu es venu voir l'étranger, dit-elle. Entre. Il est en train de manger.

Elle se mit sur le côté pour l'inviter à passer et indiqua la tapisserie d'un signe de tête. Alstan passa le seuil sans dire un mot.

Le frère et la sœur s'étaient toujours beaucoup ressemblé. Ils avaient les mêmes yeux verts, et la chevelure d'Alstan était rousse, bien qu'un peu plus sombre que celle d'Aisly. Elle rayonnait de reflets cuivrés dans la lumière du soleil. Il avait aussi plus de taches de rousseur qu'elle, car il passait une grande partie de ses journées en plein air.

Il l'examina longuement et Aisly se crispa dans l'attente de la confrontation à venir. Depuis la mort de Godric, Alstan avait tendance à se montrer dominateur avec elle.

— Oui, je veux le voir. Nous parlerons ensuite.

Aisly serra les dents et acquiesça. Il ne servirait à rien de protester et elle le savait très bien : son frère lui dirait tout ce qu'il avait sur le cœur, qu'elle le veuille ou non.

Elle garda donc le silence et le guida jusqu'à son lit, repoussant la tapisserie pour qu'ils aient plus de place près du feu, au pied du lit.

— Etranger, je vous présente mon frère, Alstan. Il travaille au service de lord Oswine.

— Qui êtes-vous ? demanda Alstan d'une voix autoritaire.

Aisly résista au désir de lui rappeler que l'homme était amnésique ; Cuthbert avait déjà dû le lui dire. Son hôte était toujours pâle et en plus du cataplasme qui couvrait en partie son œil, sa peau, autour de sa blessure, était toujours décolorée et enflée.

L'étranger prit la parole pour raconter à Alstan l'histoire qu'il avait confiée à Aisly ; l'histoire qu'elle avait ensuite narrée à Cuthbert, la veille.

— Aisly nous a dit que vous vous étiez battu bravement contre le rebelle danois. Pourquoi avoir choisi d'intervenir alors que vous auriez pu passer votre chemin tranquillement ?

— Je ne laisserai jamais une femme seule face au danger ! répondit l'homme sur-le-champ.

Aisly ne put empêcher son cœur de s'emballer. Elle surprit le regard que son sauveur posait sur elle. Son œil indemne la dévisageait avec intensité, mais restait chaleureux et doux, éveillant en elle un élan de tendresse qu'elle ne sut s'expliquer. Non, en effet, un tel homme ne pouvait pas laisser quelqu'un de plus faible que lui faire face au danger sans intervenir. Y avait-il, quelque part, une femme qui l'aimait ? Qui l'attendait et espérait son retour ? C'était presque certain.

Malheureusement, ce récit ne parut pas émouvoir Alstan. Au contraire, sa voix se fit plus dure encore :

— Comment savez-vous ce que vous ne feriez *jamais* ? Vous ne savez même pas qui vous êtes !

— Alstan !

L'étranger resta immobile et se contenta de dévisager Alstan un instant, en silence.

— Je sais que je ne laisserai pas une jeune femme innocente et impuissante aux griffes d'une telle brute.

Aisly n'apprécia pas ce mot, « impuissante », et chercha à protester mais Alstan serra les doigts sur son bras pour la faire taire. Elle lui lança un regard assassin mais tint sa langue. Pour le moment.

L'étranger jeta un rapide coup d'œil irrité à la main qu'Alstan avait posée sur elle, comme si ce comportement lui déplaisait, et elle ne put réprimer un léger sourire. Il se souciait d'elle — et c'était agréable.

— Je vous suis reconnaissant pour cela, étranger, reprit Alstan d'une voix toujours aussi froide, clairement décalée par rapport à son propos. Vous avez sauvé la vie de ma sœur, c'est la seule raison pour laquelle vous n'êtes pas encore mort.

L'homme acquiesça sans dire un mot.

Aisly intervint avant que son frère puisse poursuivre son petit discours pompeux et autoritaire.

— Pourquoi vouloir tuer cet homme ? C'est un inconnu !

Malheureusement, Alstan l'ignora superbement.

— Le guerrier que vous avez combattu était un renégat danois. Nous avons croisé un de leurs groupes au début de l'été et les avons vaincus. Cet homme a réussi à s'enfuir. Vous ne l'avez pas reconnu ?

L'étranger eut un regard plus dur.

— Non.

— Il aurait pourtant dû vous paraître familier… étant donné que vous êtes Danois vous-même.

— Quoi ?!

Ce cri échappa à Aisly avant qu'elle ait pu le retenir. Elle chercha un signe de protestation dans les yeux de l'étranger, mais il restait impassible. Allongé, stoïque, les dents serrées et les yeux fixés sur son frère.

L'air de la pièce semblait vibrer d'une tension insoutenable.

— C'est sa manière de parler qui l'a trahi, expliqua Alstan. Il parle comme l'un d'entre eux. Et sa taille… Je dois le remercier de t'avoir sauvée, Aisly, mais tant qu'il restera ici, il présentera une menace.

— Il n'est pas danois ! répliqua-t-elle, amère. Regarde sa tunique : cette broderie est la marque d'un mercenaire.

Elle pointa du doigt les vêtements de l'étranger qui ne bougeait pas d'un pouce.

— Il porte peut-être la tunique d'un mercenaire, mais cet homme est danois.

Alstan paraissait tellement sûr de lui qu'Aisly dut croiser les bras pour s'empêcher de trembler. À l'exception de sa brève rencontre avec le rebelle de la rivière, elle ne s'était retrouvée face aux Danois que le lendemain de la mort de Godric, quand ils étaient venus lui réclamer leur dû et lui avaient pris presque tout ce qu'elle possédait. Elle avait été tellement effrayée, tellement énervée, qu'elle ne se souvenait pas exactement des mots qu'elle avait prononcés — et encore moins de l'accent que ces hommes pouvaient bien avoir. Ils s'étaient montrés froids, arrogants ; de vrais monstres… Son sauveur, lui, n'était rien de tout cela. Il était chaleureux, gentil et doux. Ce n'était *pas* un Danois.

— Comment oses-tu dire cela alors que tu n'as passé que quelques minutes avec lui, Alstan ? Cet homme est un mercenaire et…

— Assez ! coupa son frère en levant la main pour la faire taire, sans daigner lui jeter le moindre regard. Je vais conseiller à Cuthbert de vous laisser partir dès aujourd'hui, Danois. Ainsi, ma dette sera remboursée.

— D'accord, répondit l'étranger, ses yeux brillant d'un éclat plus dur que jamais.

— Ce n'est pas juste, Alstan. Tu vois bien qu'il n'est pas remis ! Si nous le chassons maintenant, nous le condamnons à *mort*.

Alstan l'attrapa de nouveau par le bras et l'entraîna avec brutalité hors de la maison. Lorsqu'ils s'arrêtèrent, près de la forêt, Aisly se libéra de son étreinte.

— Tu es un monstre, Alstan ! Pourquoi prétendre que cet homme est danois ? Parce que tu veux qu'il soit chassé du village ?

— Non, uniquement parce que c'est la vérité, répondit son frère.

Il lui faisait face d'un air autoritaire, les bras croisés.

— Il parle comme eux. Je le sais car j'ai dû discuter

avec certains d'entre eux, quand ils sont venus nous voir pour les taxes.

Aisly savait de quoi il parlait, bien sûr, comme tout le monde au village. A l'automne, deux ans plus tôt, les chefs du campement danois avaient rendu visite à lord Oswine — ces mêmes chefs qui avaient tué Godric. Sa vie de femme mariée n'avait pas été heureuse, certes, mais Aisly ne pouvait pardonner les assassins de son mari.

Elle croisa les bras à son tour, pour dissimuler ses tremblements qu'elle parvenait mal à contrôler. Si l'étranger était réellement danois, elle ne ressentirait pas une telle tendresse pour lui : elle méprisait tous ces envahisseurs, sans exception.

— Il n'est pas habillé comme eux et ne porte pas de bracelets. Je suis sûre que tu te trompes. Et puis il m'a sauvé la vie !

— Et c'est la seule raison qui m'empêche de le tuer. Il t'a sauvée et j'ai une dette envers lui : une vie pour une vie.

— Tu ne le sauveras pas en le chassant aujourd'hui. Tu ne comprends donc pas, Alstan ? Aie pitié… Il a besoin de se remettre, au moins un peu.

Son frère resta muet mais elle crut voir une lueur de doute passer dans son regard.

— Est-ce que tu le reconnais ?

— Non, répondit-il, mais avec ce visage tuméfié, ce bandage et ces cheveux coupés court, je ne peux être sûr de rien.

— Mais quel est le problème, enfin ?

Décidément, le comportement d'Alstan était étrange ; si froid, si distant. Cela ne lui ressemblait pas.

— Cuthbert a envoyé un de ses hommes porter le message à lord Oswine. Quand je l'ai entendu prononcer ton nom, j'ai d'abord cru qu'il mentait. Je ne voulais pas croire que tu aies invité un inconnu sous ton toit. *Pas ma sœur*, leur ai-je dit.

Son regard s'enflamma de plus belle.

— Ce n'est pas vraiment un inconnu. Tu as parlé à Cuthbert, tu sais ce qui s'est passé. Il m'a sauvé la vie près de la rivière et il est blessé. Je devais le remercier, je ne pouvais pas le laisser mourir seul. Tu aurais fait la même chose à ma place !

— A ta place, je n'aurais pas été si stupide ! répliqua-t-il en passant une main nerveuse dans ses cheveux. D'ailleurs, pourquoi es-tu allée à la rivière, Aisly ? Tu sais bien ce qui est arrivé à ces filles. Que crois-tu ? Que ces lâches n'oseraient pas t'enlever, toi aussi ?

Elle aurait voulu se fâcher mais le regard de son frère s'était empli d'inquiétude. Comment en vouloir à quelqu'un qui se faisait du souci pour elle ?

Alstan avait treize ans quand leurs parents étaient morts, et elle, seulement huit. Il était assez âgé pour apprendre le métier des armes auprès des guerriers de lord Oswine. Assez âgé pour la laisser seule et l'oublier. Mais il ne l'avait pas fait. Il avait continué à veiller sur elle, à lui apporter de la nourriture et des vêtements en plus de ce que la maîtresse du château lui donnait. Il ressemblait tellement à leur père que par moments, c'était un peu comme s'il l'avait remplacé.

— Je suis désolée… J'étais soucieuse et je me suis approchée de l'eau plus que je n'aurais dû.

— Pourquoi étais-tu seule là-bas ?

— Je ramassais des pieds-d'alouette, expliqua-t-elle en lui montrant les plantes qu'elle avait repiquées dans des petits pots de terre, près de la maison. Il fallait que j'en récolte avant que le gel ne les tue. Au printemps, j'espère pouvoir m'en servir pour teindre mes fils moi-même. Je ne voulais pas te déranger : tu es déjà suffisamment occupé entre les guerriers, la moisson, Hilde et le bébé…

Il prit une profonde inspiration, comme s'il s'efforçait de rester patient — comme si elle n'était qu'une enfant capricieuse.

— J'aurais trouvé le temps de t'accompagner.

— Oui, je sais, mais il aurait fallu que j'envoie un message au château et que j'attende que tu aies quelques heures libres. Il se serait passé des jours et le gel aurait frappé. De toute manière, je n'avais pas vraiment besoin de ta présence : j'avais pris mon épée.

Elle lui lança son plus beau regard suppliant. Un regard qui s'était révélé efficace, dans le passé.

— Aisly, écoute-moi bien. Je t'ai appris à manier l'épée pour que tu puisses te défendre en cas de nécessité, pas pour que tu ailles provoquer le danger dans la forêt. Si j'avais su que tu te permettrais de partir seule, je ne t'aurais jamais appris tout cela !

Au diable son inquiétude ! Elle fut incapable de contenir sa colère plus longtemps :

— Je sais me défendre, Alstan ! Je suis partie sans personne parce que je suis tout à fait capable de vivre seule, et parce que je connais cette forêt mieux que n'importe quel Danois. Oui, j'étais songeuse et me suis trop approchée de la rivière. Crois-moi, c'est une erreur que je ne referai pas. N'as-tu jamais commis d'erreur, toi ?

Il la dévisagea un instant avant de répondre :

— Tu es trop obstinée, cela te causera des ennuis. Je ne peux plus te laisser seule dans cette maison si je ne peux pas avoir confiance en toi.

— Je ne suis pas obstinée. Je suis raisonnable. De nous deux, c'est toi le plus têtu.

Elle fit de son mieux pour paraître calme mais, tendue comme elle l'était, ses efforts ne seraient peut-être pas suffisants.

— C'est *mon* foyer. C'est là qu'est ma place.

— Je ne t'enseignerai plus le maniement de l'épée. Et tu as de la chance que je ne te prenne pas ton arme ; seulement, je le ferai si tu continues à me faire douter de ta capacité à prendre soin de toi.

— Tu n'es ni mon père, ni mon époux, Alstan. Tu n'as aucun droit de me prendre quoi que ce soit.

— C'est vrai, mais tu restes sous ma responsabilité — sous

la mienne et celle de Wulfric. Je n'hésiterais pas à aller le voir si tu m'y obliges.

Aisly n'en crut pas ses oreilles. Comment pouvait-il la trahir ainsi ? Son cœur se brisa.

En face d'elle, son frère prit une profonde inspiration. Son regard était fuyant, comme s'il s'apprêtait à lui dire une chose qui le rendait mal à l'aise.

— Tu devrais envisager de venir t'installer avec nous. Hilde apprécierait d'avoir un peu d'aide avec les enfants.

— Je ne peux pas. Et mon travail de broderie ?

Alstan et Hilde venaient d'avoir leur troisième enfant et leur petite maison ne pourrait lui offrir l'espace dont elle avait besoin pour pratiquer son métier. La semaine précédente, elle avait eu tant de commandes à honorer que la grande pièce avait été envahie par les étoffes jusque dans ses moindres recoins !

Et puis comment Alstan pouvait-il penser un instant qu'une étroite couchette disposée dans un coin était comparable au confort d'une maison entière ?

— Tu as raison, il n'y aura pas assez de place. Tu devras réduire tes commandes, n'accepter que de petits ouvrages pour l'abbesse.

— Mais je ne pourrai jamais gagner ma vie avec si peu ! protesta Aisly, estomaquée. Tu ne me demandes pas seulement de m'installer chez toi, mais d'abandonner toute ma vie. Tu t'en rends compte ?

Alstan eut au moins la décence d'avoir l'air peiné. Sa voix s'adoucit.

— Je m'en rends compte, oui. Seulement, tu sais, cette vie solitaire de brodeuse, ce n'est… Ce n'est pas suffisant, Aisly. Tu as besoin de te trouver un nouvel époux et d'avoir des enfants.

Elle voulut protester mais il ne lui en laissa pas le temps.

— Néanmoins, si ton travail est si important à tes yeux,

tu pourrais aussi penser à t'installer à l'abbaye. Wulfric a déjà parlé à l'abbesse et je crois qu'elle est favorable à cette idée.

Comment Wulfric osait-il essayer de se débarrasser d'elle de la sorte ? Sa cruauté n'avait-elle donc aucune limite ?

— Il s'est permis d'aller lui parler de moi, sans me consulter ? Je ne veux pas devenir nonne !

Cette fois, son frère leva les deux mains, comme pour la supplier.

— Ce n'était qu'une idée. Je te jure que personne ne t'obligera à faire quoi que ce soit…

— Je ne comprends pas pourquoi il est si difficile pour vous de croire que je peux vivre seule. Je travaille bien, les gens connaissent mes talents. Le mois dernier, lord Oswine m'a commandé une cape pour son épouse et m'a fait envoyer du fil d'or pour que je m'en serve. De l'or, Alstan ! Pourquoi devrais-je me marier ou m'enfermer dans un couvent pour travailler ?

— Parce que c'est nécessaire, Aisly. Tu as besoin de quelqu'un qui puisse te protéger.

Elle était incapable de le regarder dans les yeux car elle savait la vérité, à présent : il se rangeait du côté de Wulfric. Il l'abandonnait.

Préférant ne pas montrer la moindre faille, elle se détourna.

— Est-ce que tu repars avec Beorn et Rowena ?

— Les voleurs ? Oui.

Il paraissait surpris par sa question.

— Je t'en prie, fais en sorte que lord Oswine les écoute. Wulfric n'a pas été juste envers eux. S'il te plaît, veille sur eux.

Elle attendit qu'il acquiesce et, ravalant ses larmes, se précipita en direction de sa maison.

Personne ne la croyait capable de s'occuper d'elle-même mais elle refusait de se remarier. Godric avait exercé un trop grand contrôle sur elle, sur son bonheur et ses espoirs. Jamais plus elle ne renoncerait à sa liberté. Cela n'en valait pas la

# Chapitre 6

Un bruit horrible réveilla Aisly. Elle ouvrit les yeux dans la semi-obscurité et resta allongée en silence sur sa paillasse, cherchant à identifier le son qui l'avait si brutalement tirée de son sommeil. Le feu était encore allumé, elle n'avait pas dû dormir longtemps…

Soudain, le bruit résonna de nouveau. Le gémissement étouffé d'une personne plongée dans une extrême souffrance.

*L'étranger !*

Le cœur battant, elle repoussa ses couvertures et bondit sur ses pieds pour courir au chevet de l'homme. Il se contorsionnait sur le lit, victime d'une effroyable torture et, à la lumière du feu, elle vit la sueur perler sur son front. Il avait dormi toute la journée mais, dans la soirée, sa fièvre était revenue. Elle était allée chercher une nouvelle fiole de potion et avait demandé à Edyth de venir examiner le patient. Une fois à son chevet, la vieille femme avait poussé un profond soupir, sans répondre aux questions pressantes d'Aisly. Avec obstination, Edyth avait refusé de donner son avis quant à la guérison de l'étranger.

A présent, à voir la pâleur de son guerrier et à entendre ses gémissements déchirants, Aisly commença à croire que la guérisseuse avait raison de se montrer si pessimiste, alors que ses doutes lui avaient d'abord paru absurdes. Comment cet homme pouvait-il mourir quand son regard avait été si enflammé, si plein de vie, au début de la journée ? Son sauveur était un battant !

Terrifiée par cette rechute violente, elle se précipita vers le seau qu'Alstan avait rempli d'eau fraîche au ruisseau avant de partir, y trempa un linge et revint s'agenouiller près du lit. Dans son délire, il se mettait à parler dans une langue étrangère qu'elle ne comprenait pas. Aisly plaqua le chiffon sur le front brûlant de son sauveur dans l'espoir de faire tomber la fièvre.

— Je vous en prie, restez calme, murmura-t-elle, craignant de le surprendre en parlant trop fort. Je suis là, étranger. Je vais m'occuper de vous…

Il marmonnait toujours, sans paraître l'entendre. De plus en plus inquiète, elle mouilla de nouveau son étoffe et continua à le rafraîchir. Il finit par s'apaiser mais continuait à parler, si bas qu'elle dut se pencher pour l'entendre.

Tendant l'oreille, elle regarda ses lèvres bouger et se surprit à souhaiter comprendre cette langue aux sonorités rudes. Sa voix avait d'abord eu des accents de rage, mais elle se faisait plus douce à présent. Comme si… Comme s'il parlait à une personne qui lui était chère.

Elle examina un long moment son visage, qu'elle devinait à peine dans la faible lueur des flammes — son nez droit, ses sourcils fins. Il était si beau… Il avait forcément une amante quelque part, qui devait l'attendre. Peut-être même une épouse. Une femme fantôme, sans identité, qui la rendait pourtant presque jalouse.

— Est-ce que vous aimez ce que vous voyez ?

Stupéfaite, elle sursauta et sentit le feu lui monter aux joues. Avoir été surprise était une chose, mais voir qu'il lisait si facilement dans ses pensées était presque humiliant.

— Je… Je n'étais pas en train de…

Le contempler ? Oh si, elle le contemplait !

— Vous avez dû faire un mauvais rêve et vous m'avez réveillée. Vous aviez l'air de souffrir.

Il lâcha un petit soupir presque déçu.

— Toutes mes excuses. Je reprendrai la route dès demain.

— Vous ne me dérangez pas, vous savez. Ne partez pas juste pour m'épargner quelques soucis.

Sa plaisanterie parut l'amuser : ils savaient tous les deux que cette décision ne lui appartenait pas.

— J'ai pris votre lit, je vous réveille en pleine nuit et je vous empêche de travailler correctement. Si vous osez me dire que je ne vous dérange pas, je vous traiterai de menteuse !

Evidemment, il avait remarqué que l'apprentie n'était pas revenue après son réveil, et que les deux autres filles n'avaient pas été autorisées à retourner chez Aisly, une fois que la nouvelle de la présence de l'étranger s'était répandue au village. Elle avait informé leurs mères, leur avait dit que l'étranger ne présentait aucun danger. En vain. En même temps, elle comprenait leur inquiétude : elle-même n'aurait pas laissé son enfant s'approcher d'un guerrier inconnu.

La présence de l'homme l'avait bel et bien *retardée* pour la commande de l'abbesse. Elle avait envoyé Bryn, son apprentie, livrer la majorité des travaux, mais le reste n'était pas terminé.

— Certes, vous me dérangez un peu, mais ce n'est pas grave, répondit-elle avec un sourire, tout en mouillant une nouvelle fois le tissu avant de le replacer sur son front. Ce genre de *dérangement* n'a aucune importance.

Elle se pencha ensuite pour poser la main sur sa tempe et dans le creux de son cou.

— Votre peau est plus fraîche, c'est bon signe. La fièvre a de nouveau disparu. Avec un peu de chance, elle ne reviendra pas. Reposez-vous un moment, puis nous changerons vos draps. Ils sont mouillés par la sueur et vous ne devriez pas rester dans cette moiteur toute la nuit.

Quittant son chevet, elle ouvrit le coffre placé près du lit pour en tirer des draps propres ainsi qu'une des chemises de Godric.

Quand elle se retourna à nouveau vers l'étranger, il la regardait. Son visage était animé d'une expression curieuse, indéchiffrable.

— Est-ce que vous aimez ce que vous voyez ? plaisanta-t-elle.

— Oui, répondit-il immédiatement. J'aime beaucoup…

Ces mots, prononcés avec tant de tranquillité, lui coupèrent le souffle et, quand elle croisa de nouveau son regard, elle ne put s'en détourner — comme la veille.

Au bout de quelques secondes, il la gratifia d'un sourire.

— Vous savez que pour changer mes draps, vous allez devoir me libérer ?

— Oui.

— Et que cela pourrait être vu comme une trahison par Cuthbert ?

— Mon premier devoir est de vous soigner et j'ai bien l'intention de vous faire promettre de ne pas vous enfuir. Ai-je votre parole ?

— Je ne sais pas, répliqua-t-il d'un air de défi. Pourquoi resterais-je ici ?

— Parce que vous ne voulez pas m'attirer d'ennuis, répliqua-t-elle. Mais si ce n'est pas une raison suffisante à vos yeux, réfléchissez au fait qu'ils ont votre épée et que vous n'aurez aucune chance de la récupérer si vous ne restez pas pour leur parler.

L'homme fit une grimace de déception, dans laquelle on pouvait déceler un brin d'humour.

— Là, vous me forcez la main, Aisly…

Pendant son sommeil, elle avait déjà détaché ses chevilles. A présent, elle s'approcha et défit les nœuds solides qui emprisonnaient ses poignets. Quand il fut libre, elle recula d'un pas pour lui permettre de s'asseoir. Dans un grognement, il fit lentement rouler ses épaules, l'une après l'autre, pour détendre ses muscles engourdis.

Elle avait eu horreur de le voir ligoté comme cela et s'assit immédiatement derrière lui pour lui masser doucement le haut des bras et réactiver la circulation du sang. Savourant des doigts la fermeté de ses muscles, elle ne put s'empêcher de l'imaginer sans sa tunique et sa chemise. Avait-il des cicatrices ? Sa peau était-elle tannée par le soleil, comme celle de son visage et de ses mains ?

C'était absurde, et ce n'était certainement pas le moment de penser à ce genre de choses. Mais elle n'avait plus aucun contrôle sur son imagination…

Il finit par bouger de nouveau ses épaules, avec précaution, et parut soulagé. Elle cessa donc de le masser, mais resta là où elle était. Le simple fait d'être assise si près de lui était agréable et excitant.

— Comment va votre tête ?

Il se tourna un peu, juste assez pour la voir par-dessus son épaule et elle put admirer son profil indemne. Il était d'une beauté stupéfiante…

— Un peu mieux.

En voyant sa mâchoire crispée, elle pensa qu'il devait encore souffrir. Mais jamais un guerrier digne de ce nom n'admettrait ce genre de faiblesse…

— J'ai une seconde potion pour vous, mais voyons d'abord si je peux vous aider.

Il parut surpris mais acquiesça en silence.

Elle se plaça à côté de lui, à genoux sur le matelas, et leva les mains de façon hésitante vers sa nuque. Quelqu'un lui avait coupé les cheveux — d'une façon étrange et irrégulière — ce qui révélait son cou. Elle lui avait déjà touché le visage, pour nettoyer sa plaie et prendre sa température. Elle lui avait aussi détaché les mains et avait massé ses épaules. Mais, à part cela, elle n'avait encore jamais posé les mains sur lui… Pourquoi avait-elle tellement envie de le faire, à présent ? Il était beau, certes, mais ne serait jamais sien, quels que soient ses sentiments.

Laissant toute hésitation de côté, elle se mit à masser en douceur les tendons de sa nuque. Alstan souffrait de migraines, de temps à autre, et Aisly savait qu'une série de pressions exercées au bon endroit le soulageait, parfois. L'étranger pencha légèrement la tête en avant. Elle dessina de petits cercles avec la pulpe des pouces à la base de son crâne, en glissant ses doigts sous son bandage. Il lâcha un petit gémissement, une sorte de ronronnement de fond de gorge. Surprise par cette réaction, Aisly eut un léger mouvement de recul : c'était *elle* qui lui faisait cet effet ? Seigneur, comme tout cela devenait indécent…

L'homme se crispa et lui jeta un rapide coup d'œil par-dessus son épaule, lui laissant apercevoir une nouvelle fois son profil parfait. Elle aurait tant voulu toucher la ligne de sa mâchoire, et dut fermer les poings pour s'en empêcher. Tout cela devenait ridicule : elle le connaissait à peine !

Les dents serrées, elle se rappela qu'il était blessé et qu'elle-même était veuve depuis peu. Rien ne pourrait se passer entre eux.

— Puisque vous êtes réveillé, nous devrions changer votre cataplasme. Et, tant que le bandage sera défait, je pourrais aussi recouper vos cheveux. Je ne sais pas ce qui s'est passé, mais ils sont assez… ébouriffés.

Il ne lui répondit pas tout de suite, se contentant de la regarder avec une telle intensité qu'elle ne sut quoi dire.

— Oui, finit-il par chuchoter.

L'étranger se leva et Aisly sentit son cœur s'emballer. La taille du guerrier et la manière dont il semblait brusquement emplir la pièce entière la prirent par surprise. En si peu de temps, elle avait déjà oublié à quel point il était grand. Il se tourna vers elle et Aisly se leva à son tour.

La grande main de son sauveur effleura sa longue tresse tombée sur son épaule. Elle avait oublié d'enfiler son bonnet de nuit ! C'était la première fois qu'il la voyait sans coiffe.

Les doigts caressèrent doucement ses cheveux tressés avec adresse, tandis qu'il regardait en silence les beaux reflets qu'y jetaient les flammes. Ce simple geste, si doux, la réchauffa de la tête aux pieds.

— Quelle belle couleur. Depuis le début, je voulais vous voir sans coiffe.

Sa voix n'était qu'un murmure rauque et vibrant, dans la chambre silencieuse.

Elle ravala son trouble. Il ne regardait plus ses cheveux, à présent. Ses yeux brûlants la perçaient à jour, comme s'il était capable de lire en elle, de découvrir tous ses désirs secrets…

— Venez… Venez donc vous asseoir près du feu, que je puisse changer votre cataplasme.

Il laissa la tresse glisser entre ses doigts et s'assit sur le banc, près de l'âtre. Une grimace de douleur lui échappa. Le banc grinça, peu habitué à une telle charge, et Aisly eut peur qu'il ne se brise. Le guerrier devait peser lourd : il n'était que muscles.

Penchée sur la table, près de lui, elle étala sur un plateau les bandes de tissu qu'elle avait déjà coupées ; puis, avec douceur, elle dénoua le bandage qui maintenait le cataplasme sur la plaie avant de jeter le tout dans le feu. Les herbes du cataplasme crépitèrent et emplirent la pièce d'un parfum boisé.

La plaie de l'homme avait bien meilleure allure, elle ne suppurait plus.

— Votre tempe est encore très enflée. La peau est tuméfiée. Non, n'y touchez pas, ordonna-t-elle quand il leva la main vers son front.

Il laissa retomber sa main sur sa cuisse et regarda Aisly d'un air un peu inquiet.

— C'est toujours infecté ?

— Oui, mais cela n'a pas empiré depuis hier. La peau est moins rouge qu'avant. Au moins, vous aurez une nouvelle cicatrice qui se mariera bien avec les autres, plaisanta-t-elle.

— *Les autres ?*

L'air perplexe, il palpa son visage à la recherche de plaies anciennes.

Comme cela devait être étrange, de ne plus connaître son propre corps… Aisly prit patiemment la main droite de l'étranger entre les siennes.

— Là, regardez. Vous en avez deux sur la main avec laquelle vous maniez l'épée.

Dans la lumière du feu, deux lignes blanches et fines se devinaient, à la base des doigts. S'il fallait se risquer à une hypothèse, Aisly aurait dit qu'elles avaient été provoquées par une lame.

— Je devrais quand même connaître mes propres cicatrices, soupira-t-il d'un air désemparé.

Aisly ne lâcha pas sa grande main mais lui caressa doucement la joue pour qu'il la regarde de nouveau.

— Votre mémoire reviendra, dit-elle. Est-ce que vos rêves vous ont appris quelque chose ? Votre nom, peut-être ?

— Non.

Il détourna immédiatement les yeux — un peu trop vite, songea-t-elle un instant.

— Si, vous vous êtes souvenu de quelque chose. Dites-moi de quoi vous avez rêvé cette nuit.

Il prit une grande inspiration et ferma les yeux, comme s'il essayait de se raccrocher à une image fuyante.

— J'ai rêvé d'une bataille. Il y avait des hommes et du sang. Des morts. Je ne me souviens ni des visages, ni des noms ; juste des cris et de la violence…

Aisly sentit son cœur se serrer. Il devait se sentir si seul, si terrifié.

— Je suis certaine que vous êtes un guerrier. Et je parierais que vous avez vu de nombreuses batailles. Soyez patient. Vous avez juste besoin d'un peu de repos et de quelqu'un pour veiller sur vous — et vous êtes au bon endroit pour cela…

Il leva de nouveau les yeux vers elle, examinant rapidement son visage, s'attardant un peu sur ses lèvres. Il avait un regard… léger et furtif comme la caresse d'une aile de papillon. Si elle s'abandonnait à cet instant intime, elle serait perdue.

Craignant de perdre le contrôle, elle attrapa rapidement un linge propre, le trempa dans l'eau, nettoya la plaie et le sang coagulé dans ses cheveux, du mieux qu'elle put. Après avoir terminé, elle s'aperçut que les mèches humides étaient plus blondes que le reste de sa chevelure. Le linge, lui, était devenu noir.

Elle avait eu tellement peur de lui faire mal, la première fois, qu'elle ne l'avait pas lavé aussi soigneusement qu'elle aurait dû.

— Vous avez de la suie dans les cheveux.

L'homme resta muet quelques minutes, puis répondit :

— Oui. Quand je me suis réveillé, j'étais près d'un feu. Ils avaient prévu de me brûler, c'est pour cela que je me suis enfui.

— Vous avez donc été blessé pendant une bataille…

C'était une conclusion logique, surtout après le rêve qu'il avait fait. Le cœur d'Aisly s'emballa : Alstan ou l'un des hommes de lord Oswine avaient certainement entendu parler d'une bataille récente dans la région ! Ils pourraient sans doute aider l'étranger à retrouver les siens. Mais, soudain, elle se souvint de l'horrible accusation d'Alstan. Puisque son frère était persuadé d'avoir affaire à un Danois, il pourrait utiliser une telle information pour réclamer son exécution. Il valait peut-être mieux qu'elle ne dise rien à personne pour le moment. De toute manière, il était impossible que cet homme si bon soit un Danois, un monstre.

Elle tenta d'imaginer la bataille. Sa main se crispa peu à peu sur le morceau de tissu, tandis qu'elle songeait à la terreur qui avait dû s'emparer de lui quand il s'était réveillé, près de ce bûcher. Seigneur, quelle mort horrible…

Sa voix était-elle devenue si rauque à cause des inhalations de fumée ? Dieu merci, il avait réussi à fuir à temps !

— Je vais vous laver les cheveux. On dirait que quelqu'un

les a coupés à l'aide d'une lame, c'est pour cela qu'ils sont si irréguliers. Si vous le voulez, je peux arranger cela.

— Merci, ma belle. Je vous dois tant.

Elle ne prononça pas un mot de plus en passant un linge mouillé sur ses cheveux pour en détacher la crasse, puis un second, propre, et encore un jusqu'à ce que toute la suie ait disparu. Lorsqu'elle eut fini, elle passa doucement ses doigts entre les mèches pour faire ressortir celles qui restaient plus longues, et elle comprit alors que tout cela n'était qu'une série d'excuses pour le toucher — encore et encore. Elle se mordilla la lèvre, un peu honteuse, et coupa les cheveux de l'homme avec le petit couteau aiguisé dont elle se servait pour le tissu, jetant les mèches dans le feu au fur et à mesure.

Une fois ce travail accompli, elle reposa sa lame et examina la coiffure de l'étranger. Ses cheveux étaient épais, étonnamment doux.

— Vous avez un toucher délicat, dit-il lorsqu'elle s'écarta de lui.

Que répondre à cela ? Troublée, elle regarda ses mains, sans comprendre ce qu'il avait voulu dire. Godric avait toujours détesté ses doigts — surtout ceux de la main droite. Les travaux d'aiguille les avaient abîmés. Elle avait l'habitude d'enrouler une fine bande de cuir autour de ses doigts pour éviter de se piquer mais, pour les travaux les plus minutieux, cette protection la gênait et elle brodait à main nue. Cela avait fini par durcir la pulpe de ses doigts. Elle-même en était plutôt satisfaite, car les aiguilles lui faisaient moins mal ainsi. Mais cela n'était pas du goût de Godric. L'étranger ne devait pas l'avoir senti…

Elle préféra ne pas le lui faire remarquer et s'agenouilla devant lui pour tailler sa barbe, qui avait subi le même sort que ses cheveux. Elle dut presque tout raser. S'il voulait une belle barbe, il allait devoir la laisser repousser. Elle fit de son mieux pour ne pas s'attarder sur la forme parfaite de ses lèvres, ourlées, charnues, bien dessinées, et plaça sa paume près de l'oreille pour tendre la peau qu'elle rasait en douceur. Elle préféra ne pas le raser de près pour éviter de l'irriter. Godric utilisait une lotion pour se raser, mais elle n'en avait pas. Elle se contenta donc d'égaliser.

Elle finit rapidement les deux joues et dut se concentrer sur les contours de la bouche. Elle prit une profonde inspiration qui fit sourire l'homme. Il avait de belles dents, régulières et claires dans la lumière du feu.

Aisly ne put s'empêcher d'admirer ses lèvres. En dépit des blessures qu'il avait subies, sa bouche paraissait intacte. La chair rosée restait lisse — et elle avait l'air si douce !

Soudain, elle s'imagina en train de l'embrasser. Ce qui l'inquiéta le plus n'était pas la pensée elle-même, mais le fait qu'elle ne la surprenait pas ; pas plus que la chaleur qui se répandait sous sa peau. Elle chassa cette sensation et, d'un geste, incita l'étranger à se tourner vers elle pour finir de le raser.

— Non, murmura-t-il d'une voix rauque en la prenant par les hanches. Vous devriez vous rapprocher…

Le contact de ses mains la fit sursauter et elle se figea, le cœur battant, quand il écarta les cuisses afin de lui laisser plus de place. Tranquille, il la guida entre ses jambes pour qu'elle puisse mieux lui faire face. L'espace d'un instant, elle ne put s'empêcher d'avoir peur. Pourquoi faisait-il cela ? Pour qu'elle le rase ou pour d'autres raisons, plus inavouables ?

Heureusement, il laissa de nouveau tomber ses mains sur ses cuisses, sans le moindre sourire équivoque. Est-ce qu'elle se trompait ? Il ne ressentait sans doute pas les mêmes émotions indécentes ; après tout, il n'avait absolument rien fait pour lui faire croire que son désir était réciproque.

Cependant, ce savoir n'étouffa pas la flamme qui brûlait en elle. Ils se tenaient si près l'un de l'autre… Les cuisses de l'homme effleuraient presque sa taille et un simple mouvement pourrait permettre à son sauveur de l'enlacer. Elle sentit un peu de sueur perler sur son front — ce n'était probablement que la proximité du feu… Non. Cela n'avait rien à voir et elle le savait très bien ! Cette moiteur n'était que la conséquence de ses pensées déplacées.

Vues de si près, les épaules de l'homme paraissaient encore plus larges et sa silhouette, encore plus formidable. S'il décidait de la prendre dans ses bras et de l'attirer à lui, elle s'emboîterait parfaitement dans le creux de son épaule — comme s'ils étaient faits l'un pour l'autre.

Elle faisait de son mieux pour ignorer ses sentiments mais le regard brûlant que l'homme portait sur elle ne l'aidait pas De toute évidence, elle produisait aussi de l'effet sur lui… Quand son regard passait sur ses lèvres, ses pommettes ou dans le creux de son cou, elle avait l'impression de sentir une caresse délicieuse courir sur sa peau. Cela ne lui était jamais arrivé avec Godric. Jamais elle n'avait eu, à ce point, l'envie d'être touchée et de toucher.

Le regard de l'inconnu croisa le sien. Ses yeux brillaient d'une telle flamme — cette même flamme qui semblait embraser l'air de la pièce tout autour d'eux. Elle se laissa emporter par ce feu, s'y abandonna, sans bien comprendre ce qu'elle faisait. Les yeux mi-clos, elle s'approcha et entrouvrit les lèvres, juste un peu, pour goûter à celles de l'homme. Et en effet, ses lèvres *étaient* douces.

Soudain, il posa les mains sur ses épaules et la repoussa avec une infinie douceur. Troublée, elle rouvrit les yeux et le dévisagea un instant. Il secouait doucement la tête.

— Nous ne pouvons pas faire cela…

Horrifiée, elle comprit alors qu'elle avait commis une terrible erreur : il ne la désirait pas ! La honte enflamma ses joues et elle voulut se lever sans attendre, mais il refusa de lâcher ses épaules.

— Non, ma belle, ne partez pas. Comprenez simplement que… Je ne sais pas qui je suis.

— Oh…

C'était le seul son qu'elle parvint à prononcer, le cœur serré.

— J'aimerais beaucoup, vous savez. Vous êtes tellement charmante. Mais ce ne serait pas juste.

Sa voix était si tendre, ses yeux si doux qu'elle voulut s'enfuir et se cacher quelque part. Qu'était-elle en train de faire ? Son époux avait été tué seulement quelques semaines plus tôt, et la dernière chose dont elle avait besoin, c'était d'un autre homme dans sa vie, qui essaierait de tout régenter — et surtout pas d'un étranger, encore moins d'un Danois !

Il n'y avait plus de place dans sa vie pour un homme et il n'y en aurait plus jamais. Son corps ne devait pas s'emballer aussi facilement face aux charmes de cet homme. Mais pour une raison qu'elle ne comprenait pas vraiment, elle se sentait proche de cet étranger. Plus proche de lui que de n'importe qui d'autre.

Depuis la mort de Godric, elle était seule. C'était ce qui avait dû la pousser dans les bras de ce guerrier.

— Je suis désolée, murmura-t-elle en reculant un peu.

L'homme attrapa son poignet, l'empêchant de s'éloigner. Ses yeux étaient devenus si sombres qu'elle ne pouvait plus y percevoir le moindre éclat doré.

— Ne vous excusez pas de me toucher, ma belle.

Ce n'était pas un ordre, pas tout à fait… Sa voix restait douce, chaleureuse, et paraissait emplie de désir — mais elle savait bien que ce n'était qu'une apparence. Il était blessé et faible, voilà tout.

Elle voulut répliquer, mais que dire ? Pouvait-elle nier son désir ? Ce serait absurde ! Lui dire qu'elle ne céderait pas à ses sentiments pour lui ? Son corps frémissait, son sexe s'enflammait et elle aurait voulu presser ses cuisses l'une contre l'autre, juste pour soulager un peu cette tension insoutenable.

— Vous allez bien ?

Il paraissait sincèrement inquiet pour elle. Ses doigts effleurèrent sa joue, le temps de repousser une mèche de cheveux échappée de sa tresse.

Elle acquiesça, ignorant les élans de son corps qui la poussaient à se serrer contre lui, à prolonger ce délicieux contact. Si sa vie de femme mariée lui avait appris une chose, c'était bien à prétendre que tout allait bien en toutes circonstances.

Aisly prit donc une profonde inspiration et, évitant de croiser le regard de l'homme, elle dit :

— Soyez patient, nous avons bientôt fini. Ne bougez pas.

Elle posa doucement son pouce sur la lèvre de l'homme, ignorant tant bien que mal le frisson qui la traversa, et tendit la peau pour faciliter le passage de sa lame. Sa main tremblait un peu, et elle dut serrer les dents pour contrôler ses émotions. Il fallait à tout prix qu'elle se calme. Elle n'avait plus qu'à raser sa moustache et elle aurait fini.

Quand elle eut terminé, elle se recula pour examiner le résultat et fit de son mieux pour paraître détendue.

— Voilà, c'est bon ; mais ce sera mieux encore dans quelques semaines, quand votre barbe aura un peu repoussé.

Elle récupéra le linge dont elle s'était servie pour le laver et essuya doucement ses joues pour enlever les quelques poils blonds restés collés à sa peau. Elle fit de son mieux pour rester distante, en dépit de son désir presque incontrôlable de le caresser, de peur que ses mouvements ne la trahissent.

— Merci beaucoup, dit-il avec un sourire.

Elle s'efforça de sourire à son tour. Puis, quand elle voulut ramasser son couteau pour le ranger, il posa sa main sur la sienne.

— Je suis sincère. J'étais bien trop orgueilleux, auparavant. Mais la vérité, c'est que je serais mort sans votre aide.

Ses yeux si brûlants, si profonds, se posèrent sur elle et Aisly en eut le souffle coupé.

— Merci. J'aimerais pouvoir vous rendre la pareille, vous aider à mon tour. Mon honneur le demande.

Sans y songer, elle avait retourné sa main dans celle de l'homme et leurs paumes se pressaient à présent l'une contre l'autre. Leurs doigts s'entrelaçaient, lentement. Dire qu'elle avait fait tout son possible pour ne pas le toucher…

Si cet homme ne voulait pas l'embrasser, pourquoi acceptait-il de lui prendre la main ? Elle fit de son mieux pour chasser son trouble, pour ignorer le pouce de l'homme qui caressait ses doigts et faisait naître de délicieux frissons le long de son bras.

— Vous m'avez sauvée vous aussi, lui rappela-t-elle.

— Non, j'ai guidé cet homme jusqu'à vous.

Sa main libre vint effleurer la joue d'Aisly et elle ne put réprimer une sorte de gémissement. Tout son corps s'éveillait au contact de cet homme et son sang semblait pulser plus fort sous sa peau.

— Je trouverai un moyen de vous remercier pour toutes vos bontés, reprit-il à mi-voix.

Elle essaya de sourire à nouveau, de faire semblant de ne pas avoir envie de sentir ces grandes mains de guerrier sur son corps. Faire semblant de ne pas être prise de vertige à cette simple pensée.

Il essayait d'être gentil avec elle, voilà tout. Elle essayait trop de lire en lui, s'imaginait des choses…

— Vous n'avez aucun moyen de me remercier, étranger.

— Pas maintenant peut-être, admit-il, mais cela viendra. Bientôt, je me souviendrai de qui je suis et je vous récompenserai pour votre bonté.

Cette conversation n'avait aucun sens.

— Si Alstan parvient à ses fins, vous serez parti demain matin, lui rappela-t-elle.

L'homme répondit immédiatement, sans le moindre signe d'émotion :

— Je sais où vous habitez, ma belle. Je reviendrai pour vous.

Il avait l'air si sûr de lui, si confiant, qu'elle se laissa aller à le croire. Néanmoins, elle ne put résister à l'envie de le défier.

— Les hommes du village ne vous laisseront jamais passer les portes, une fois que vous aurez été chassé.

L'étranger eut un petit sourire amusé — et si charmant…

— Aucune porte, aucun mur, ne pourra me séparer de vous.

Aisly sentit son cœur s'emballer et se détesta de s'être encore laissé déborder par ses émotions. Qui était-elle ? Une enfant naïve, prête à croire n'importe quoi ? A moins que ce ne soit la peur qui la mette dans cet état ?

Non, inutile de se mentir : si son cœur battait si vite, c'était d'excitation. Elle se souvint soudain qu'il l'avait repoussée quand elle l'avait embrassé. Il ne pouvait donc pas… partager ses sentiments.

— Vous ne me devez rien, répliqua-t-elle en se levant — et en regrettant tout de suite la chaleur des mains de l'homme sur la sienne. Venez, il faut vous changer.

# Chapitre 7

Quand Aisly passa derrière lui, Magnus prit une profonde inspiration et serra les dents, résistant au désir intense qui l'envahissait. Un désir qui se reflétait dans les regards de la jeune femme, teintés de honte et de doute, ce qui la rendait si délicieusement vulnérable.

Il aurait tant voulu l'attirer contre lui, l'envelopper de ses bras et la serrer assez fort pour qu'elle oublie toutes ses angoisses, pour qu'elle sache qu'il était prêt à tuer tous les hommes qui auraient encore la folie de la menacer. C'était un désir irrationnel — il savait qu'il serait contraint à partir dès le lendemain. Magnus avait été sincère en lui promettant de revenir pour la remercier, mais il ne pourrait sans doute rien faire de plus. Il était presque certain qu'une vie l'attendait quelque part, et qu'il devait y retourner.

Hélas, Aisly ne faisait pas partie de cette vie. Quoi qu'il advienne entre eux, elle n'en ferait jamais partie. Grâce à son cauchemar, aux images de bataille qui lui étaient revenues, il savait avec certitude ce qu'il était : un guerrier. Il l'avait pressenti avant, mais entendre de nouveau ces bruits atroces, sentir la puanteur de la mort avait fini d'incarner ce mot. Son destin était tout tracé… Se battre encore et toujours jusqu'à ce qu'un jour son adversaire se montre plus puissant que lui et le tue. Aisly, elle, méritait bien mieux.

La voix douce de la jeune femme le tira de ses pensées et il prit sa phrase en cours.

— Un peu de viande vous aidera à retrouver des forces. J'irai en chercher demain matin.

Le ragoût qu'elle lui avait offert n'était composé que de céréales et de légumes, pas de viande. Il ne se souvenait peut-être plus de qui il était, mais il en savait assez pour avoir conscience que la viande était une denrée rare et chère — surtout pour une femme seule.

— Vous n'avez pas à faire tout cela pour moi.

— Ce n'était pas une question, étranger, répondit-elle en tapotant du bout des doigts sur la table.

Surpris, il leva la tête pour la regarder mais elle lui tournait le dos.

— Si vous ouvrez votre bourse pour m'acheter de la viande, je vous serai encore plus redevable.

Elle haussa les épaules.

— Dans ce cas, je ne la paierai pas ; je l'échangerai contre autre chose.

— Cela ne changera rien à ma dette envers vous, remarqua-t-il.

Elle finit par se retourner, le jaugeant d'un regard sévère.

— Serait-ce si horrible d'avoir une dette envers moi ? Vous savez, je ne vous demanderai jamais rien que vous ne soyez prêt à me donner.

Il était prêt à lui donner le monde, songea-t-il, surpris lui-même par cette pensée. C'était vrai, et il voulut le lui dire mais elle le prit de court.

— Allons, enlevez cette tunique.

Elle ne le regarda pas, trop occupée à remplir un pichet d'eau et à le placer près du feu pour qu'il tiédisse.

— J'ai trouvé une chemise qui devrait vous aller. J'ai aussi regardé dans les pantalons de mon époux, mais vous êtes un peu plus grand que lui. J'espère que vous ne m'en voudrez pas : j'en ai reprisé un pendant que vous dormiez.

Elle ouvrit le coffre près du lit et en tira un pantalon.

— Ce n'est pas parfait mais ce sera toujours mieux que le vôtre : les coutures commencent à lâcher.

De toute évidence, le pantalon qu'elle lui tendait avait été assemblé à partir de deux vêtements différents. Magnus jeta un rapide coup d'œil à celui qu'il portait. Elle avait raison, il se déchirait. Rien d'étonnant à cela : le pantalon du mercenaire était trop étroit aux cuisses et ses mouvements avaient malmené les coutures. Il sentit soudain une vague de culpabilité au goût amer l'envahir. Il aurait dû lui dire que ces vêtements avaient été volés… Seulement, il était bien trop tôt pour qu'il prenne le risque de se montrer si honnête — surtout tant qu'il ignorait ce qui viendrait avec le matin.

Il murmura donc quelques remerciements embarrassés et entreprit d'ôter sa tunique. Aisly voulut l'aider mais il la repoussa gentiment et enleva son vêtement tout seul. Son corps était couvert de la même suie crasseuse que ses cheveux. Sa longue marche dans la rivière n'en était pas venue à bout.

Aisly posa devant lui ses nouveaux vêtements, bien pliés. Puis elle s'immobilisa en le voyant, les yeux écarquillés.

— Qu'est-ce qui ne va pas ? lui demanda-t-il.

Elle ne put répondre et le rouge lui monta aux joues. C'était donc son corps qui la troublait à ce point ? Ce regard posé sur lui le troubla et il dut serrer les dents pour réprimer l'érection qu'il sentait monter.

Aisly finit par se détourner, comme si elle avait conscience du combat qu'il menait avec ses instincts d'homme, et trempa un linge dans l'eau réchauffée par le feu. Elle l'essora avant de s'approcher à nouveau de lui pour laver son dos. Magnus dut faire appel à toute sa volonté pour ne pas gémir de plaisir. L'étoffe usée du linge séparait les doigts d'Aisly de sa peau, mais ce contact intime, presque indécent, le bouleversait. Il baissa la tête, la laissant explorer son dos avec des gestes lents et assurés. Peu à peu, il sentait son corps se réchauffer.

Après avoir fini, elle se recula, puis attendit. Il la sentait là, dans son dos, tout près de son épaule.

— Est-ce que… Est-ce que vous voulez que je… ?

— Non, coupa-t-il, de peur de perdre le contrôle de ses émotions si elle continuait à le toucher. Je peux finir tout seul.

— D'accord.

Elle lui tendit le linge et alla changer les draps du lit.

Magnus ne put s'empêcher de la regarder faire. Elle retira le drap souillé et en déplia un propre, qu'elle posa sur le matelas. Ses gestes étaient assurés, rapides et efficaces. Elle lissa le drap du plat de la main et il l'imagina caressant son torse d'un même mouvement. Elle déplia une couverture et il songea qu'il aurait aimé être dessous, avec elle. Son époux avait-il été aussi séduit par son charme que lui ?

Quand elle eut terminé, elle se retourna vers lui et il baissa rapidement les yeux, un peu gêné d'avoir été surpris en train de la regarder.

— Je vais vous laisser seul un moment, pour que vous puissiez finir de vous changer, dit-elle.

Sans lui laisser le temps de répondre, elle attrapa la couverture et sortit de la maison. Il ne pouvait pas l'empêcher de partir — son désir était bien trop troublant et incontrôlable pour prendre un tel risque.

Dès que la porte se referma derrière elle, Aisly s'adossa au mur de pierre, enveloppée dans la couverture pour se protéger de l'air froid de la nuit. Elle ferma les yeux, abandonnant la beauté des étoiles qui scintillaient au-dessus d'elle pour se concentrer sur la vision du torse nu de l'homme. Son sauveur était beau — à en couper le souffle. Godric était un guerrier lui aussi, l'un des meilleurs hommes de Cuthbert, mais il n'aurait pas soutenu la comparaison avec celui qui se changeait chez elle, en cet instant. Godric n'avait jamais été aussi fascinant, si masculin, si… viril.

Les muscles de l'étranger étaient si développés qu'on les voyait saillir les uns à côté des autres, le long de ses membres.

Sa peau était si parfaite que, l'espace d'un instant, elle avait eu l'impression de passer les doigts sur du velours. Sauf aux endroits où un fin duvet de poils blonds la recouvrait — sur son torse, par exemple, duquel courait une ligne discrète jusqu'à la ceinture de son pantalon. Une ligne qu'Aisly n'avait pas su quitter des yeux. Elle s'était demandé ce qu'il y avait, *là* ; à quoi il ressemblait, sous l'étoffe fatiguée de ses vêtements.

Elle finit par rouvrir les yeux, les joues en feu, dans l'espoir de chasser ces images si troublantes, et prit une profonde inspiration. L'air froid de la nuit s'engouffra dans ses poumons. Quand elle expira, un petit nuage blanc s'échappa de ses lèvres.

L'étranger l'intriguait. Ses yeux scintillaient à chaque fois qu'il lui parlait et suivaient chacun de ses mouvements. Oui, ces deux joyaux sombres lui promettaient des délices interdits. La désirait-il réellement ? Non, sans doute se laissait-elle aveugler par sa solitude désespérée. Il lui était reconnaissant, rien de plus.

De toute manière, jeune veuve qu'elle était, elle n'avait pas le droit de penser ainsi. Elle croyait avoir aimé Godric, quand elle l'avait épousé. Mais maintenant, elle comprenait que ce qu'elle avait pris pour de l'amour n'avait sans doute été que l'effet d'une amourette infantile. Son époux n'avait que deux ans de plus qu'elle et elle l'avait toujours connu : ils s'étaient vus régulièrement, à chaque fois que Cuthbert et Wulfric rendaient visite à lord Oswine. Peu à peu, Godric était devenu l'un des meilleurs guerriers du village.

Quand il s'était intéressé à elle, elle s'était sentie flattée — n'importe quelle jeune fille l'aurait été. Puis, quand il lui avait demandé sa main lors d'un rituel élaboré qui avait eu lieu un soir, devant tout le monde, dans la demeure de lord Oswine, elle avait un peu hésité mais avait fini par accepter. Il n'y avait pas de meilleure option pour elle, et son tuteur avait encouragé leur union.

Elle avait accepté parce qu'elle souhaitait désespérément

fonder une famille, dans l'espoir de retrouver ce qu'elle avait perdu avec la mort de ses parents.

Hélas, il lui avait fallu peu de temps pour comprendre que son hésitation cachait une mise en garde. Son mariage avec Godric avait été une épreuve. Son époux ne s'était pas montré tendre, pas de la manière dont le font les héros des chansons que les femmes fredonnent en lavant leurs vêtements dans la rivière. Elle n'avait retrouvé chez lui aucun de ces traits charmants que les villageoises déjà mariées vantaient en rougissant et en riant.

Au début de leur union, quand il la rejoignait encore dans leur lit le soir, il se montrait pressé, froid. Plus tard, alors que le corps d'Aisly s'était habitué aux besoins de son mari, elle avait parfois ressenti quelque chose de plus, quelque chose qui s'approchait du plaisir et la faisait gémir. Mais Godric s'empressait alors de couvrir sa bouche d'une main et de lui rappeler qu'elle n'était pas une catin. Les épouses ne devaient pas faire de bruit au lit. Les épouses ne devaient pas faire le moindre mouvement quand leurs maris les honoraient.

L'indifférence de Godric était encore plus flagrante le jour que la nuit. Puisqu'elle lui appartenait, il ne voyait pas l'intérêt de perdre son temps à la charmer et passait le plus clair de ses journées dehors, auprès des autres guerriers du village. Il travaillait, s'entraînait et prenait même ses repas dans la grande salle du manoir. Et quand il rentrait manger chez lui, il ressortait immédiatement après pour boire de la bière et raconter des histoires — ou faire ce que les hommes font ensemble quand ils se retrouvent.

Au bout de six mois de mariage, il avait commencé à lui en vouloir de ne pas tomber enceinte et n'hésitait pas à la réprimander. Les autres hommes du village se moquaient parfois de lui et cela l'humiliait.

Evidemment, il ne savait pas qu'au bout de trois mois, elle avait pleuré de soulagement quand ses règles étaient enfin arrivées. La simple idée d'avoir un enfant de cet homme froid était si écœurante qu'elle avait commencé à boire, régulièrement et en secret, une potion qu'Edyth préparait pour elle. Bien sûr, un enfant lui aurait permis d'avoir enfin la famille dont elle avait tant rêvé, mais elle ne pouvait pas condamner un bébé à vivre sous la férule d'un père tel que Godric. Il était parfois si cruel… S'il avait appris la vérité, su qu'elle lui refusait toute descendance, il aurait été capable de tout.

Mais maintenant que ses règles étaient de nouveau arrivées, elle pleurait pour des raisons tout à fait différentes. Elle avait perdu son unique chance d'avoir un enfant et cette absence creusait un gouffre au fond de son cœur. Elle avait aussi perdu son unique chance de conserver sa maison. Sans doute était-ce sa punition pour avoir pris soin de ne pas tomber enceinte.

Et puis, malgré le dégoût qu'elle éprouvait quand Godric venait partager son lit, elle ne pouvait accepter la mort atroce qu'on lui avait réservée — tué sans la moindre hésitation au campement danois. Pourtant, il n'était parti là-bas que dans l'idée de s'adresser aux chefs, de demander leur aide pour retrouver les jeunes filles disparues. Tous les guerriers qui l'avaient accompagné ce jour-là avaient été brutalement assassinés. Ils avaient été massacrés et elle avait éprouvé une tristesse sincère en apprenant le décès de Godric. Il était loin d'être l'époux dont elle avait rêvé, mais cela ne l'avait pas empêché d'être un bon guerrier et de mettre chaque jour de quoi manger sur la table.

Le simple fait d'avoir des pensées déplacées concernant un étranger qu'elle connaissait à peine ne signifiait-il pas qu'elle *était* aussi mauvaise que le disait Godric, quand il était soûl ? Seigneur, elle avait essayé d'embrasser cet homme dont elle ne connaissait même pas le nom ! Finalement, elle ferait peut-être mieux d'entrer au couvent, de rejoindre l'abbesse dans sa vie de dévotion.

Soudain, la voix de l'homme se fit entendre de l'intérieur. Il l'appelait. Elle prit quelques instants pour retrouver son calme puis ouvrit la porte, hésitante, et jeta un coup d'œil à la pièce. Il était habillé, évidemment. Il agissait de façon convenable, lui… C'était elle qui lui avait fait des avances déplacées.

Elle entra et verrouilla la porte derrière elle. L'homme s'assit pour la laisser refaire son bandage, sans lever les yeux sur elle. Etouffée par sa honte et sa culpabilité, elle récupéra les bandelettes de tissu qui trempaient dans le cataplasme et les déposa sur la pierre chaude de l'âtre. Elle ne put s'empêcher de savourer l'odeur de propre qui émanait de lui, quand elle s'approcha. Elle remarqua aussi qu'il avait le souffle court, un peu saccadé, comme s'il s'efforçait de se maîtriser — un changement minime qui aurait pu passer inaperçu, si elle n'avait pas été aussi attentive à ses moindres mouvements…

Elle voulut s'excuser de nouveau mais se retint ; cela ne ferait que rendre la situation plus gênante. Si Alstan parvenait à convaincre Cuthbert, cet homme serait parti avant la mi-journée et elle ne le reverrait plus jamais.

Il valait donc mieux se recoucher et faire comme si cette soirée étrange et embarrassante n'avait pas eu lieu. Elle plaça donc le nouveau cataplasme sur la plaie, en douceur, le maintint à l'aide de bandages et le noua, sans un mot. Sans un regard.

— Puis-je vous faire confiance pour ne pas bouger jusqu'au matin ? Je ne veux pas vous attacher encore une fois, mais je ne peux pas me permettre de défier les anciens du village.

L'homme se leva d'une façon si soudaine qu'il la poussa en arrière. Elle manqua de perdre l'équilibre. L'espace d'un instant, elle eut la terrible impression qu'il allait s'enfuir, puis elle se rappela qu'il ne pourrait pas aller bien loin. Les portes du village étaient fermées et, en dépit de son insistance, elles le retiendraient : il n'était pas en état d'escalader les murs.

Il resta immobile un instant et elle put voir que le pantalon lui allait. La chemise de Godric, en revanche, semblait un peu étroite à la poitrine et les manches étaient un peu courtes, mais l'ensemble était correct.

— Aisly.

Il trembla un peu et elle ferma les yeux, luttant contre le feu dévorant que sa voix éveillait en elle. Une voix basse et rauque, qui faisait vibrer un désir caché qu'elle n'avait encore jamais éprouvé.

Il ne dit rien de plus et elle comprit qu'il attendait qu'elle le regarde. Pendant d'interminables secondes, elle pensa partir en courant, mais elle finit par lâcher un soupir indécis et lever les yeux vers lui.

Le feu faisait scintiller les paillettes dorées de ses iris et deux rides d'inquiétude striaient son front.

— Je ne vous mentirai pas. Je vous ai donné ma parole et je m'y tiendrai.

Pourquoi se sentit-elle à ce point obligée de corriger sa version des faits ?

— Vous ne m'avez pas donné votre parole. Vous avez dit que vous ne partiriez pas et j'ai simplement *supposé* que cela équivalait à une promesse.

Il eut un petit sourire et lui caressa le menton du pouce, juste sous les lèvres, avant d'effleurer son cou du bout des doigts.

— Dans ce cas, je vous donne ma parole ; c'est bien le moins que je puisse faire pour vous remercier de votre bonté.

Puis, sans attendre, il se détourna, laissant Aisly seule et troublée au milieu de la pièce.

Elle dut se contenter d'acquiescer. Après tout ce qui venait de se passer, les mots lui manquaient…

— Il serait bon que je parle aux anciens avant de partir, reprit-il.

Il tituba un peu et Aisly voulut se précipiter pour l'aider mais il retrouva son équilibre avant qu'elle puisse l'atteindre.

— Des petites taches noires gênent ma vision, expliqua-t-il, et c'est pire quand je bouge trop vite.

C'était exactement pour cela qu'il n'était pas prêt à partir dès le matin. Il avait besoin de repos — mais c'était un argument qu'elle gardait en réserve pour le lendemain, quand Cuthbert se présenterait.

— Dormez un peu, cela vous aidera…

L'homme acquiesça dans un petit grognement mais, au lieu de s'allonger à nouveau sur le lit, il s'installa sur la paillasse et empêcha Aisly de protester.

— J'ai déjà trop abusé de votre bonté, je ne veux pas occuper votre lit plus longtemps.

Il s'étendit sous la couverture, sans laisser le temps à Aisly de dire quoi que ce soit.

Au fond, qu'il dorme sur un lit ou sur une paillasse, cela n'avait sans doute pas beaucoup d'importance, songea-t-elle en se glissant entre les draps propres. Elle remonta la couverture sur son corps. En fermant les yeux assez longtemps, elle parviendrait peut-être à oublier que l'étranger avait été allongé là, juste avant.

Elle essaya. En vain.

# Chapitre 8

Magnus se leva dès qu'Aisly eut quitté la maison, au matin. Le léger bruit de la porte se refermant derrière elle le tira d'un sommeil paisible.

La lumière grise du petit matin filtrait à travers le toit de chaume et Magnus sourit : il recommençait à dormir convenablement. Cela voulait dire que sa santé s'améliorait. Bien sûr, sa tête le faisait toujours souffrir et sa plaie restait enflée, mais il avait réussi à survivre au pire, grâce à l'aide d'Aisly.

Il revit soudain son joli visage déçu quand il l'avait repoussée. Ce baiser inattendu l'avait surpris — autant que le désir qu'il avait éprouvé pour elle au même instant. Il aurait été si facile d'entrouvrir les lèvres, de goûter à la saveur de sa bouche. Elle semblait si douce… Il ne savait pas combien de femmes il avait connues dans le passé, mais la proximité d'Aisly lui avait rappelé ce qu'était la chaleur d'une amante. Il s'était déjà abandonné à cette chair veloutée qui palpitait sous ses doigts, savait d'instinct comment la toucher, la caresser. Oui, il voulait redécouvrir les feux de la passion avec elle…

Le simple fait de sentir des mains de femme sur lui avait failli provoquer une érection. Puis, quand il l'avait prise par les hanches pour l'attirer à lui et lui permettre de le raser, son sexe s'était dressé pour de bon, gorgé de désir — un désir si fort qu'il avait un instant oublié sa migraine. Oui, il avait besoin de la prendre dans ses bras, de se fondre en elle, ne serait-ce que pour lui montrer à quel point il lui était reconnaissant de l'avoir aidé. Evidemment, les grands yeux verts qu'Aisly posait sur lui ne l'avaient pas aidé à se contrôler ; dans ces yeux, il avait décelé le reflet du feu qui l'animait… Alors, il s'était efforcé de la laisser s'éloigner, de peur de faire quelque chose qu'ils auraient tous deux regretté.

Pourquoi pensait-il encore à elle ? Ce n'était certainement pas le moment ! Chassant ces délicieux souvenirs nocturnes, il se leva pour se laver. Quand elle revint, il venait de finir sa toilette. Elle parut surprise de le voir réveillé mais ne prononça pas le moindre mot. Elle se contenta de poser une petite fiole sur la table — sans doute une autre de ces potions répugnantes — et remplit pour lui un bol de potage.

Magnus la salua d'un sourire avant de s'asseoir sur un tabouret et de se mettre à manger. Elle lui rendit son sourire mais se contenta de lui dire bonjour, rien de plus… De toute évidence, elle ne savait pas plus que lui comment se comporter après ce qui s'était passé entre eux. Il n'avait pas oublié les paroles qu'elle avait prononcées la veille et, après avoir avalé quelques cuillères de potage, il se décida à aborder ce sujet qu'il devinait épineux.

— Que vouliez-vous dire quand vous avez parlé des tapisseries de votre mère ? Que s'est-il passé ?

Visiblement surprise, elle leva les yeux et le dévisagea un instant, comme si elle était la proie d'un intense débat intérieur. Finalement, elle baissa la tête de nouveau, mélangeant d'un air absent le potage qui fumait dans son bol.

— Mon époux est allé voir les Danois dans leur campement, finit-elle par dire, pour leur parler des deux jeunes filles disparues. C'est là qu'il a été tué. Les Danois ont prétendu qu'il avait incendié certaines de leurs maisons, mais je n'en suis pas convaincue. Après cela, ils sont venus ici et ont réclamé une compensation pour les dommages.

De nouveau, elle croisa son regard et Magnus vit avec stupeur des larmes couler le long de ses joues.

— Ils ont pris mes tapisseries.

Il sentit son cœur se serrer douloureusement. Il eut soudain le besoin irrépressible de la prendre dans ses bras, de la réconforter et de retrouver les tapisseries, ainsi que les hommes qui les avaient volées.

— Quel horrible prix à payer pour les erreurs d'un autre.

— Oui…

Elle avala une cuillerée de potage avant de reprendre :

— Ces tapisseries étaient tout ce qui me restait de ma famille, les seuls souvenirs de mes bonheurs d'enfance. J'ai toujours voulu fonder une famille à mon tour, pour avoir une chance de retrouver ce bonheur, mais c'est trop tard à présent. Jamais je ne pourrai le faire.

Qu'avait-il bien pu se passer pour qu'elle refuse l'idée de se remarier ? Cela ne concernait pas Magnus mais il ne put contenir sa curiosité.

— Pourquoi ne pouvez-vous pas fonder cette famille dont vous rêvez ?

— Je refuse de me soumettre à la tyrannie d'un autre homme, et surtout pas à celle d'un second époux.

Magnus resta quelques instants silencieux. Qu'avait donc fait son mari pour la blesser à ce point ? Quoi qu'il en soit, il ne put s'empêcher de haïr cet homme. Les mains crispées sur son bol, il fit de son mieux pour garder son calme.

— Etait-il dur avec vous ?

Aisly baissa les yeux une nouvelle fois. Les questions de Magnus étaient trop intimes, trop pressantes, mais ce qui s'était passé entre eux le poussait à vouloir en savoir plus. Il fallait qu'il apprenne à mieux connaître cette femme, cela devenait presque un besoin vital pour lui.

Quand elle reprit la parole, sa voix était si douce et si posée qu'il comprit sa gêne : elle n'avait sans doute jamais parlé de tout cela à qui que ce soit.

— Parfois, il lui arrivait de jeter des objets ou de détruire mon travail quand il était en colère. Il me poussait lorsqu'il trouvait que j'étais trop lente. En fait, je devais le frustrer…

Je n'étais pas aussi soumise qu'il l'aurait voulu et, après deux mois de mariage, il a commencé à perdre patience. Il ne cherchait même plus à être poli avec moi.

Les dents serrées, Magnus fit de son mieux pour ravaler sa colère. Il passa sa main sur l'arrondi de la joue d'Aisly et sur la peau qui avait légèrement bleui sous son œil. Elle était cernée — sans doute l'avait-il empêchée de dormir suffisamment, la nuit précédente.

Cette femme était si délicate, si belle, si douce. Si son mari avait été encore en vie, Magnus l'aurait brisé pour avoir été incapable de respecter toutes ces qualités. Mais l'homme était déjà mort.

— Vous ne méritiez pas cela, parvint-il à murmurer au bout d'un moment.

Au même instant, on frappa avec insistance à la porte et Aisly bondit sur ses pieds.

Le temps d'un instant, elle dévisagea Magnus en silence, l'air à la fois surprise et reconnaissante, puis se tourna vers la porte. Elle lissa nerveusement son tablier avant d'aller ouvrir. C'était peut-être le dernier moment qu'ils passaient ensemble…

A en croire le regard meurtrier qu'Alstan lui lança depuis le seuil, il serait bientôt chassé du village… Magnus fit néanmoins face au nouveau venu, rassemblant ses forces pour ne pas perdre l'équilibre en dépit des taches noires qui revenaient danser devant ses yeux, et de son cœur qui s'emballait.

— Tu l'as détaché, remarqua Alstan d'un air accusateur.

— Oui, répondit Aisly.

Sa voix avait retrouvé sa légèreté, comme si elle venait de lui dire bonjour et rien de plus.

Magnus réprima un sourire et s'arrêta à sa hauteur pour la remercier une dernière fois avant de sortir. Après tout ce qui s'était passé entre eux, un simple « merci » était loin d'être suffisant — d'autant plus qu'il ne la reverrait peut-être jamais — mais il ne sut que dire d'autre.

De toute manière, Aisly ne lui laissa pas le temps de prononcer un mot de plus. Elle attrapa une cape suspendue près de la porte et s'enveloppa dedans.

— Je viens avec vous, lança-t-elle, déterminée.

— Ce n'est pas raisonnable.

— Non, renchérit Alstan depuis le seuil.

Magnus l'ignora, préférant se perdre une dernière fois dans les yeux verts et scintillants d'Aisly. Elle rougissait mais ne semblait pas décidée à céder du terrain. Si elle avait eu le physique pour cela, elle aurait pu devenir une reine guerrière — cette pensée surprit Magnus. Avait-il déjà vu une reine guerrière ? Une telle chose pouvait-elle même exister ? De nouveau, sa mémoire s'emplit d'un brouillard dense qui l'empêcha de sonder ses souvenirs.

— Ne me regardez pas comme cela, étranger. Je viens avec vous, que vous le vouliez ou non, reprit-elle en nouant sa cape sous son menton avant de se tourner vers son frère. Allons-y. Mieux vaut ne pas les faire attendre.

Alstan fronça les sourcils. Il voulait sans doute protester, mais se retenait de peur de paraître faible. Ils savaient aussi bien l'un que l'autre qu'Aisly ne changerait pas d'avis et, à moins de la ligoter chez elle, son frère n'avait aucune chance d'obtenir gain de cause. Il garda donc le silence.

Aisly paraissait détendue et se permit même de lancer un petit sourire à Magnus lorsqu'il sortit derrière elle. Il eut alors une soudaine envie de la toucher, de lui prendre la main pour la rassurer, lui faire comprendre que tout se passerait bien — même s'il n'était sûr de rien.

Instinctivement, il examina le village. Il y avait sans doute moins d'une centaine de bâtisses, maisons et granges, à l'intérieur des murs. La demeure d'Aisly était l'une des plus grandes et s'élevait à l'ouest, à l'opposé des portes. Un rapide coup d'œil au mur, près de chez elle, confirma ses soupçons :

il était assez bas pour qu'on puisse l'escalader sans difficulté. Sans doute avait-il été bâti pour tenir les loups et les ours à distance ; mais il ne serait pas d'une grande efficacité contre des hommes, encore moins contre ces Danois déterminés qui ne cessaient de harceler les villageois.

Il pressa le pas pour la rattraper. Si cela devait être leur dernière discussion, il préférait s'assurer qu'elle saurait comment se défendre, en cas de besoin.

— Les murs sont trop bas pour repousser une attaque. Avez-vous des armes ? Un plan pour vous défendre ?

— Quoi ?

Elle s'arrêta, puis se remit en marche, les yeux baissés, quand son frère se tourna vers elle, alerté par son cri.

Elle attendit qu'Alstan reprenne sa route, à quelques pas devant eux, pour demander à mi-voix :

— De quoi parlez-vous ? Le mur nous a bien protégés, dans le passé.

Etait-ce vrai ? Pourtant, il aurait simplement besoin de grimper sur les épaules d'un solide compagnon ou de lancer un grappin avec adresse pour passer les remparts !

Cette simple pensée suffit à lui rappeler la sensation d'une corde filant entre ses doigts. Qu'est-ce que cela signifiait ? Pourquoi son instinct s'attardait-il ainsi sur les faiblesses de ce village ? Etait-ce la preuve qu'il était un guerrier accompli ou bien un ennemi de ces gens cherchant la moindre vulnérabilité ?

Troublé, il chassa ces questions dérangeantes.

— Votre demeure est très proche du mur, Aisly. Si jamais un ennemi se présentait, vous auriez très peu de temps pour vous enfuir… J'ai remarqué que vous aviez du plancher ; y a-t-il un espace, en dessous ?

Aisly le dévisageait toujours comme s'il avait perdu l'esprit mais acquiesça.

— Oui, comme dans la plupart des maisons. Je m'en sers pour entreposer des légumes.

— Bien. La trappe doit être couverte par un tapis à tous moments. Et il vous faut garder un couteau, en bas. Cela vous permettrait de vous cacher et de vous défendre, en cas de besoin.

Ce n'était pas grand-chose mais pour le moment, il ne pouvait pas l'aider davantage. De nouveau, il se promit de trouver un moyen de la remercier pour tout ce qu'elle avait fait pour lui, même si cela ne serait possible que lorsqu'il aurait enfin retrouvé son identité… Si on le laissait vivre jusque-là.

Aisly acquiesça et Magnus continua d'observer le village. Quelques personnes commençaient à sortir de chez elles, le dévisageant d'un air circonspect — voire hostile. Il se concentra sur chaque visage, dans l'espoir de reconnaître quelqu'un, de retrouver un fragment de souvenir. Mais aucun ne lui parut familier.

Alstan contourna une forge imposante et Magnus le suivit, apercevant le manoir pour la première fois. Ce devait être la demeure de leur chef, située en plein milieu du village. Les épaules endolories, il passa une main nerveuse sur sa nuque, qui paraissait soudain étonnamment raide. Tous ses instincts lui hurlaient de ne pas entrer dans ce bâtiment. Qu'est-ce qui l'attendait, à l'intérieur ? Quoi que ce soit, il n'avait pas le choix : il devait aller de l'avant.

Deux guerriers se tenaient de part et d'autre de la porte, épée au côté, leurs yeux fixés sur lui. Quand il parvint à leur hauteur, Alstan se retourna. Sa mine était aussi sévère que celles des deux hommes, comme s'il mettait le sauveur de sa sœur au défi de s'enfuir.

Magnus jeta un nouveau regard autour de lui. Les villageois commençaient déjà à se rassembler sur la place, détournés de leurs corvées du matin par la promesse d'un événement excitant. Même s'il avait été capable de courir, il ne serait pas allé bien loin sans son épée. Il valait mieux entrer et affronter ce qui l'attendait.

— Je ne les laisserai pas vous faire du mal, murmura Aisly à son oreille avec un petit sourire rassurant.

Il acquiesça. Elle ferait tout son possible pour le défendre, c'était certain… Lui, par contre, ne pouvait rien promettre ; il ne pouvait même pas lui demander de partir avec lui. Comment se serait-il occupé d'elle, quand il ne savait pas qui il était ?

Au milieu de tout ce monde, il ne pouvait même pas se laisser aller au plaisir de la serrer dans ses bras, pour sentir son corps contre lui. S'il faisait le moindre geste déplacé, le frère interviendrait. Tout ce qu'il put faire fut donc de lui rendre son sourire, et de se promettre une fois encore de la récompenser pour sa générosité — même s'il devait revenir en cachette pour honorer ce serment.

— Etranger, lança Alstan depuis le sommet des marches.

Tiré de ses pensées, Magnus leva les yeux vers lui, et le frère d'Aisly ouvrit la porte du manoir. Ils le suivirent et pénétrèrent dans la grande salle, illuminée en son centre par un grand feu. Apparemment, les habitants de la demeure avaient déjà fini de déjeuner. Quatre grands piliers de bois coupaient l'espace, soutenant le haut plafond voûté.

Magnus examina rapidement la pièce. Elle paraissait petite, mais le brouillard tenace qui occupait son esprit l'empêchait de se souvenir avec précision des autres grandes salles qu'il avait vues dans sa vie. Les murs étaient recouverts de larges tapisseries représentant des scènes de chasse — les œuvres d'Aisly, peut-être ?

Il n'eut pas le temps d'examiner les lieux plus en détail. D'un signe de tête, Alstan montra deux hommes, assis de l'autre côté de l'âtre. Aisly s'arrêta derrière son frère et son sauveur, qui la protégea instinctivement de son corps.

Le premier homme portait des cheveux blancs. Il était assis sur son siège, un peu raide. A côté de lui se trouvait un homme plus gros, qui paraissait assez détendu.

— Je suis Cuthbert, chef d'Heiraford, commença le

premier, et voici mon frère, Arte. Nous avons des questions à vous poser, étranger. Tout d'abord, comment êtes-vous arrivé jusqu'à notre village ?

Magnus leur raconta son épopée, passant néanmoins quelques détails sous silence, par précaution. La situation restait délicate car il ne savait toujours pas si ces gens étaient des alliés ou des ennemis. Comment savoir quels détails risquaient de trop en révéler à son sujet ?

Il préféra ne pas dire qu'il s'était réveillé au pied d'un bûcher funéraire et après une bataille, ne sachant pas quelle importance pourrait avoir une telle information. A la fin de son récit, il ne put réprimer un sourire : Aisly ne l'avait pas corrigé, n'avait pas dévoilé son secret. Décidément, cette femme méritait toute sa reconnaissance… Elle pourrait lui demander n'importe quoi dans le futur, il le lui accorderait.

Après l'avoir écouté, les hommes lui demandèrent des détails au sujet de sa confrontation avec le rebelle danois, au bord de la rivière. Magnus écouta Aisly, non sans fierté, répondre à son tour. Il voulait tellement la toucher, caresser son dos pour la rassurer, mais il se retint. Tous ces gens savaient qu'il avait été attaché pendant son séjour chez elle ; il ne voulait pas leur donner la moindre excuse pour douter de la probité de sa sauveuse.

Une fois satisfaits des réponses apportées, Cuthbert et son frère se consultèrent à voix basse. Alstan examina Magnus d'un air soupçonneux, puis s'assura que la porte était solidement gardée au cas où il tenterait de s'enfuir. Puis il s'approcha des deux anciens pour leur donner son avis. Leurs voix étaient trop basses pour que Magnus puisse saisir autre chose qu'un murmure indistinct.

Soudain, il sentit la main d'Aisly sur son bras. Elle se hissa sur la pointe des pieds pour lui glisser à l'oreille :

— N'ayez pas peur, étranger. Alstan va s'assurer qu'ils vous laissent partir sain et sauf.

Ce n'était pas vraiment ce qui inquiétait Magnus. Le frère

d'Aisly avait donné sa parole et il tiendrait sa promesse. Cependant, en dépit de son amnésie, il en savait assez pour deviner que, si quelqu'un ici voulait sa mort ou le considérait comme une menace, rien ne l'empêcherait de le suivre. Un rapide coup d'œil dans la pièce lui confirma que les quelques guerriers présents le dévisageaient sans ciller.

Refusant d'alarmer Aisly, il se contenta d'acquiescer et de lui faire un petit clin d'œil — qui illumina le regard de la jeune femme.

Elle paraissait décidément trop jeune et trop vive pour une veuve. Leurs yeux se croisèrent et il sentit son cœur battre un peu plus fort. Une excitation profonde l'envahit de nouveau. Une fois qu'il aurait retrouvé son identité, il pourrait peut-être revenir et la convaincre que son foyer, où qu'il soit, pourrait les accueillir tous les deux.

Non, c'était une pensée absurde ! S'il était un guerrier, il ne pourrait jamais offrir à cette femme ce qu'elle désirait. Son foyer se trouvait peut-être à des lieues d'ici, voire dans un autre pays… Cette pensée éveilla des images d'océan, de vaguelettes couronnées d'écume blanche s'étendant à perte de vue.

— Etranger ?

Le mot fut répété plusieurs fois avant qu'il ne parvienne à quitter ses rêveries. Il recula d'un pas et trébucha, rattrapé de justesse par Aisly qui l'empêcha de tomber.

— Tu vois ? s'écria-t-elle assez fort pour être entendue par son frère, par-dessus le murmure des guerriers qui les entouraient.

— Aisly…

La voix d'Alstan, pourtant dure, ne parut pas la troubler. Non, il en fallait plus pour déstabiliser sa reine guerrière.

— Il n'est pas encore en état de voyager ou de se promener. Une lame a failli briser son crâne en deux et tu l'obliges à rester là, debout, comme s'il était en parfaite santé !

— Cela suffit, Aisly. Nous avons besoin de l'interroger et tu le sais.

Son frère se retourna alors vers Cuthbert qui venait de se lever.

— Où comptez-vous aller après votre départ, étranger ?

Magnus se redressa autant que possible, comme si sa blessure ne le faisait pas souffrir. Il n'avait aucune intention de paraître faible aux yeux de ces hommes qui le jugeaient.

Aisly le lâcha, mais il sentit sa main se poser dans le creux de son dos, en prévention d'un nouveau vertige. Avait-il déjà été à ce point conscient d'un simple contact ?

Chassant son trouble, il se tourna de nouveau vers ses juges.

— J'ai l'intention de revenir sur mes pas et de trouver le repaire de ces rebelles qui me traquent. Je les capturerai un par un jusqu'à ce que je trouve un homme qui sache qui je suis.

— Vous… Vous pensez vraiment que ce serait sage ? demanda Aisly avec inquiétude, et d'une voix tellement basse qu'il l'entendit à peine.

Magnus lui répondit d'un rapide regard. Elle paraissait tellement inquiète…

— C'est la seule piste que je puisse remonter, si je veux retrouver mon identité.

Aisly fronça les sourcils et se mordit la lèvre, mais se garda de protester.

— Etranger, vous n'avez nulle part où aller et le gel s'abattra bientôt sur la campagne, reprit Cuthbert. Restez, le temps de vous remettre.

Alstan parut agacé par cette proposition mais n'en dit rien.

Magnus, lui, réfléchit un instant. Rester ? Etait-ce vraiment une bonne idée ? La piste qui pourrait le conduire aux hommes qui voulaient le tuer refroidissait de jour en jour.

— J'ai peur que d'autres rebelles ne soient à mes trousses. Je ne voudrais pas mettre votre village en danger.

Cuthbert acquiesça et jeta un coup d'œil circonspect à

Alstan, comme s'il savait que le jeune homme ne serait pas d'accord avec lui.

— Vous savez, les rebelles reviendront nous voler, que vous soyez là ou non ; ils nous attaquent régulièrement depuis le printemps dernier.

— Oui, j'ai entendu parler de vos ennuis et j'en suis sincèrement navré. Une fois que j'aurai trouvé leur repaire, je vous promets de régler ce problème pour vous.

Cuthbert accueillit sa promesse d'un vague signe de tête, comme s'il ne lui accordait pas grande valeur.

— Nous aimerions que vous restiez ici jusqu'à la fin de l'hiver. Je ne suis pas certain que les rebelles en aient fini avec ces attaques et nous avons perdu quelques guerriers récemment, tués par les Danois du campement. L'époux d'Aisly était l'un d'entre eux, reprit le vieux chef. De toute évidence, vous avez eu plus de contacts que nous avec eux. Quand vous aurez retrouvé la mémoire, vous pourriez nous être d'une grande aide… Rester ici vous permettra de retrouver la santé pendant les mois d'hiver. Vous reprendrez votre route au printemps.

Magnus songea d'abord à refuser cette proposition, mais il ne put ignorer le bon sens dont Cuthbert faisait preuve. S'il restait, il pourrait en effet retrouver toutes ses forces, un avantage indéniable quand viendrait l'heure de faire face aux rebelles. Néanmoins, plus il attendait, plus il risquait de perdre la trace de ces lâches.

Rester lui donnerait aussi l'occasion de passer plus de temps auprès d'Aisly… Il avait à peine commencé à réfléchir à cela que la voix d'Alstan résonna dans le silence de la grande salle.

— Non, Cuthbert. Je ne pense pas qu'il soit sage d'inviter cet homme au village.

— Alstan, répondit Cuthbert d'une voix ferme, je comprends votre inquiétude…

— *Mon* inquiétude ? Il est l'un d'entre eux ! Cet homme est danois ; sa présence menace tout le monde.

Derrière Magnus, Aisly frémit et il entendit son souffle s'accélérer, le cœur serré. Comment savoir si Alstan disait vrai ?

— Un Danois, vraiment ? lança une voix grave, depuis la porte.

Magnus se retourna et découvrit un homme âgé qui se tenait sur le seuil. De toute évidence, c'était quelqu'un d'important — comme Cuthbert et son frère. Sa tunique, verte et souple était richement brodée. Magnus le dépassait d'une tête mais cet homme était si large qu'il l'impressionna. C'était sans doute le plus grand des villageois qu'il avait croisés. Il se tenait droit, avait un air fier et presque condescendant. Ses petits yeux noirs dévisagèrent Magnus des pieds à la tête, comme des yeux de serpent ; de toute évidence, ce qu'il voyait en lui ne satisfaisait pas cet homme.

Son regard méprisant se posa ensuite sur Aisly et elle se crispa instinctivement. Magnus dut faire appel à toute sa volonté pour ne pas se placer entre eux.

Elle retira la main qu'elle avait placée sur son dos et se redressa, mais l'homme avait surpris son geste et la scruta avec une moue plus déplaisante encore, irrespectueuse.

Finalement, le nouveau venu s'approcha de l'âtre et s'adressa à Cuthbert.

— Toutes mes excuses pour mon retard. Une querelle m'a retenu mais tout est réglé à présent.

Cuthbert acquiesça.

— Voici l'étranger sur lequel notre belle Aisly veille depuis hier. Etranger, permettez-moi de vous présenter Wulfric, l'un de nos plus sages conseillers.

Magnus salua l'homme, les dents serrées. Ce Wulfric lui déplaisait : l'égoïsme et la trahison suintaient de tous ses pores…

— J'ai entendu dire qu'il s'agissait d'un Danois, n'est-ce

pas ? demanda-t-il, les yeux fixés sur Alstan qui avait porté cette accusation contre Magnus.

Le frère d'Aisly acquiesça.

— Sa voix, sa manière de parler, sa taille : tout me laisse penser qu'il s'agit de l'un d'entre eux.

*L'un d'entre eux*. Il avait craché ces mots comme on crache un morceau de viande faisandée.

— Etes-vous danois ? reprit alors Wulfric en gratifiant Magnus d'un nouveau regard hautain.

— Je n'ai aucun souvenir.

Mieux valait ne pas entrer dans les détails…

Wulfric sourit de nouveau, l'air mauvais, en caressant la longue barbe qui tombait sur son torse.

— Je ne fais pas confiance à un homme imberbe.

— Et moi, je ne crois pas à son amnésie, insista Alstan. Il pourrait mentir. Il pourrait être venu nous espionner.

— Assez ! coupa Cuthbert de sa voix de stentor. Qu'il soit danois ou mercenaire, cela n'a aucune importance. Il a tué le rebelle qui attaquait Aisly : il mérite donc notre hospitalité. Et, même s'il était là pour nous espionner, que pourrait-il dire aux Danois qu'ils ne sachent déjà ? Il peut rester jusqu'à la fin de l'hiver.

— Pas sous mon toit, trancha Wulfric d'une voix posée mais intraitable.

Derrière Magnus, Aisly eut un frisson qu'elle réprima rapidement.

— Bien sûr que non, répondit Cuthbert d'une voix qui se voulait rassurante. Ce ne serait pas convenable : Aisly ne peut accueillir un inconnu chez elle. Il s'installera ici, au manoir, avec mes guerriers.

Magnus jeta un nouveau coup d'œil à Wulfric. L'homme devait être un parent d'Aisly si la maison lui appartenait — à moins qu'il ne soit de la famille de son époux. Quoi qu'il en soit, il était clairement trop proche d'elle.

Personne d'autre ne s'apercevait-il de la brutalité que cet

homme affichait fièrement ? Il se tourna vers Alstan. Comment un frère pouvait-il laisser un tel homme approcher de sa sœur ? Mais la colère d'Alstan semblait toujours dirigée contre lui. *Lui*, qui avait sauvé Aisly ; alors que l'homme qui menaçait tranquillement la jeune femme restait impuni.

De plus en plus nerveux, il passa une main dans ses cheveux, découvrant avec surprise le bandage qu'il avait complètement oublié. Machinalement, il recula d'un pas pour se rapprocher d'Aisly. Il avait peut-être enfin trouvé un moyen de la remercier : la sauver des griffes de Wulfric. Hélas, une fois l'hiver fini, il ne serait plus là pour la protéger... Qu'arriverait-il, alors ?

Arte, qui n'avait pas encore parlé, se redressa.

— Installer cet homme dans les quartiers de nos guerriers risque de créer des tensions malvenues.

— En effet, admit son frère. Tu es sage. Après le massacre, nous ne pouvons pas leur demander d'accepter la compagnie d'un homme qui pourrait être danois. Voyons... peut-être pourrait-il occuper la maison de Leofwyn.

— Qui est Leofwyn ? demanda Magnus à Aisly pendant que les hommes continuaient à discuter.

— C'était la femme la plus âgée du village. Elle est morte cet été. Sa maison est l'une des plus anciennes et des plus petites. Elle est très à l'écart, presque au bord de la rivière et bien loin de la mienne.

Tout le monde parut accepter cette solution mais Aisly protesta. Sa voix suffit à faire taire les hommes qui la dévisagèrent d'un air surpris.

— On devrait l'installer plus près de chez moi pour que je puisse continuer à le soigner. Je ne sais pas si vous avez pris la peine de le remarquer, mais il est toujours blessé, lança-t-elle en pointant du doigt le bandage — que l'on ne pouvait pourtant ignorer.

— Je vais bien, répondit-il aussi fermement qu'il le put.

Ne comprenait-elle donc pas le danger que présentait

Wulfric ? Pourquoi prenait-elle le risque de s'opposer à lui, même de façon indirecte ?

— Non, vous n'allez pas bien, répondit-elle.

— Aisly a raison, intervint Wulfric.

Magnus sentit ses cheveux se dresser sur sa tête. Il n'aimait pas l'entendre prononcer le nom de sa demoiselle avec tant de familiarité.

— En effet, il devrait vivre plus près. Pourquoi ne pas lui laisser la maison de Beorn ? Sa femme et lui ne reviendront jamais au village, de toute manière.

En disant cela, il lança un sourire satisfait à Aisly, comme s'il lui faisait passer un message qu'elle seule pouvait comprendre. Ses derniers mots résonnèrent comme une menace à peine voilée.

De nouveau, Magnus dut résister au désir d'envoyer un coup de poing dans le nez de cet homme fourbe. Autour de lui, la conversation se poursuivait, mais il ne voyait plus que Wulfric et ses petits yeux cruels posés sur Aisly.

— Qu'en dites-vous, étranger ? Resterez-vous avec nous pour l'hiver ? demanda finalement Cuthbert, attirant de nouveau l'attention de Magnus sur lui.

Il n'avait pas vraiment le choix…

— Je resterai jusqu'au printemps, ou du moins jusqu'à ce que la mémoire me revienne. Si jamais des responsabilités m'attendent quelque part, j'aurai sans doute besoin de vous quitter plus tôt, vous le comprendrez.

Il se tourna vers Aisly mais elle ne le regardait pas. Elle avait les yeux baissés et l'air bouleversé.

— Très bien, répondit Cuthbert. Vous sentez-vous assez fort pour vous installer dans votre nouvelle maison dès maintenant ?

— Non, il ne va pas assez bien, intervint Aisly sans laisser à Magnus le temps de répondre. Il a encore un peu de fièvre et j'ai chez moi une potion à lui faire boire.

Bon sang, ces affreuses potions finiraient par l'achever !

— Je me sens mieux, je vous assure, reprit-il, s'attirant un regard courroucé de la part d'Aisly.

Wulfric cherchait déjà la moindre faille à utiliser contre elle ; il ne lui donnerait pas d'excuse pour la malmener davantage.

Cet homme avait peut-être accepté l'arrangement sans protester, mais Magnus ne pouvait s'empêcher de songer qu'il pouvait encore se réveiller avec une épée sur la gorge, au beau milieu de la nuit…

D'ailleurs, il y avait un point qui n'avait pas encore été abordé.

— Où est mon arme ? demanda-t-il.

— Ici, répondit Arte avec un sourire apaisant. Il indiquait la rangée de gros coffres qui longeaient le mur du fond. Vous devrez gagner notre confiance avant que nous vous la rendions, mais elle est là, en sécurité.

Magnus prit une profonde inspiration. Il n'aimait pas être privé de son épée : tout cela pouvait être un complot visant à le tuer dans son sommeil. Malheureusement, une fois encore, il n'avait pas le choix.

Comme si ce conseil lui avait permis de passer une sorte de rite de passage, tous les guerriers qui l'avaient examiné de loin pendant la discussion s'avancèrent l'un après l'autre et vinrent se présenter. Magnus, lui, gardait toujours Aisly à l'œil. Elle était partie parler à son frère.

Une fois les présentations terminées, Cuthbert mit fin au conseil et Aisly revint auprès de Magnus. Il dut résister pour ne pas la toucher, ne pas se tenir trop près d'elle. L'intervention de Wulfric l'avait bouleversé à un point qui l'étonnait.

— Allons, venez, murmura Aisly avec un sourire plus tranquille. Je vais vous montrer votre nouvelle maison.

# *Chapitre 9*

Aisly traversa à nouveau le village aux côtés de l'étranger, consciente d'un changement presque imperceptible dans les rues. Il y avait davantage de monde maintenant que la matinée était plus avancée. Apparemment, quelque chose les avait retardés sur le chemin des champs — ils étaient bien trop nombreux à l'intérieur des murs.

Quand ils étaient en chemin pour le manoir, les passants avaient simplement eu l'air curieux ou hostiles. Mais à présent, on avait l'impression qu'ils savaient tous que l'inconnu avait été accepté au village. Il était décidément impossible de garder un secret, ici !

En règle générale, le château de lord Oswine ne manquait pas vraiment à Aisly : le quotidien y avait été agréable mais elle avait souffert de sa solitude. En tant que pupille, elle avait été traitée avec détachement, comme une domestique, et n'avait pas eu autant de liberté qu'au village. Néanmoins, le château lui avait offert une intimité qui lui manquait beaucoup… Ici, les villageois n'avaient apparemment rien de mieux à faire que d'observer leurs voisins sans relâche.

Lorsqu'ils furent encore une fois arrêtés par un homme qui désirait parler à l'étranger, elle comprit enfin ce qui la dérangeait tant. L'homme était accueilli — avec une certaine réserve — et elle en était heureuse ; mais elle n'aimait pas les conséquences de ce changement. Il n'était plus *sien* — même s'il ne l'avait jamais vraiment été, bien sûr. Mais elle avait tant apprécié sa présence chez elle…

A présent, il vivrait au cœur du village, pour la durée de l'hiver ou un temps plus court, s'il devait recouvrer la mémoire. Il *appartiendrait* donc à tout le monde. Seigneur, pourquoi lui en voulait-elle d'avoir réussi à se faire accepter ? Etait-elle si seule que cela ?

Oui, sans doute.

C'était un aveu amer, mais sincère. Elle avait toujours été seule, en particulier depuis la mort de ses parents. Alstan était parti vivre avec les guerriers du château et elle était devenue servante, dormant dans les appartements de lady Oswine. Sa vie n'avait pas été trop difficile, bien sûr ; on l'avait même encouragée à poursuivre son apprentissage de la broderie malgré le décès de sa mère. Mais elle n'avait jamais connu qui que ce soit qu'elle puisse dire *sien*.

Godric avait été beau, charismatique, l'image parfaite de ce que devait être un jeune guerrier, mais il ne lui avait jamais vraiment *appartenu*. Leur mariage ne lui avait pas permis de retrouver la famille qu'elle avait perdue trop tôt. Au fond d'elle, Aisly ne s'était jamais plus sentie à sa place.

La solitude l'avait piégée, comme l'auraient fait des ronces aux épines acérées. C'était certainement pour cette raison qu'elle était si sensible à la présence de son sauveur, un homme qu'elle connaissait à peine. Leur lien était pourtant ténu, né de son profond désir d'avoir quelqu'un dans sa vie — n'importe qui, tant qu'il lui appartenait. Soudain consciente de la vérité, elle se laissa un peu distancer en arrivant devant la petite maison qui accueillerait l'étranger pour l'hiver.

Il n'était pas sien. Elle n'était pas sienne. Le simple fait de penser à de telles choses la rendit heureuse que l'homme ne vive plus sous son toit. De toute évidence, elle ne pouvait pas se faire confiance pour agir avec lui en femme d'honneur…

Cuthbert et Arte, qui les avaient guidés jusqu'au cottage, s'arrêtèrent devant la porte. Le chef du village l'ouvrit. Magnus jeta un bref coup d'œil à Aisly et tarda un peu à suivre Cuthbert dans la maison. Ce dernier fronça les sourcils d'un air désapprobateur. L'étranger finit par le suivre à l'intérieur, sans faire de commentaire.

Aisly hésita encore quelques instants. Elle devait entrer, aider son protégé à s'installer. La plupart des affaires que Beorn et sa femme n'avaient pas pu emporter avaient été offertes à Wulfric, pour rembourser leur dette. Comment savoir ce que Wulfric en avait fait ? Ce qui était sûr, c'était qu'il ne proposerait pas de les prêter à l'étranger.

Quelque chose empêchait Aisly de pénétrer dans cette maison — une sorte d'instinct.

Tandis qu'elle se répétait que son hésitation était ridicule et qu'elle s'apprêtait à suivre les hommes à l'intérieur, on lui coupa la route. Elle faillit percuter de plein fouet la femme d'Arte, Lora, et leur fille, Wyn. Les deux femmes s'étaient frayé un chemin parmi un petit groupe de curieux qui s'était rassemblés près du cottage. Toutes deux avaient les bras chargés de couvertures et d'ustensiles, destinés à l'étranger. Elles murmurèrent de rapides excuses mais Wyn ne regarda même pas Aisly, trop occupée à sourire timidement à l'étranger en transportant sa marmite de fer-blanc.

Instinctivement, Aisly s'élança vers elle.

— Il n'aura pas besoin de cela : je peux cuisiner pour lui !

La fille, à peine plus jeune qu'elle, s'immobilisa et lança un regard troublé à sa mère. Aisly se rendit compte qu'elle avait l'air d'une mégère jalouse et recula d'un pas, les joues en feu.

Se tournant finalement vers Lora, elle reprit d'un ton plus calme :

— C'est très gentil à vous d'apporter tout cela, mais préparer ses repas ne me dérange pas. C'est bien le moins que je puisse faire pour lui…

La femme d'Arte la couva d'un regard bienveillant et lui tapota l'épaule.

— C'est vraiment généreux de votre part, ma chère, et

je suis certaine qu'il saura vous en remercier ; mais cette marmite ne nous manquera pas, je vous assure. Nous en avons d'autres.

Aisly acquiesça. Evidemment, il était normal que les villageois lui offrent les quelques biens dont il pourrait avoir besoin. Elle ne put s'empêcher de lui lancer un petit coup d'œil discret. Il la regardait. Un léger sourire flottait sur ses lèvres — comme souvent. Quand leurs regards se croisèrent, un éclair de chaleur la traversa et l'homme sourit de plus belle. Elle était presque sûre qu'il savait à quoi elle pensait, qu'il sentait à quel point elle était jalouse. Que faire, face à un homme qui savait si bien lire en elle ?

— Je serais ravi que vous cuisiniez pour moi, dit-il.

Il n'ajouta pas son habituel « ma belle », et Aisly sentit sa gorge se nouer, de façon inexplicable. Les yeux de l'homme parurent murmurer ces mots qu'il ne pouvait prononcer en public, et leur caresse était aussi douce que celle de ses doigts.

Aisly eut du mal à se maîtriser pour que personne d'autre ne puisse deviner à quel point son petit cœur battait fort dans sa poitrine. Son guerrier se retourna vers Cuthbert qui lui parlait de la moisson, et elle put reprendre ses esprits. Chaque geste et chaque parole de cet homme la déstabilisaient…

En cherchant à s'assurer que personne n'avait découvert son trouble, elle vit la jeune Wyn, debout dans un coin sombre de la pièce. Elle avait déposé sa marmite sur les pierres de l'âtre éteint et dévisageait à présent l'étranger, admirative. De nouveau, Aisly fut envahie par une jalousie amère et injustifiée. Il était naturel que la jeune fille l'admire ; comment aurait-il pu en être autrement ? Il était beau et, à cause des dégâts causés par les Danois, le village manquait cruellement de guerriers. Wyn, quant à elle, était jolie et célibataire ; elle avait toutes les raisons du monde d'admirer un tel homme.

Quand l'étranger eut fini de discuter avec Cuthbert, il sourit à Wyn qui se mit immédiatement à rougir.

— Merci beaucoup, dit-il en la saluant de la tête.

Wyn lui rendit son sourire et se dirigea vers la porte, sans manquer d'effleurer le beau guerrier au passage. Aisly vit clairement sa main remonter le long du bras de l'homme et le regard surpris que ce geste fit naître chez lui.

De nouveau, la jalousie s'empara d'elle. Une jalousie qui n'avait aucune raison d'être. Elle prit une profonde inspiration et se détourna pour fendre le petit groupe toujours massé dehors, et rentrer chez elle. Elle dut s'arrêter plusieurs fois pour saluer des connaissances et répondre à des questions sur l'incident de la rivière. Elle avait vécu les dernières vingt-quatre heures retranchée avec l'étranger, et ne s'était pas encore rendu compte de la curiosité du village à son égard.

Quand elle atteignit enfin sa maison, elle avait déjà accepté le fait que les instants privilégiés passés avec son sauveur étaient bel et bien terminés. Mettre un peu de distance entre eux ne serait sans doute pas un mal.

Et même : cela était *nécessaire*.

Durant les jours qui suivirent, la vie d'Aisly redevint normale. Le matin, l'étranger venait manger chez elle, et elle changeait son bandage. Il partait en général avant l'arrivée de ses apprenties et se reposait pendant le reste de la journée. Peu à peu, il retrouva des forces et put se rendre au manoir pour discuter avec le chef du village ou explorer les champs. Aisly le croisait souvent en compagnie de Cuthbert ou d'Arte. Il paraissait sincèrement intéressé par la vie du village. Cependant, quoi qu'il fasse, il y avait toujours un guerrier à proximité, occupé à l'observer, à l'attendre. Les habitants ne lui faisaient pas encore entièrement confiance.

L'épouse de Cuthbert avait commandé quelques pièces à Aisly, pour décorer sa cheminée pendant l'hiver et, à chaque fois qu'elle devait se rendre au manoir, elle cherchait son sauveur des yeux. Elle le surprenait souvent dans la grande salle, en pleine conversation devant un verre de bière. Et quand elle ne le voyait pas, elle s'attardait toujours sur le chemin du retour dans l'espoir de l'apercevoir.

Une fois ou deux, elle le vit dans les champs avec les hommes qui s'occupaient de la moisson. Une fois aussi, elle le croisa devant l'échoppe du forgeron, en train de discuter avec lui des meilleurs moyens d'aiguiser une lame.

Quand il l'apercevait, il lui adressait ce sourire sous l'effet duquel son cœur s'emballait. Mais c'étaient surtout ses yeux qui lui coupaient le souffle. Ses yeux étaient capables de la toucher, quelle que soit la distance qui les séparait. Comme une caresse... Elle sentait le poids de son regard l'effleurer, son regard intime et brûlant.

Chassant ces pensées, Aisly plia rapidement la dernière tunique et la posa sur la pile. L'abbesse avait été compréhensive, elle avait accepté un petit retard dû aux récents événements, mais Aisly était pressée de livrer sa commande pour être payée. L'argent se faisait rare et elle en avait besoin. Elle sentait Wulfric lui tourner autour en permanence, comme un rapace qui attend le bon moment pour festoyer.

Elle se souvint alors de ses paroles, chez Cuthbert, et un frisson glacé la traversa.

« Il ne restera pas sous mon toit. »

Jamais encore son beau-père n'avait parlé de cette maison comme de la *sienne*. Il l'avait sous-entendu de nombreuses fois, quand il lui demandait si elle avait l'intention de s'installer chez Alstan en dépit du manque de place, mais pour la première fois depuis la mort de Godric, il le formulait clairement. Le plus jeune fils de Wulfric se marierait bientôt et, bien qu'il ne l'ait pas encore annoncé, Aisly savait qu'il voulait que cette maison revienne à son benjamin. Pas à elle. Elle n'avait pas réussi à donner d'enfant à Godric ; Wulfric et son épouse n'avaient donc pas besoin d'elle.

Lord Oswine avait forcément conservé les documents que Godric et elle avaient signés lors de leur mariage. Elle allait demander à Alstan de les chercher : ils pourraient au moins la protéger, l'aider à garder sa demeure pour y travailler.

Des coups secs frappés à la porte la firent sursauter. Les mains tremblantes, elle manqua même de renverser la pile de vêtements posée sur la table. Elle se retourna et la porte s'ouvrit à la volée. Elle ne l'avait pas verrouillée mais, en général, personne n'entrait chez elle sans y être invité. Mais Wulfric, considérant cette maison comme la sienne, ne prenait jamais la peine d'attendre qu'elle réponde.

Il referma la porte derrière lui et lança à Aisly un grand sourire, visiblement ravi de la trouver seule, sans ses apprenties qu'elle avait renvoyées chez elles pour le reste de la journée. Sans la quitter des yeux, il traversa la pièce et se planta en face d'elle.

— Comment vas-tu, ma chère ?

La gorge nouée, elle ne parvint pas à répondre tout de suite. Il y avait quelque chose de changé chez lui, depuis sa dernière visite... Il paraissait encore plus content de lui que d'habitude, comme s'il gardait un secret et avait hâte de pouvoir le lui révéler. Qu'avait-il encore trouvé pour la tourmenter ? Elle allait devoir se montrer prudente, si elle ne voulait pas être la prochaine à être bannie du village...

— Bonjour, Wulfric. Comment allez-vous ?

Il s'accouda à sa table de travail, suivant du doigt le dessin des ourlets brodés d'une tunique. Aisly se retint de chasser sa main — comme si le simple fait qu'il touche son travail suffisait à le souiller.

— Tu fais vraiment du beau travail et tu as beaucoup progressé, je te félicite.

— Merci. Vous êtes très bon, parvint-elle à balbutier, écœurée d'avoir à jouer ce genre de jeu avec lui.

Wulfric acquiesça.

— Nous n'avons pas encore eu l'occasion de discuter de ce qui s'est passé lors du conseil.

Il l'examina un instant, guettant sa réaction.

— Oh ! J'ai été très occupée par cette commande de l'abbesse. D'ailleurs, elle doit arriver d'un moment à l'autre pour récupérer ces tuniques.

Au moins, il était prévenu qu'ils ne resteraient pas seuls bien longtemps — et ce n'était pas plus mal.

— J'ai apprécié votre aide avec l'étranger. C'était très gentil à vous de lui proposer une maison où passer l'hiver.

Le regard de Wulfric se fit plus dur et il laissa courir sa main le long de la table comme il le faisait quand une chose le contrariait.

— Je n'ai que faire de ta reconnaissance.

Il sembla réussir néanmoins à chasser sa colère, trop pressé de dévoiler la vraie raison — néfaste, sans aucun doute — de sa visite.

— Je parlais de l'incident avec Beorn. Je sais que tu les aimais, sa femme et lui.

Ah… Il était donc venu se vanter de sa petite victoire !

Que pouvait-elle bien répondre pour éviter de le fâcher ? Elle aurait voulu lui rappeler qu'il avait eu tort de les bannir, mais rien ne pourrait le faire changer d'avis. Toutes ses paroles ne changeraient rien — elles ne feraient qu'accentuer la haine que son beau-père nourrissait à son égard.

— Oui, c'était un incident bien déplaisant, répondit-elle à voix basse, les yeux rivés au sol.

Wulfric émit un petit grognement mystérieux et elle sentit son regard se faire plus intense, comme une flamme qui la brûlait. Sans doute cherchait-il à savoir si elle était sincère.

— Oui, en effet, dit-il au bout d'un moment. Je n'aime pas avoir à me montrer si dur. Il vaut mieux pour tout le monde que chacun fasse son devoir. Tu n'es pas d'accord ?

Elle acquiesça, bien consciente qu'il parlait d'elle à présent, et tenta désespérément de contrôler sa terreur avant de lever les yeux à nouveau — mieux valait garder ce genre d'homme à l'œil. Qui savait ce dont il était capable ?

La pièce plongea dans un silence de mort, tendu. Elle

attendait la prochaine attaque. Il n'était pas venu sans raison... De toute manière, elle n'aurait pas à attendre longtemps : Wulfric n'avait jamais été patient.

Et en effet, il reprit la parole au bout de quelques secondes, aussi froid qu'à son habitude :

— Sais-tu enfin si tu portes l'enfant de Godric ?

Aisly sentit son cœur s'emballer. Craignant de ne pas savoir mentir de manière convaincante, elle se contenta de faire non de la tête.

— Regarde-moi, ma fille, reprit Wulfric d'une voix autoritaire, abandonnant toute tentative de paraître poli.

Terrifiée à l'idée de ce qu'il pourrait lui faire si elle lui désobéissait, elle leva la tête. Elle était parfaitement incapable de dissimuler sa haine ; il allait la lire sur son visage, dans son regard, qu'elle le veuille ou non.

Avant de pouvoir s'en empêcher, elle s'entendit parler :

— Vous n'auriez pas dû bannir Rowena. Elle était enceinte et pourrait mourir de froid dehors, pendant l'hiver.

La réaction de Wulfric la stupéfia : au lieu de se mettre en colère, il sourit de toutes ses dents. Il aurait dû les aiguiser, comme le faisaient certains Danois. Des canines pointues auraient eu le mérite de prévenir les gens, de leur faire immédiatement comprendre à quelle sorte d'homme ils avaient affaire.

— Voilà, je retrouve enfin la fille que je connais !

Aisly dut se mordre la langue pour ne pas répondre à cette provocation.

— Tu sais, j'ai eu une discussion très intéressante avec Rowena, avant son départ.

Il s'interrompit un instant, un sourire de triomphe aux lèvres, pour lui laisser le temps de comprendre.

— Que lui avez-vous fait ? lâcha Aisly, terrifiée.

Wulfric eut un petit rire méprisant.

— C'est elle, qui a fait quelque chose... Qui a fait un aveu...

Aisly était tétanisée. Elle ne savait pas ce dont Wulfric

voulait parler — et son ignorance lui semblait pire que tout. Qu'est-ce que Rowena avait bien pu dire la concernant, *elle* ? Rien. En tout cas, pas à sa connaissance.

— Ah, je vois que j'ai retenu ton attention.

Son beau-père se redressa, lissant sa tunique et prenant son temps, savourant cette attente qui précédait le coup fatal qu'il s'apprêtait certainement à lui porter.

— Beorn a vécu toute sa vie dans ce village. Son père et sa mère sont morts presque en même temps, emportés par la fièvre. Un peu comme tes parents. Ses sœurs se sont mariées et sont parties. Il a toujours été un peu lent, tu sais, incapable de travailler ailleurs qu'aux champs et destiné à rester pauvre. Mais il a rencontré Rowena quand elle est venue vivre ici avec sa sœur, peu de temps avant ton mariage avec mon fils…

Aisly l'écoutait, sans comprendre où il voulait en venir. Elle sentait confusément qu'un piège soigneusement conçu était en train de se refermer sur elle.

— Il n'avait pas assez d'argent pour l'épouser, évidemment, mais comme tu peux l'imaginer, cela n'a pas suffi à calmer leurs instincts primaires. Je les ai surpris un jour, en train de faire l'amour dans un champ. Je les ai chassés, bien sûr, mais je ne suis pas idiot : je sais bien que mon intervention ne les a pas empêchés de recommencer, expliqua-t-il avec un sourire méprisant. Cet incident s'est produit un an avant leur mariage, ma chère. Une année entière de coucheries et pas un bébé en vue.

Seigneur ! Aisly commençait à comprendre ce qu'il avait en tête. Son cœur battait de plus en plus fort, mais elle parvint malgré tout à conserver une apparence de calme.

— J'ai trouvé bien étrange qu'elle tombe enceinte si peu de temps après leur mariage…

— C'était une bonne nouvelle, en effet. Je me souviens de sa joie quand elle a compris qu'elle allait avoir un enfant, répondit Aisly.

Wulfric éclata de rire.

— Oui, la plupart des gens d'ici voient cela comme un heureux hasard. Moi, par contre, je *sais* que le hasard n'a rien à voir avec tout cela. Rowena m'a avoué la vérité, Aisly.

Son visage implacable s'enflamma et une veine se mit à saillir sous sa tempe. Il se pencha vers elle, plus dangereux que jamais. D'instinct, Aisly recula d'un pas. Elle ne supportait pas de le voir aussi près d'elle.

— Elle m'a raconté une histoire. Tu lui aurais donné une potion pour qu'elle ne tombe pas enceinte et elle a cessé d'en prendre le jour de son mariage. Oserais-tu le nier ?

De nouveau, Aisly fit non de la tête, ne sachant quoi répondre à cela. Rowena était une fille simple, l'une des premières à s'être approchée d'Aisly quand elle était venue s'installer au village. Elles n'avaient pas beaucoup de choses en commun mais la jeune femme s'était montrée gentille, et elles étaient rapidement devenues amies.

Quand Rowena lui avait demandé si elle savait comment éviter une grossesse, Aisly lui avait donné un peu de la potion qu'Edyth préparait pour elle. Cela n'était arrivé que quelques fois, d'ailleurs…

— Est-ce que tu nies avoir utilisé cette potion pour refuser un héritier à mon fils ? cracha Wulfric. Si c'est le cas, il est impossible que tu sois enceinte ! Pas après avoir bu ce poison !

— Je ne…

Hélas, il ne la laissa pas se défendre et continua à parler comme si de rien n'était.

— Ce que j'aimerais savoir, c'est si tu as apporté ce philtre du château ou si Edyth l'a préparé pour toi.

— Laissez Edyth hors de tout cela, je vous en prie. Elle n'a rien à voir avec Rowena et moi.

De nouveau, cet affreux sourire de rapace, tordu…

— Oh ! Ne t'en fais pas. J'ai bien l'intention d'aller lui

rendre visite. Il paraît que c'est l'une de tes bonnes amies, elle aussi.

*Elle aussi ?* Soudain, tout devint clair. Aisly eut l'impression qu'on venait de lui jeter un seau d'eau glacée à la figure ; elle se sentit à la fois frigorifiée et brûlante de rage contenue. Il avait osé… Il avait dépassé toutes les limites…

Hors d'elle, Aisly ne parvint plus à retenir sa colère et s'écria :

— C'est pour cela que vous avez chassé Beorn et Rowena ? Parce qu'ils étaient mes amis ? Vous essayez de m'isoler de tous ceux qui pourraient me soutenir ?

Wulfric n'essaya même pas de nier. Il se contenta de la toiser, les bras croisés.

— Tu ne gagneras pas cette bataille, ma fille. Une fois que je serai certain que tu n'es pas enceinte, je te bannirai aussi. Tu ne…

Quelques coups frappés à la porte interrompirent ce flot de menaces. Aisly leva les yeux, désespérée, et reconnut l'imposante silhouette de l'étranger sur le pas de la porte. Son soulagement fut si profond, si soudain, qu'elle sentit des larmes lui monter aux yeux.

# Chapitre 10

Magnus vit le beau visage d'Aisly, pâle et déformé par la terreur, et il sentit sa gorge se nouer. Elle paraissait si petite, si fragile à côté de l'énorme Wulfric… Que cet homme, en dépit de toute sa puissance, tente de l'intimider avait quelque chose de pathétique ! Avant d'entrer, Magnus avait entendu les mots ignobles que l'homme avait jetés au visage de la jeune femme.

Il s'était attardé derrière la maison, à mi-chemin entre leurs deux cottages, cherchant une bonne excuse pour rendre visite à Aisly. De toute évidence, elle l'avait évité toute la semaine. Même lorsqu'ils prenaient leur petit déjeuner ensemble, elle parlait peu et gardait les yeux baissés — elle n'était plus la femme chez qui il avait passé une nuit, qui lui avait parlé de son époux au petit matin. Durant ce court séjour, il n'avait passé que quelques heures en pleine conscience — trop peu — mais les étincelles qui brillaient au fond des yeux d'Aisly et sa franchise lui manquaient. Il voulait en savoir plus sur elle, apprendre ses secrets.

Il était venu dans l'intention de discuter avec elle, pour comprendre pourquoi elle mettait soudain tant de distance entre eux. Mais son plan changea quand il vit Wulfric entrer dans la maison. Conscient qu'il se montrait indiscret, Magnus n'avait pourtant pu s'empêcher de s'approcher à pas de loup et d'écouter à travers la porte.

Il avait entendu presque toute la conversation. Aucun des

mots vils et méprisables de Wulfric ne lui avait échappé et cela l'avait rendu encore moins aimable aux yeux de Magnus. Lorsque la voix du vieil homme s'était faite plus agressive, il avait oublié toute prudence et avait frappé à la porte, incapable de laisser Aisly seule face à ce monstre.

Ce n'était sans doute pas raisonnable, pour un étranger, de s'opposer à l'un des membres les plus puissants du conseil — après tout, Wulfric avait encore droit de vie et de mort sur lui. Mais il n'avait pu s'en empêcher.

Il faisait une bonne tête de plus que Wulfric et, en s'approchant, il obligea l'homme à lever les yeux vers lui. Magnus goûta une sorte de plaisir pervers à le voir ainsi, même s'il n'accorda qu'un rapide coup d'œil à ce pleutre. Les poings serrés, il fit de son mieux pour paraître calme et innocent en se tournant vers Aisly.

— Je suis venu comme vous me l'aviez demandé, pour que vous puissiez changer mon pansement.

Elle fronça les sourcils un court instant avant d'entrer dans son jeu.

— Oui, vous arrivez juste à temps : le cataplasme est prêt.

Elle s'écarta de Wulfric et de sa table de travail pour se rendre dans la cuisine.

Lorsqu'elle fut à bonne distance, Magnus se tourna vers le vieil homme qui ne le quittait pas des yeux. Il ne paraissait plus fâché, ni menaçant ; simplement calculateur et froid. Comme s'il était capable de percevoir le flux d'émotions qui ne cessait de circuler entre Aisly et Magnus, le lien qui les rapprochait inexplicablement et les attirait l'un vers l'autre.

Le fait que le vieil homme puisse avoir conscience de ce lien n'était pas rassurant. Il n'hésiterait pas à s'en servir pour nuire à Aisly.

— Bonjour, lança Magnus en s'efforçant de rester poli, sans trahir ce qu'il avait entendu.

— Etranger, le salua Wulfric avec une pointe de mépris. Cuthbert dit que votre santé s'améliore.

— Oui, en effet. Je recommence à pouvoir manipuler mon épée avec force et précision…

Sa tempe n'était plus enflée et Aisly pouvait à présent ajuster le bandage de sorte à ce qu'il ne recouvre pas son œil. Il avait encore des accès de vertige et de migraine, mais se sentait bien mieux que lors de son arrivée au village — suffisamment bien pour recommencer à s'entraîner un peu avec les guerriers de Cuthbert.

Il avait mentionné son épée pour mettre Wulfric en garde mais il ne put s'empêcher de penser avec amertume au fait qu'il n'était toujours pas armé. On le laissait s'entraîner, certes, mais son épée regagnait le coffre de Cuthbert après chaque séance.

En tout cas, si Wulfric avait pris cela pour une menace, il ne fit pas le moindre commentaire et se contenta de tourner à nouveau son attention vers Aisly. Nerveux, Magnus s'avança jusqu'au milieu de la pièce pour s'asseoir sur le tabouret, près du feu, comme à son habitude. C'était aussi un moyen d'affirmer sa présence.

Aisly, elle, ne levait toujours pas les yeux, occupée à couper de longues bandes de toile fine avec son petit couteau.

— Bonne journée, ma chère. Je te conseille de bien réfléchir à ce que je t'ai dit.

Sur cet avertissement énigmatique, Wulfric quitta la maison, claquant la porte derrière lui.

Magnus se précipita vers l'entrée pour verrouiller la porte, au cas où le vieil homme déciderait de revenir. Il se tourna ensuite vers Aisly. Elle avait cessé de couper la toile et s'était agrippée au rebord de la table, les épaules secouées de violents tremblements. Sans réfléchir, Magnus la rejoignit et la prit par la taille pour la serrer contre lui, la réconforter. Son odeur l'enveloppa — une odeur de soleil, de linge propre et de transpiration légère. Tout cela se mélangeait pour former un parfum envoûtant qu'il aurait voulu savourer toute sa vie, jusqu'à ce qu'il devienne une partie de lui…

Elle trembla plus violemment encore et se retourna pour le serrer dans ses bras. De grosses larmes coulaient sur ses joues et elle enfouit son visage dans les plis de la tunique de Magnus. Instinctivement, il la serra si fort d'un bras qu'il eut peur de lui faire mal, sans pour autant pouvoir s'en empêcher. De son autre main, il chercha à caresser sa nuque doucement, dans l'espoir de la réconforter.

Quand cette satanée coiffe l'empêcha de parvenir à son but, il glissa sa main dessous et ses doigts se mêlèrent aux cheveux soyeux. Il aurait voulu lui dire de ne pas pleurer, lui murmurer que tout se passerait bien, mais lui mentir ne servirait à rien. Il ne savait absolument pas comment toute cette histoire finirait. Il pouvait lui promettre de veiller sur elle, de ne jamais laisser ce goujat lui faire du mal ; mais, quand il partirait, il n'aurait plus aucun moyen de tenir sa promesse. Que deviendrait-elle, quand plus personne ne serait là pour la protéger de cet homme cruel ?

— J'ai entendu les choses horribles qu'il vous a dites, murmura-t-il au creux de son oreille, sous l'étoffe de sa coiffe.

Elle était si douce, si chaude dans ses bras. Ses courbes s'ajustaient si bien à son corps qu'il tenta de réprimer un désir soudain. En vain. Son sang afflua entre ses cuisses. Elle devait entendre son cœur battre furieusement, appuyée contre lui comme elle l'était.

Il dut repenser à la méchanceté de Wulfric, debout près d'elle, pour se contrôler.

— Dites-moi ce qui se passe entre vous deux, ma belle.

— Il me méprise et veut me chasser de cette maison, la maison de Godric.

Emu, Magnus la serra un peu plus fort. Sa poitrine se pressait sur son torse et il se surprit à imaginer la douceur de ses seins, leur rondeur parfaite dans le creux de sa main.

Quelle brute il était ! Ce n'était pas le moment de penser à de telles choses : elle était terrifiée, désespérée… Elle avait besoin de son aide, pas de son désir.

Il se racla la gorge et recula un peu, pour la guider jusqu'au lit et l'asseoir à côté de lui. Incapable de s'éloigner d'elle, il passa un bras autour de ses épaules fines. Ses doigts caressèrent machinalement sa joue humide. Il avait tellement envie de la toucher que ses émotions prenaient le dessus.

Elle leva finalement les yeux vers lui. Ses grands yeux verts noyés de larmes…

— Pourquoi veut-il vous chasser ? demanda Magnus.

Aisly renifla et s'essuya les joues d'un revers de manche mais, pour le grand bonheur de Magnus, elle resta près de lui.

— Il n'a jamais voulu que Godric m'épouse. Je n'étais qu'une des servantes de lord Oswine, et Wulfric voulait une meilleure femme pour son fils — peut-être la fille d'un chef de village… Il n'a accepté que parce que j'étais la pupille de lord Oswine et que mon tuteur s'est montré très généreux pour financer ma dot. En échange, je devais conserver mes droits sur la propriété de Godric après sa mort.

Elle poussa un soupir désemparé.

— Personne ne pensait que mon époux nous quitterait si tôt en me laissant sans héritier…

Magnus ne put s'empêcher d'effacer une dernière larme de son pouce en lui caressant la joue.

— Et vous êtes certaine que… qu'il n'y aura pas d'enfant ?

Il jeta un bref coup d'œil à son ventre, dissimulé par les plis de la robe de lainage vert qu'il aimait tant.

Aisly hocha tristement la tête, traversée par un nouveau sanglot, plus discret.

— Oui. C'est impossible… Cela faisait des mois que Godric et moi n'avions plus…

Elle s'interrompit soudain et rougit, se rendant compte de ce dont elle discutait avec lui, un homme qu'elle connaissait à peine.

Magnus n'essaya même pas de réprimer la satisfaction égoïste que cet aveu venait de faire naître en lui. La simple pensée qu'un autre homme, en particulier un lâche comme Godric, ait eu le droit de poser les mains sur elle était écœurante.

— Avez-vous encore une preuve de cet accord passé avec votre tuteur ? Cela résoudrait tous vos problèmes. Si lord Oswine a posé ces conditions au mariage, il doit bien y avoir des témoins, ou un document.

Elle acquiesça.

— J'en ai déjà parlé à Alstan et il m'a promis d'examiner cela avec notre tuteur. Je ne trouverai pas le repos tant que je n'aurai pas eu de ses nouvelles…

Elle soupira de nouveau, entortillant nerveusement sa ceinture autour de ses doigts.

— Vous en aurez bientôt, j'en suis certain.

Elle croisa son regard et la douleur qu'il lut dans ses yeux lui brisa le cœur.

— Je m'inquiète quand même. Vous voyez, s'il est tellement en colère, c'est parce que je n'ai pas eu d'enfant. Godric était son fils préféré, son héritier. Wulfric ne se remet pas de sa mort et il a l'impression que je lui ai volé son fils adoré.

— Si vous n'êtes pas tombée enceinte, ce n'est pas votre faute, Aisly. On ne peut pas vous blâmer pour cela.

Mais un éclair de culpabilité déforma un instant le joli visage d'Aisly et elle se mit à pleurer de plus belle.

— Si… J'ai… Il a raison : je suis coupable. J'ai fait ce dont il m'accuse.

Magnus l'attira contre lui, sans un mot, et la serra fort.

— Godric n'était pas un homme bon et je ne supportais pas l'idée de voir un enfant grandir entre ses griffes.

Elle parla encore, enfouissant de nouveau son visage dans la tunique de Magnus, mais il ne comprit pas un mot.

Il se contenta donc de lui caresser le dos pour l'apaiser et profiter en même temps de la chaleur délicieuse de son corps. Sans même s'en rendre compte, il effleura son front du bout des lèvres. Sa peau était si douce, si chaude sous ses lèvres qu'il aurait voulu faire plus.

Il était de plus en plus déchiré par sa colère, son désir et son besoin irrationnel de la protéger. Une femme aussi douce et aimante n'aurait jamais dû tomber entre les griffes d'une brute telle que Wulfric. Godric avait dû être un époux horrible pour qu'elle ait à ce point peur de porter son enfant. Et Magnus n'avait pas été là pour la protéger de cet enfer !

Après un long moment de silence, elle prit une courte inspiration et se redressa, essuyant hâtivement ses larmes.

— J'aurais peut-être dû… Wulfric a peut-être le droit d'être en colère : j'ai privé son fils d'un héritier. Maintenant, je n'ai plus la moindre chance d'avoir un enfant. J'imagine que c'est ma punition.

— Non, ne dites pas cela ! Vous êtes bonne et courageuse. N'importe qui m'aurait laissé mourir près de la rivière mais vous, vous avez risqué votre vie et la colère de vos chefs pour m'aider. Croyez-moi, ma belle, vous êtes brave ; plus que n'importe quel guerrier…

Déchiré mais incapable de se retenir, il ajouta à mi-voix :

— Tout homme digne de ce nom serait honoré de vous avoir pour épouse.

Avant même qu'il ait fini sa phrase, elle secoua tristement la tête et le dévisagea de ses yeux scintillants.

— Je ne me remarierai jamais. Je ne subirai plus jamais la tyrannie d'un homme. Godric était gentil et attentionné avant notre union, mais il est rapidement devenu froid et autoritaire. Je n'avais même pas le droit d'avoir des amies. Je connais toutes les femmes du village, bien sûr, mais je n'ai jamais noué de véritables amitiés avec elles. Même Rowena m'adressait à peine la parole en présence de Godric et elle ne venait me voir qu'en secret, lorsqu'il était absent. Il gérait aussi l'argent que je gagnais et m'a obligée à refuser une commande, un jour. Je pense qu'il l'a fait uniquement pour me prouver qu'il en avait le pouvoir… Non, je n'accepterai plus jamais cela, croyez-moi. Je peux gagner ma vie toute seule et je le ferai.

— Tous les hommes ne sont pas si odieux, vous savez. Certains seraient comblés de vous avoir pour épouse et feraient même n'importe quoi pour vous rendre heureuse.

Elle eut un petit sourire amer et répliqua :

— Comment pouvez-vous le savoir ? Vous ne vous souvenez même pas de votre propre nom !

Magnus réprima un frisson. Son nom était bien la seule chose qu'il savait de son identité mais il ne pouvait pas le lui avouer, pas tant qu'il ne saurait pas si ce nom était connu ici comme celui d'un ennemi…

— Je le sais parce que je suis l'un de ces hommes.

Avec cet aveu, une faille sembla s'ouvrir. Une faille sombre et profonde qui parut tout aspirer, les sons, les odeurs, l'air même de la pièce, ne laissant que la tension ardente qui brûlait entre eux. Puis, la faille s'ouvrit davantage encore, les engouffra et se referma sur eux.

Magnus n'avait pas fait le moindre geste mais se sentit soudain bien plus proche d'elle. Sa cuisse était pressée contre celle d'Aisly et il sentait toujours sur son torse la poitrine de la jeune femme. Il la tenait près de lui, le bras passé autour de sa taille, la main plaquée juste en dessous de son sein. Il lui suffirait de bouger son pouce pour effleurer le délicieux arrondi de sa poitrine…

Il eut alors l'impression de la trahir, de profiter d'elle. Comment osait-il tirer profit de sa douleur pour la toucher ? Il désirait la réconforter bien sûr, mais il désirait aussi s'abandonner au plaisir que ce réconfort pourrait leur apporter, à tous deux.

Il desserra son étreinte et ferma un instant les yeux pour réprimer ce désir fiévreux, presque incontrôlable. Pourvu qu'elle profite de ce moment pour s'éloigner un peu de lui…

Mais non. Elle restait là, immobile, ses grands yeux fixés sur lui. Comment la regarder sans se sentir attiré par sa bouche — si veloutée, si rose, si charnue ? Ce serait si doux de se pencher sur elle pour cueillir ce fruit offert, dans un baiser.

Elle s'humecta les lèvres du bout de la langue et il crut lâcher un gémissement de désir. Son sexe se dressa dans son pantalon, animé d'une pulsation de désir. Il avait tellement envie de l'embrasser, de l'allonger sous lui sur le lit, qu'il eut peur d'agir sans même avoir le temps de se maîtriser.

Il tenta donc de s'éloigner, mais la petite main d'Aisly vint se poser sur sa cuisse pour l'empêcher de se lever. Ses doigts étaient si proches de l'endroit où il voulait réellement les sentir que son corps entier se mit à trembler. Un simple mouvement et elle saurait à quel point il n'était pas digne de sa confiance : son érection ne pouvait pas lui échapper.

Comment pouvait-elle ignorer à quel point il avait envie d'elle ? Un simple coup d'œil lui confirma qu'elle était trop occupée à examiner son visage pour remarquer quoi que ce soit d'autre.

— Je suis convaincue que vous feriez un bon époux. Mais…

Sa voix s'étrangla et elle se mordilla la lèvre.

— Oui, nous savons tous les deux que je ne peux pas rester ici. Ma place est ailleurs, dit-il à son tour.

Elle acquiesça, ses yeux toujours humides, et Magnus sentit son cœur s'emballer.

Comment pourrait-il la laisser seule en sachant à quel point elle était vulnérable, sans personne pour l'aider ? Soudain, il eut une idée.

Il sut comment la sauver, et cela leur permettrait d'obtenir tous les deux ce qu'ils désiraient…

— Combien de temps avez-vous pour donner naissance à un enfant, après la mort de votre époux ?

Aisly eut l'air surprise par sa question et le dévisagea un instant, les sourcils froncés.

— Jusqu'à la fin de l'été, peut-être un peu plus, finit-elle par répondre. La fille de lord Oswine est devenue veuve il y a quelques années — son époux est mort pendant une chasse au loup. Elle a donné naissance à son enfant près d'un an plus tard et a pu conserver ses droits sur le manoir de son mari. Mais cela n'a aucune importance. Tout le monde verra bien vite que je ne suis pas enceinte.

— Je pourrais peut-être…

Il s'interrompit, gêné, et passa nerveusement une main dans ses cheveux. Prêt à accepter une réaction de dégoût, il prit une profonde inspiration et se lança :

— Je pourrais peut-être vous faire un enfant.

Elle fronça les sourcils de plus belle. Elle ne semblait pas dégoûtée, mais horrifiée. De peur de la perdre, Magnus s'expliqua :

— Une vie pour une vie. C'est mon seul moyen de vous remercier pour tout ce que vous avez fait pour moi. Je vous offre ma semence et nous pourrons créer une nouvelle vie ensemble.

Aisly s'arracha brusquement à sa stupeur et s'éloigna. Elle se leva même du lit pour mettre plus de distance entre eux.

— Non… Non, ce n'est pas bien. Ce n'est pas… Nous ne pouvons pas…

Elle rougit et lui tourna le dos, n'osant sans doute pas le regarder davantage.

Magnus se leva à son tour, les poings serrés pour ne pas être tenté de la toucher. De toute évidence, il était allé trop loin… Quelle idée : bien sûr qu'il était allé trop loin !

Il l'imagina soudain allongée, nue, sous lui, l'attendant, et dut fermer un instant les yeux pour garder le contrôle.

— Je suis vraiment désolé, Aisly. Je n'avais pas l'intention de vous offenser.

Lui faire un enfant paraissait la solution la plus simple à tous ses problèmes. Cela lui permettrait de conserver à la fois sa maison et sa liberté. Elle serait une bonne mère, c'était certain ; elle saurait se montrer attentionnée et pleine de compassion. Son enfant serait heureux, aimé…

Mais la réaction qu'elle avait eue était parfaitement raisonnable. A quoi s'était-il attendu ? Au moins, sa tunique dissimulait bien son érection, c'était une bonne chose ; Aisly ne prendrait pas peur face à son audace.

— Vous ne m'avez pas offensée, répondit-elle au bout de quelques instants. Choquée, peut-être, mais pas offensée.

Magnus prit une profonde inspiration, enivré par le parfum d'Aisly qui flottait jusqu'à lui et ravivait son excitation. Les dents serrées, il s'approcha d'elle. En dépit de ses efforts, il ne put s'empêcher de lui caresser les cheveux, repoussant sa coiffe. Elle le laissa faire, la tête baissée, dévoilant la chair veloutée de sa nuque et la perfection de son profil. Le pouce de Magnus s'attarda dans le creux de son cou, traçant sur la peau de petits cercles délicats. Ce simple contact suffit à envoyer des frissons le long de son bras.

— Je voulais simplement vous aider, vous permettre de rester à l'abri, quand je ne serai plus là. Je peux prendre soin de vous tant que je vis dans ce village — et je ne permettrai pas à cet homme de vous faire du mal tant que je pourrai m'interposer — mais je serai obligé de partir à la fin de l'hiver. J'ai sûrement une vie quelque part et, un jour ou l'autre, il me faudra y retourner. Mais je ne pourrai vous quitter tant que je ne vous saurai pas en sécurité.

Elle finit par se retourner. Comme il ne put se résoudre à lâcher son cou, elle se retrouva presque dans ses bras. C'était si délicieux…

— Et l'enfant ? demanda-t-elle à mi-voix. Seriez-vous capable d'abandonner si facilement votre enfant ?

— Je sais que vous serez une bonne mère, ma belle. Mais non, je ne vous abandonnerai pas. Je finirai par retrouver ma vie et alors…

Il n'osa pas achever sa phrase, perdu dans ses réflexions. Aisly le fit à sa place.

— Vous pensez que nous pourrions vous rejoindre, l'enfant et moi ?

Oui, cette idée était tentante ; à tel point que tout son

corps s'échauffa avant qu'il puisse reprendre le contrôle. Quelle que soit la vie qui l'attendait, c'était une vie de guerrier, comment pourrait-il prendre soin d'elle ? Les guerriers avaient des familles, certes, mais ils les laissaient derrière eux. Et Aisly méritait mieux que cela.

— Je n'attends rien de vous. Vous m'avez déjà suffisamment donné, ma belle. Je m'assurerai que vous avez de l'argent, de quoi manger, tout ce dont vous pourriez avoir besoin, reprit-il sans la moindre hésitation. Je suis un guerrier.

Il serait capable de subvenir aux besoins de la jeune femme et de l'enfant, c'était certain. Il leva sa main couverte de cicatrices, puis montra du doigt sa plaie à la tête : oui, il menait une vie de guerrier et elle le savait aussi bien que lui. Pendant sa convalescence, il s'était découvert d'autres cicatrices, sur le torse celles-là. Toutes avaient été faites par une lame, un poing ou d'autres armes, au combat. Ces marques, tout comme la brutalité de son réveil dans le charnier, lui faisaient douter de sa capacité à s'occuper d'une femme et d'un enfant au quotidien.

— Je ne pense pas être fait pour avoir une famille. Mais je peux au moins vous en donner une, Aisly, si vous m'y autorisez.

Elle prit une profonde inspiration mais ne répondit pas, l'air bouleversé.

— Je n'attends pas une réponse immédiate, ne vous en faites pas.

Il aurait dû la laisser partir, ne plus la toucher et quitter sa maison, mais son corps ne lui répondait plus. Il lui caressait la joue, les lèvres, et l'attira lentement vers lui, incapable de se contrôler plus longtemps.

— Réfléchissez-y, c'est tout ce que je vous demande. Je sais que je ne vous propose pas grand-chose, mais je vous l'offre néanmoins si vous le désirez. Je vous dois tout.

Finalement, il se pencha sur elle et l'embrassa. Ce ne fut qu'un baiser furtif, un effleurement léger, mais cela suffit à éveiller tous ses instincts d'homme — son corps en voulait plus, tellement plus…

Aisly lâcha un petit gémissement à peine audible. Elle partageait son plaisir, c'était certain. Se faisant violence, il parvint enfin à renoncer à son désir et s'éloigna d'elle. Elle avait un regard perdu, comme si elle était aussi sur le point de perdre le contrôle, et Magnus se maudit d'être allé aussi loin, aussi vite. Préférant ne rien faire d'autre d'aussi insensé, il tourna les talons et quitta la maison d'Aisly.

Aisly resta immobile, le souffle coupé et l'esprit embrumé, longtemps après le départ de l'étranger. Très longtemps. Ses lèvres conservaient la chaleur du baiser, sa poitrine tendue devenait presque douloureuse, et un désir brûlant palpitait comme un petit cœur effrayé entre ses cuisses.

Ce n'était pas tant la proposition de Magnus qui l'avait choquée que le désir immédiat qu'elle avait eu de l'accepter. Un désir qui l'avait tellement effrayée qu'elle s'était sentie obligée de s'éloigner de lui, pour réfléchir au calme à ce qu'il lui offrait. On ne devrait jamais décider de faire un enfant sur un coup de tête ; et certainement pas quand le désir de faire l'amour était la seule chose qui nous poussait à accepter.

Non, pour prendre une décision aussi importante, il fallait garder la tête froide — étouffer la passion irréfléchie du corps.

Elle croisa les bras dans l'espoir de cesser de trembler. L'abbesse arriverait d'un moment à l'autre et Aisly ne pouvait se permettre de l'accueillir dans un tel état. Comme ses joues brûlaient encore, elle se précipita vers son seau d'eau fraîche et s'en passa sur le visage. Cela ne suffit pas à chasser les visions bouleversantes qui la hantaient. Des visions de l'étranger, en train de la toucher avec ses mains de guerrier, sa bouche… tout son corps. Ces images la choquaient mais son corps, lui, vibrait comme si elles étaient bien réelles.

# Chapitre 11

Aisly attrapa une poignée de joncs et commença à couper les tiges avec son couteau. Ils étaient encore humides de la bruine qui avait assombri la matinée, mais quelques minutes auprès du feu suffiraient à les faire sécher, suffisamment en tout cas pour les festivités du soir.

Au bout de quelques instants, leur doux parfum herbeux envahit ses narines et la fit sourire. Cette odeur enivrante lui rappelait toujours les fois où elle avait accompli cette même tâche avec sa mère. Pendant qu'elles travaillaient, sa mère chantait toujours une chanson qui lui revint soudain :

*Le soleil enflammait ses cheveux*
*et déposait son or sur ses joues,*

*Pour que l'hiver glacial ne puisse*
*refroidir son visage si doux…*

C'était sa mère qui l'avait aidée à accepter ses cheveux flamboyants et les taches de rousseur qui parsemaient ses pommettes. La chanson résonnait dans sa tête et elle sourit de plus belle, à la fois heureuse et un peu triste. Elle avait toujours rêvé du jour où elle chanterait cette petite comptine à ses propres enfants. Hélas, cela n'arriverait sans doute jamais.

A moins qu'elle n'autorise l'étranger à lui faire un bébé.

Sa main eut un sursaut incontrôlable et son couteau, mouillé par la pluie matinale, lui échappa pour tomber par terre au milieu des joncs. Elle entendit son souffle se faire plus rauque, plus pressé, et elle sentit son cœur s'emballer sans raison.

Ses rêves pourraient-ils tous se réaliser si facilement ? Une maison, un enfant, son indépendance… Elle ferma les yeux et tenta d'imaginer l'enfant que l'étranger et elle pourraient avoir. Un garçon, grand et fort comme lui. Ou une fille avec les cheveux roux de sa mère et les yeux pailletés d'or de son père.

Cela faisait plusieurs jours que ces visions la hantaient, depuis qu'il lui avait proposé de lui faire un enfant et, à chaque fois, elle finissait par rêver de l'acte en lui-même. Faire un enfant, cela voulait dire faire l'amour.

« Je vous donnerai ma semence… » Des jours après avoir été prononcés, ces quelques mots la faisaient encore rougir et continuaient de l'échauffer d'une manière qu'elle n'aurait su décrire. Que ressentirait-elle donc si ces visions devenaient réalité…

— Aisly ? Tu as fini ?

Aisly sursauta et rouvrit les yeux, tâtonna précipitamment entre les joncs pour retrouver son couteau avant de lever la tête. Wyn approchait d'un pas enjoué. Les yeux de la jeune fille scintillaient d'excitation. Sans doute était-elle heureuse de pouvoir sortir de l'enceinte du village une dernière fois avant la mauvaise saison. Quoi qu'il en soit, son visage rayonnait d'une joie enfantine qu'Aisly lui envia presque. Autrefois, elle avait eu cette naïveté, mais cela ne lui avait attiré que des malheurs…

— Oui, presque, répondit-elle en redoublant d'efforts pour couper les tiges rigides des joncs.

Elle déposa finalement son butin dans son panier déjà bien rempli, se releva, chassa brindilles et brins d'herbe accrochés à sa jupe de lainage. Elle rajusta ensuite le châle épais qu'elle portait autour des épaules et attrapa son panier.

En compagnie de Wyn, elle descendit ensuite la colline pour retrouver le sentier qui longeait la rivière.

Les guerriers du village étaient restés dehors toute la journée pour surveiller le chemin et s'assurer qu'aucun rebelle ne se trouvait dans les parages afin que les femmes puissent ramasser en toute sécurité ce qu'il fallait pour la fête. Cette nuit, la lune serait pleine et on fêterait le début de l'hiver. Durant les jours qui allaient suivre, certains animaux seraient conduits dans les villages voisins pour y être vendus et d'autres seraient tués pour préserver leur viande pendant les mois à venir. Bientôt, il ferait trop froid pour que les troupeaux puissent rester dehors, et il n'y avait pas assez de place dans les granges pour toutes les bêtes.

Des années auparavant, Cuthbert avait instauré ce banquet traditionnel pour fêter l'arrivée de l'hiver, et tous les habitants travaillaient ensemble à le préparer.

Lorsque Aisly était arrivée au village, après son mariage, elle avait apprécié cette fête et continuait à l'attendre chaque année avec impatience. En général, on racontait des histoires, on chantait, on buvait de la bière autour d'un grand feu allumé sur la place, pour faire cuire la viande. D'ailleurs, il était à peine midi et un filet de fumée s'élevait déjà dans le ciel…

Tout en marchant, Wyn paraissait particulièrement pensive. Au bout de quelques minutes, elle n'y tint plus et posa la question qui la rongeait :

— Aisly, peux-tu me parler de l'étranger ? Je n'arrive toujours pas à me remettre de la manière dont il t'a sauvée : il est si courageux !

Aisly faillit trébucher, mais dissimula sa surprise de son mieux. Et dire qu'il lui fallait mobiliser toute sa volonté pour *ne pas* penser à lui…

— Qu'est-ce… Qu'est-ce que tu veux savoir ?

Wyn haussa les épaules, les joues rouges, et chassa nerveusement une mèche de cheveux de son visage.

— Est-ce qu'il est gentil ?

« Tous les hommes ne sont pas si odieux, vous savez. Certains seraient comblés de vous avoir pour épouse et feraient même n'importe quoi pour vous rendre heureuse. »

— Oui, il est gentil.

C'était même l'homme le plus gentil qu'elle ait rencontré.

— Je suis allée plusieurs fois au manoir pour voir mon père et *il* était là. Il parle d'une manière étrange mais à chaque fois, c'est comme si j'avais envie de l'écouter, même quand il n'emploie pas les bons mots.

Aisly jeta un rapide coup d'œil à la jeune fille. Elle avait un regard rêveur. Bien sûr, c'était compréhensible ; Aisly devait avoir le même sourire absent quand elle pensait à lui. Apparemment, il faisait cet effet à toutes les femmes.

— Et il est si fort, si grand, continua Wyn. Je n'ai jamais vu un homme aussi grand que lui !

Sa voix trahit un frisson de plaisir — un frisson qui ressemblait à celui qui venait de traverser Aisly. Oui, il était grand. Si grand qu'il aurait dû faire peur, mais il avait toujours été doux avec elle. Quand il lui caressait la joue, elle pouvait sentir toute la puissance de sa main, habituée au maniement des armes, mais elle n'avait jamais eu peur de voir cette puissance se retourner contre elle. Elle sentit même sa paume s'échauffer au souvenir de la cuisse musclée sous ses doigts. Etait-il aussi grand… Partout ?

— Est-ce que… Est-ce que tu penses que sa…

— Wyn ! s'écria Aisly, faisant sursauter la jeune fille. Nous ne devrions pas parler de ce genre de choses !

— Oh ?

Wyn eut l'air perplexe.

— Je me demandais simplement si la mémoire commençait à lui revenir.

Devant ce regard troublé, Aisly s'en voulut d'avoir songé que cette enfant puisse avoir des pensées aussi déplacées que les siennes.

— Je suis désolée. Je…

Comment lui expliquer sans trahir son désir indécent ?

Elle tenta de répondre, en chassant son embarras du mieux qu'elle put :

— Je ne crois pas, mais j'avoue que je ne lui ai pas parlé depuis plusieurs jours.

Après son audacieuse proposition, l'homme s'était tenu à l'écart, cessant même de venir manger chez elle. Aisly avait supposé qu'il prenait ses repas avec les autres guerriers, dans la grande salle du manoir, ou qu'il les préparait lui-même. Elle l'avait croisé une ou deux fois dans le village mais il n'était pas venu lui parler. Si elle avait su quoi lui dire, l'indifférence du guerrier l'aurait blessée ; mais comme elle n'osait pas lui adresser la parole, cette distance entre eux la soulageait.

A côté d'elle, Wyn eut soudain un sourire satisfait.

— Il a pris son souper avec nous, hier soir.

— Oh.

Aisly fit de son mieux pour paraître légère et intéressée, alors que son cœur se serrait. Wyn était une gentille fille, assez jolie. Il était normal qu'elle ait attiré l'attention de l'étranger.

— Oui, père l'apprécie beaucoup, apparemment. Ils ont discuté pendant tout le repas. L'étranger a l'air de savoir beaucoup de choses sur l'art du combat et l'entraînement des guerriers.

Elle poussa alors un profond soupir — le soupir d'une jeune femme en train de tomber amoureuse.

— Et il est si beau… Je pense que je vais essayer de le convaincre de rester, même après la fin de l'hiver.

— Je ne pense pas que ce soit possible, Wyn. Il n'est pas d'ici. Il devra retrouver les siens.

De nouveau, la jeune fille haussa les épaules.

— Il pourrait peut-être devenir l'un des nôtres. S'il est vraiment mercenaire, comme tu le dis, il n'a probablement pas de foyer.

Aisly acquiesça en silence, peu convaincue. Tout ce qu'avait dit Wyn au sujet de l'étranger était juste : il était viril, beau, fort et courageux. Il avait forcément une vie qui l'attendait quelque part. Ailleurs. Des gens qui l'attendaient, c'était certain. Son cœur se serra de plus belle, et la tristesse qui lui était devenue coutumière l'envahit — la tristesse de savoir qu'il ne serait jamais vraiment sien, malgré les efforts qu'elle pourrait déployer.

Tandis qu'elles approchaient du village, d'autres femmes, parties comme elles pour ramasser les joncs qui serviraient à recouvrir le dallage de la grande salle, les rejoignirent. Wyn et Aisly restèrent néanmoins devant, à quelques pas du groupe. Elles atteignirent rapidement l'endroit un peu élevé où le sentier serpentait entre le ruisseau et la forêt. Le groupe se mettant à traîner, Aisly appela les autres femmes mais elles se contentèrent de glousser dans leurs châles et lui firent signe de les rejoindre.

Aisly s'exécuta, curieuse de voir ce qui les amusait tant. Elle se pencha pour mieux voir la berge de la rivière et rapidement, elle vit l'étranger dans l'eau, nageant tout en souplesse en direction de la rive opposée. Quand il se redressa, elles purent toutes admirer ses fesses, pâles et fermes — une vue exquise… L'eau clapotait autour de son corps, venant se briser sur ses courbes parfaites. Aisly ne put s'empêcher de regarder ses muscles bien dessinés et de suivre leur ligne jusqu'aux deux fossettes qui marquaient les creux de ses reins, juste au-dessus des fesses. Elle remonta ensuite le long du dos et le regarda chasser l'eau qui ruisselait sur son visage et ses cheveux, sur ses épaules et ses bras.

Une flamme s'éveilla en elle, au creux de son bassin. Comment le simple fait de poser les yeux sur lui pouvait-il lui faire un tel effet ? Et comment parvenait-elle si facilement à imaginer la douce fermeté de ces muscles sous ses mains ? Sans doute étaient-ils aussi durs et chauds qu'un morceau de velours étendu sur la roche. Soudain, ses mains se souvinrent de la nuit où elle avait lavé le dos du guerrier, de la tiédeur de cette chair d'homme. Elle avait tellement envie de se pelotonner contre lui, de se glisser entre ses bras et de ne jamais le quitter !

A côté d'elle, les femmes gloussèrent un peu plus fort, la tirant de ses pensées et alertant l'homme de leur présence. Il se retourna pour les découvrir assemblées au bord du sentier. En un éclair, ses oreilles rosirent d'embarras et il dissimula son intimité de ses mains. Quel dommage qu'il soit sorti de l'eau en leur faisant dos… L'air faussement offensé, il les accusa de l'espionner — ce qui ne fit que renforcer l'hilarité générale.

— Partez, s'écria Aisly en les chassant vers le village.

Quelques-unes, dont Wyn, parurent réticentes et s'attardèrent encore quelques instants. Finalement, le petit groupe reprit son chemin vers la grande porte, d'un pas plus enthousiaste que jamais. Aisly ne put s'empêcher de jeter un dernier coup d'œil à l'homme — surtout à ses fesses si rondes. Il s'était retourné mais guettait encore le chemin par-dessus son épaule et son regard admiratif ne parut pas lui échapper. Il la dévisagea, sans chercher à la faire partir, comme s'il la jaugeait. Comme s'il lisait dans ses pensées et devinait à quel point elle le désirait…

En dépit de la distance qui les séparait, une vague de chaleur passa entre eux. Aisly finit par tourner les talons à son tour, de peur de faire quelque chose de stupide — comme de descendre pour le rejoindre dans l'eau…

— Comment est-ce possible ? Tu étais là, Alstan. Tu as vu lord Oswine signer !

Frustrée, Aisly ne parvenait pas à contenir son angoisse. Elle se demandait comment son contrat de mariage avait pu disparaître.

Alstan jeta un rapide coup d'œil autour d'eux et lui prit doucement le bras pour l'attirer loin de la foule. La nuit était tombée depuis longtemps et la plupart des villageois étaient déjà rassasiés, après un festin de viande rôtie et de bière. Le feu de joie crépitait toujours sur la place et tous s'étaient rassemblés autour des flammes pour discuter. La voix théâtrale d'un conteur résonnait dans la grande salle, retraçant les exploits d'un guerrier légendaire.

Aisly et son frère contournèrent le manoir pour s'éloigner de la foule, puis Alstan lui lâcha le bras. La pleine lune était haute dans le ciel, les nuages de l'après-midi avaient disparu, et Aisly voyait clairement le visage de son frère dans la nuit bleutée. De toute évidence, ce qu'il avait découvert le contrariait.

— Je ne sais pas comment ce document a pu disparaître. J'ai retrouvé la mention du mariage dans le registre, mais aucune référence au contrat. J'en ai déjà parlé à lord Oswine ; il m'a promis de chercher. Mais…

Sa voix mourut dans le silence et il détourna les yeux.

— Mais quoi ? Qu'essaies-tu de me dire ?

S'il n'existait plus aucune preuve de ses droits sur la maison, elle n'avait plus qu'à partir d'elle-même au lieu d'attendre que Wulfric la jette dehors…

L'air désemparé, Alstan répondit :

— Il y a quelque chose d'anormal dans toute cette histoire. Je ne suis sûr de rien, mais il me semble que le contrat a été égaré de façon intentionnelle — à moins qu'il n'ait été détruit.

Il murmurait et Aisly devait se pencher pour l'entendre.

A cet aveu, elle se sentit faiblir et s'adossa au mur du manoir. Elle resta là un long moment. Rejetée, défaite, trop bouleversée pour tenir debout. Elle ne ressentait plus ni colère ni frustration. Une partie d'elle-même s'était attendue à ce genre de trahison, depuis le début… Wulfric obtenait toujours ce qu'il voulait. Elle pouvait encore faire appel auprès de Cuthbert, qui était bon et juste, mais même le chef du village n'avait pas assez d'autorité pour contraindre Wulfric à la laisser vivre dans sa maison ; pas si rien ne prouvait que cette maison était bien la sienne.

Non, elle n'était pas surprise. Et elle comprit à cet instant à quel point l'offre de l'étranger la hantait. Ses doigts vinrent instinctivement effleurer ses lèvres, encore sensibles au souvenir du baiser qu'ils avaient échangé.

Elle devait dire oui. C'était la seule solution. S'ils réussissaient à avoir un bébé, elle pourrait rester chez elle et n'aurait pas à se remarier. Plus important encore, elle aurait un enfant à elle. Elle dut lutter pour réprimer le sourire de soulagement qui tentait de se dessiner sur ses lèvres. Les bras croisés, imaginant déjà une petite vie se développer dans son ventre, elle tenta de contrôler ses émotions. Elle aurait sûrement dû avoir honte de penser à de telles choses — c'était d'ailleurs ce dont elle avait vainement essayé de se convaincre depuis la proposition de l'étranger — mais la simple idée d'accepter la remplissait d'un tel espoir, d'un tel bonheur, qu'elle ne pouvait y résister plus longtemps.

Alstan reprit la parole et elle dut se forcer à l'écouter pour comprendre ce qu'il essayait de lui dire.

— Je vais continuer à chercher. Je te promets de découvrir la vérité, Aisly. Mais, quoi qu'il arrive, je veux que tu saches que tu seras toujours la bienvenue chez moi. Tu n'es pas seule.

Aisly ne put retenir ses larmes et se jeta dans les bras de son frère. Il savait parfois l'exaspérer à un point tel qu'elle aurait voulu le frapper. Mais il avait toujours pris soin d'elle.

— Je sais que tu seras toujours là, Alstan, répondit-elle, la gorge nouée. Mais il y a toujours un espoir : je pourrais avoir un enfant…

Honteuse de lui mentir ainsi, elle se mordilla la lèvre. Ce qu'elle s'apprêtait à accomplir était un péché.

Alstan s'écarta, les mains posées sur ses épaules.

— Tu crois vraiment que c'est possible ?

Elle acquiesça, incapable de lui répondre. Elle n'aimait pas lui cacher la vérité ainsi, mais… elle ne pouvait pas lui avouer une telle chose.

Alstan eut un petit sourire et la serra de nouveau contre lui.

— Je sais que tu as toujours voulu avoir un enfant et je vais prier pour que ton souhait soit exaucé !

Aisly avait hâte de retrouver l'étranger à présent, mais elle devait encore discuter d'une chose importante avec son frère.

— Qu'est-il arrivé à Rowena et Beorn ? Quelle décision lord Oswine a-t-il prise ? As-tu fait en sorte qu'il se montre clément, comme je te l'avais demandé ?

Alstan acquiesça.

— J'ai convaincu notre tuteur que le crime de Beorn était insignifiant et qu'il ne pouvait s'en occuper en personne. C'est donc moi qui leur ai parlé.

— Et qu'as-tu décidé ?

— Deux ans de servitude.

Lisant sans doute le choc sur le visage de sa sœur, il s'empressa d'ajouter :

— Je sais que cela paraît sévère, mais Beorn ne travaillera pas plus dur qu'au village. Wulfric avait des preuves, il fallait une sentence. Ne t'en fais pas, ils seront logés et ne souffriront pas.

Aisly ébaucha un petit sourire. Comparée à ce qu'ils auraient pu subir, cette punition n'était pas le pire…

— Merci. Je savais que je pouvais compter sur toi pour réparer cette injustice.

— Tu peux *toujours* compter sur moi, Aisly.

Il tira malicieusement sur sa tresse, comme au temps de leur enfance, et lui souhaita bonne nuit en souriant.

Dès qu'il s'éloigna, elle partit à la recherche de l'étranger. Elle l'avait aperçu plus tôt dans la soirée, entouré par un groupe de jeunes femmes admiratives et leurs familles. Il avait surpris le regard d'Aisly et, comme à chaque fois, une connexion secrète s'était établie entre eux.

Elle revint sur la place en courant et chercha son visage dans la foule. Maintenant qu'elle avait pris sa décision, elle avait hâte d'accepter son offre avant que celle-ci ne soit retirée. Comme elle ne le trouvait pas, elle jeta un coup d'œil dans la grande salle. Il n'était pas non plus parmi les visages attentifs, tournés vers le conteur.

Après avoir traversé la foule dans tous les sens, elle eut peur qu'il soit déjà parti. Elle ne pouvait pas se permettre de frapper à sa porte à une heure pareille. Et si quelqu'un la voyait ?

Magnus avait gardé l'œil sur Aisly durant toute la soirée. Elle n'avait pas besoin d'être surveillée mais il était incapable d'en détacher son regard. Quoi qu'il fasse, elle était toujours là, occupant ses pensées. Hélas, depuis qu'il lui avait proposé de lui faire un enfant, il avait l'impression qu'elle le fuyait. A chaque fois qu'il l'apercevait dans le village, il voulait aller lui parler, pour revenir sur sa proposition. Il ne savait peut-être pas qui il était, mais il sentait bien qu'il était allé trop loin. A part la féconder, il n'avait rien à lui offrir…

Néanmoins, à chaque fois qu'une occasion de lui parler se présentait, quelque chose l'en empêchait.

Il *voulait* qu'elle accepte.

Etait-ce parce qu'il la désirait ou parce qu'il avait envie de ressentir la satisfaction primitive de voir son ventre s'arrondir au fil des mois ? Il n'en avait aucune idée. Ces deux motivations tourbillonnaient en lui, se fondant en une seule.

D'autres hommes du village la regardaient aussi. Elle ne s'en rendait pas compte mais Magnus, oui. Ils la regardaient quand elle ne prêtait pas attention à eux, ou quand elle les croisait et marchait dans la rue. Ils ne pouvaient pas se permettre de montrer leur intérêt trop ouvertement — pas encore : elle était veuve depuis trop peu de temps et Magnus avait appris qu'on ne l'autoriserait pas à se remarier avant l'été. A chaque fois qu'il voyait un homme se retourner sur elle, il avait envie de lui arracher les yeux… En tout cas de prendre le bras d'Aisly pour bien montrer qu'elle était sienne.

Quel instinct le guidait, le rendait si audacieux ? Etait-ce un fantôme venu de son passé ?

Peut-être n'avait-il pas vraiment envie de découvrir qui il était, au fond. Peut-être pourrait-il se permettre de tout recommencer. Avec elle.

Quand il la vit chercher quelqu'un autour du feu de joie, son cœur s'emballa. C'était *lui* qu'elle cherchait !

— Ma belle…

Il l'appela à voix basse avant qu'elle ne l'ait vu. Sa passion transparaissait dans la façon dont il avait prononcé ces deux mots — même lui pouvait s'en rendre compte. Depuis qu'elle l'avait aperçu en train de se baigner dans le ruisseau, il n'avait pas réussi à maîtriser son excitation et son sexe se rebellait contre l'étoffe raide de son pantalon. Si elle avait été seule, sur le chemin, il se serait retourné pour lui montrer quel pouvoir elle avait sur lui.

Il ne voulait pas lui faire subir de pression inutile et c'était pour cette raison aussi qu'il préférait se tenir à l'écart, depuis quelque temps. Mais quand elle l'avait regardé depuis le sentier, dans l'après-midi, il avait bien compris ce que révélait l'éclat de ses yeux.

Suivant le son de sa voix, elle scruta l'obscurité, loin de la lumière du feu, et il s'avança, quittant l'ombre protectrice d'une maison. Il ne put s'empêcher de la dévorer des yeux et remarqua qu'elle entrouvrait les lèvres, flattée par son regard.

Il entendit son souffle s'accélérer et vit ses yeux s'illuminer d'une flamme passionnée. Elle le désirait, c'était évident : n'importe qui aurait pu s'en rendre compte. Heureusement, personne ne leur prêtait attention.

Magnus préféra néanmoins se dissimuler à nouveau dans la pénombre, l'invitant en silence à le suivre. Elle le fit.

— Vous me cherchiez ?

— Oui…

Elle ne dit rien d'autre mais ses yeux, fixés sur lui, trahissaient ses pensées. Elle se souvenait de leur petite rencontre de l'après-midi, près de la rivière.

Magnus se redressa, la laissa l'examiner.

*Oui, regarde-moi. Imagine-toi allongée sous mon corps.*

Elle se mordilla soudain la lèvre et baissa les yeux d'un air gêné, comme si elle avait lu dans son esprit. Finalement, elle parvint visiblement à rassembler son courage et le fixa des yeux, audacieuse et ensorcelante.

— Pourquoi me regardez-vous ainsi ? demanda-t-elle.

— Comment ?

Il savait très bien ce qu'elle voulait dire mais voulait l'entendre… Se rendait-elle compte qu'elle le regardait exactement de la même manière ?

— Comme si… Comme si j'étais quelqu'un de spécial pour vous.

— Parce que vous *êtes* spéciale pour moi.

Les joues d'Aisly s'enflammèrent et elle eut un sourire un peu timide.

— Vous me connaissez à peine.

Magnus ne put réprimer un éclat de rire.

— Je *me* connais à peine mais vous, je vous connais. Vous êtes compatissante, audacieuse, indépendante, courageuse, gentille… Belle.

De nouveau, Aisly détourna les yeux. Sans doute avait-elle du mal à accepter les compliments.

— Pourquoi dire de telles choses ?

— Parce que c'est vrai.

— Mais cela ne rendra notre séparation que plus difficile quand nous…

Ah, c'était donc cela ! Elle aussi pensait à la conclusion inévitable de cette aventure. En effet, il lui faudrait partir, plus tôt qu'ils ne l'auraient voulu l'un et l'autre. Mais étonnamment, cette certitude ne fit qu'accentuer son désir pour elle.

— Je vois qu'on vous a rendu votre épée, remarqua-t-elle au bout de quelques instants.

— Oui, répondit-il en posant instinctivement sa main sur la sangle du fourreau, tendue en travers de son torse. Cuthbert me l'a rendue aujourd'hui. Apparemment, j'ai réussi à gagner sa confiance.

Aisly acquiesça mais il était évident qu'elle ne pensait pas à l'épée. Magnus retint son souffle, attendant qu'elle lui dise ce qui la préoccupait tant.

— J'ai réfléchi à votre proposition.

Sa voix se fit soudain murmure et le cœur de Magnus s'emballa. C'était le moment de vérité…

Pourtant, elle cessa de parler. Il finit par l'encourager d'un petit signe de tête, en se répétant que sa décision ne pourrait vraiment le blesser. Quoi qu'elle dise, il était déjà perdu…

— Oui, lâcha-t-elle soudain. Ce soir.

Visiblement trop gênée pour attendre sa réponse, elle tourna immédiatement les talons et partit en courant vers sa maison, sous une fine ondée aux gouttelettes scintillantes.

La pluie, qui avait menacé de gâter le temps depuis le matin, commença enfin à tomber ; doucement d'abord, puis plus de plus en plus fort tandis qu'Aisly disparaissait au coin d'une maison. Magnus resta quelques minutes sur place, laissant l'eau froide couler sur son corps brûlant. Il ne la suivrait pas tout de suite ; il ne fallait pas attirer l'attention. De toute manière, il n'était pas en état de marcher correctement, pour le moment…

Peu à peu, la pluie se mua en une bruine fine qui pénétrait sous la tunique et la chemise de Magnus. S'essuyant le visage d'un revers de main, il prit une profonde inspiration et se promit de ne pas se précipiter quand il rejoindrait Aisly. Peu importaient ses désirs, il devait agir en douceur — et s'assurer avant tout qu'elle avait réellement envie de la même chose que lui.

La pluie commençait à chasser les villageois. On emballait le reste de la viande rôtie pour le mettre à l'abri, on rangeait, se protégeait de l'averse. Une petite foule se pressait aux portes du manoir, dans l'espoir de poursuivre la fête à l'intérieur. D'autres regagnaient leurs maisons en courant, avant que le temps se gâte davantage. Mais Magnus ne fit qu'à peine attention à cette agitation soudaine. Il était concentré sur la femme qui l'attendait, chez elle.

Il finit par dominer son désir fiévreux et alors seulement, il se permit d'aller la rejoindre. Préférant faire de nombreux détours pour ne pas éveiller les soupçons, il erra longuement dans les rues. Son cœur tambourinait à ses oreilles à chaque pas, au même rythme que les pulsations du sang contre la toile de son pantalon.

Finalement, il se retrouva devant la porte d'Aisly et songea à frapper ; mais elle avait dû guetter son arrivée car elle lui ouvrit tout de suite. Un petit sourire timide illuminait son doux visage et, en un éclair, le désir animal qui brûlait en Magnus se mua en quelque chose de beaucoup plus tendre.

Elle recula d'un pas pour lui permettre d'entrer et referma la porte derrière eux. Le cliquetis du loquet menaça un instant de libérer la bête qui sommeillait en lui mais il ravala son désir une fois encore, contrôlant tant bien que mal ses émotions.

Il ne devait pas céder. Pas encore. Pas tant que…

La petite main douce d'Aisly se posa sur son bras et elle s'approcha de lui. L'humidité glaciale de sa tunique ne changeait rien à la chaleur qu'il éprouvait. Les yeux fermés et les dents serrées, il lutta de plus belle. Contre lui-même. Contre ses instincts.

# Chapitre 12

Un courant d'air s'infiltra dans la maison quand Aisly ouvrit la porte et elle frissonna, mais le froid fut bientôt chassé par la vague brûlante que le regard de l'homme fit naître en elle. Même avec Godric, elle n'avait… Non, ce n'était pas le moment de penser à lui !

Jamais encore elle ne s'était sentie désirée à ce point ; c'était une sensation si poignante, si pressante, qu'elle faisait naître en elle un besoin irrépressible.

Mais elle ne voulait pas se laisser emmener trop loin. Elle devait se rappeler que l'étranger n'était venu que pour honorer leur accord, pour la remercier de l'avoir sauvé.

Elle avait tellement envie de le toucher à présent qu'elle avait l'impression d'en avoir le droit… Elle posa donc la main sur son bras et le sentit frémir autant qu'elle. Encore un peu gênée, elle dut se racler la gorge pour arriver à prononcer un mot.

— Venez. Enlevez votre tunique pour que je la fasse sécher devant le feu.

Elle le précéda dans la grande pièce, ne sachant pas vraiment quoi faire. Elle avait enfilé sa chemise de nuit en rentrant et défait sa tresse, mais ne savait pas vraiment ce à quoi il s'attendait. Quelques secondes s'écoulèrent sans qu'il ne bouge. Elle finit par se retourner, le souffle coupé par la flamme qu'elle voyait dans ses yeux.

— J'ai besoin de l'entendre, Aisly. J'ai besoin que vous

me disiez que vous êtes sûre de vous, que vous avez réfléchi à tout cela…

Sa voix rauque fut comme une caresse inattendue, amplifiant encore la fièvre qui la hantait déjà. La laine mouillée de la tunique de l'homme et la toile de sa chemise étaient collées à son torse, dessinant en détail les méplats de ses muscles. Ses mains étaient fermées, crispées. S'empêchait-il de la toucher ? Ou bien se faisait-elle des illusions ? Un homme tel que lui ne pouvait pas ressentir les mêmes choses qu'elle…

— Oui, j'y ai réfléchi, répondit-elle dans un murmure, surprise de parvenir à parler malgré le poids de ce regard posé sur elle. J'y ai *beaucoup* réfléchi. Et je veux le faire.

L'homme se débarrassa de son fourreau et posa son épée contre le mur avant de s'approcher d'elle. Son pas résonnait sur le plancher brut et semblait si sûr, déterminé. Il traversa la pièce et s'immobilisa devant elle, bien plus près que lors de leurs précédentes rencontres. Une sorte d'intimité naissait entre eux, comme s'il savait qu'il avait des droits sur elle à présent. Lentement, il referma ses bras autour d'elle, l'attira à lui en l'effleurant à peine. Ses doigts se glissèrent dans ses cheveux dénoués, s'enfouirent dans les longues mèches souples. Elle fut enveloppée par une odeur de pluie et d'homme, une odeur que le corps d'Aisly aimait au point de ne pouvoir s'en passer. Elle sentit ses cuisses s'enflammer, ses tétons se tendre douloureusement sous sa chemise. Comment pouvait-il faire naître pareil émoi en se contentant de l'effleurer ?

— Je veux te regarder… te toucher, murmura-t-il, les lèvres contre sa tempe. Je veux goûter ton plaisir.

Elle frissonna, savourant ce tutoiement si intime, cette voix suave et rauque. Son corps s'enflamma de plus belle, comme s'il suppliait silencieusement l'homme de la caresser. Elle n'était pas tout à fait certaine de ce qu'il voulait dire, mais ce qu'il lui offrirait serait certainement très différent de tout ce qu'elle avait connu jusqu'alors…

Elle était prête à accepter tout ce qu'il voudrait, tant qu'il continuait à la toucher de ses mains tendres, à la regarder de ses yeux si profonds et à lui parler de cette voix qui la bouleversait. Trop émue pour prononcer le moindre mot, elle lui fit un petit signe de tête — espérant qu'il le prenne comme un consentement — et pressa ses mains sur ses bras, remontant lentement jusqu'aux épaules.

Elle sentit les lèvres de l'homme effleurer sa tempe ; longue caresse qui la fit frissonner de plaisir. Dans ses cheveux, les doigts de l'étranger se refermèrent, tirant doucement sa tête en arrière et l'obligeant à le regarder.

Ses yeux brûlaient, si sombres que l'or qui y scintillait habituellement avait disparu. Il examina longuement ses lèvres et elle voulut l'embrasser. Mais elle ne pouvait bouger et dut le regarder se pencher vers elle lentement, si lentement qu'elle redouta que ce baiser n'ait jamais lieu.

Il s'immobilisa si près d'elle qu'elle sentit son souffle sur son visage. Il sentait encore un peu la bière... Oh ! Seigneur, pourquoi ne l'embrassait-il pas ?

— Etranger, murmura-t-elle, ne supportant plus cette torture.

Elle n'eut pas besoin d'en dire plus. Il effleura sa bouche du bout des lèvres une fois, puis deux. Au troisième passage, un instinct malicieux poussa Aisly à entrouvrir la bouche pour que leurs langues puissent enfin se rencontrer.

L'homme lâcha un petit gémissement surpris et l'attira fiévreusement contre lui. Elle sentit son sexe se presser contre son ventre, et son corps y répondit. Mais une panique incontrôlable l'envahit aussitôt.

Ce n'était pas le moment de laisser sa peur la dominer, pas quand les mains de l'homme caressaient son dos, descendant un peu plus à chaque passage. Finalement, les paumes du guerrier enveloppèrent ses fesses, les pressant un peu avant de remonter. Aisly sentait le creux de ses cuisses se faire plus humide, plus chaud à chaque instant. A ce rythme-là, elle ne se contrôlerait plus très longtemps…

Au moment où elle commençait à s'habituer au rythme de sa langue entre ses lèvres, il recula. Dans un gémissement à peine audible, il fit un pas en arrière et laissa ses mains remonter sur la taille d'Aisly, puis effleurer un instant sa poitrine avant de redescendre sur ses hanches. Sous sa chemise de nuit, ses tétons se tendirent plus encore, suppliant l'homme de les caresser encore.

Ne comprenant pas pourquoi il s'arrêtait ainsi, elle le dévisagea un instant et il s'expliqua :

— J'ai peur de te faire mal. Je me suis promis de faire les choses lentement mais je n'arrive pas à contrôler mes gestes…

Elle avait eu un peu peur en sentant la puissance de son érection, mais l'inquiétude qu'elle lut dans ses yeux la rassura.

— Je ne suis pas si fragile, répondit-elle à mi-voix.

— Peut-être, mais tu m'es précieuse.

Sa grande main vint envelopper sa joue, les doigts se perdirent dans ses cheveux, sur la peau sensible de son cou, et un nouveau frisson délicieux la parcourut.

Personne ne lui avait encore dit qu'elle était précieuse. Et maintenant, quand il la regardait, elle se sentait vraiment précieuse. Il la regardait comme s'il n'avait encore rien vu de comparable, comme s'il ne voulait pas se détourner d'elle.

— Je veux…

Elle ne sut quoi dire. Peut-être n'était-ce pas convenable. Peut-être n'aurait-elle pas dû vouloir ce plaisir qu'il lui promettait. Mais la simple présence de cet homme lui donnait l'impression que rien de ce qu'elle aurait pu dire ou faire n'était déplacé.

— Je voudrais te voir.

Elle baissa les yeux sur son torse, n'osant s'aventurer plus bas. Pas encore.

Sans un mot, il dénoua le col de sa tunique et la passa par-dessus sa tête. Sa chemise suivit rapidement et il se tint devant elle, torse nu. Elle avait déjà pu admirer la beauté de ses muscles auparavant mais là, ils étaient *siens*... Pour une nuit au moins.

— Tu peux me toucher toi aussi, tu sais, dit-il sans bouger, offert à elle.

Oh oui ! Elle voulait le toucher. Ses paumes devenaient moites rien qu'à imaginer la puissance tranquille de ces muscles, mais elle ne put s'y résoudre. Sa conscience l'empêchait de bouger.

Il finit par s'avancer et, instinctivement, elle recula d'un pas ; mais il se contenta de sourire et de la suivre, attrapant sa taille avec une infinie douceur pour l'attirer à lui.

— Je serai doux avec toi, ma belle, murmura-t-il. Je ne te ferai pas de mal.

Si, en cet instant, elle n'était sûre de rien, elle savait au moins qu'il était sincère. Sans réfléchir, elle s'appuya d'une main sur son torse pour ne pas perdre l'équilibre et il la recouvrit de ses longs doigts pour la guider, lui faire explorer sa peau nue.

— Touche-moi...

Elle ne put résister au désir de lui obéir. Il était si puissant, si musclé, qu'elle avait du mal à croire qu'il existait vraiment — et qu'il était sien. *Pour une nuit*, se rappela-t-elle. Elle laissa sa main monter jusqu'à l'épaule de l'homme et descendre sur son buste couvert d'un fin duvet soyeux, puis sur son ventre plat et bien dessiné. Ses épaules étaient si larges, sa taille si fine... Elle ne pouvait s'empêcher de l'admirer.

Jusqu'à présent, elle avait réussi à ne pas poser les yeux sur son sexe dressé sous le vêtement, mais elle ne put s'en empêcher plus longtemps et sentit sa gorge s'assécher.

La bosse qui tendait la toile était énorme — comme elle l'avait déjà deviné. Elle s'humecta les lèvres, un peu gênée, puis osa faire glisser ses doigts un peu plus bas, pour envelopper ce sexe dans sa petite main.

L'homme la caressait toujours, revenant à sa poitrine. Elle

ne s'était pas attendue à une approche aussi directe… Ses pouces jouaient avec ses tétons, puis il les griffa en douceur à travers la fine étoffe de la chemise de nuit. Elle tenta de réprimer un gémissement, en vain, le souffle court. Il ne regardait pas ses seins mais avait les yeux fixés sur les siens, guettant la moindre réaction.

Elle se sentait si exposée face à lui… Heureusement, son gémissement ne parut pas le déranger. En fait, elle eut presque l'impression qu'il en était ravi. Quand il pinça son téton, l'éclair de plaisir qui la traversa fut si inattendu qu'elle sursauta et il sourit.

— On dirait que tu as déjà fait cela avant, remarqua-t-elle, à peine capable de se contrôler.

Il avait l'air de connaître son corps aussi bien que son épée. De toute évidence, il avait déjà connu des femmes avant elle.

Son sourire s'élargit, lumineux et tendre.

— Certaines choses relèvent de l'instinct. Ton visage me dit tout ce que j'ai besoin de savoir.

Elle ne comprit pas vraiment ce qui la poussa à poser la question suivante ; peut-être était-elle esclave de son désir autant que lui.

— Voudrais-tu me voir ?

Il la dévisagea un instant d'un regard brûlant et plus sombre que jamais.

— Oh ! J'aimerais beaucoup.

Ces quelques mots suffirent à donner à Aisly l'audace de s'éloigner de lui et d'attraper le bas de sa chemise de nuit. Elle hésita encore un instant puis la souleva, encouragée par les yeux de l'homme qui regardait l'ourlet remonter le long de ses jambes.

Arrivée au sommet de ses cuisses, elle n'osa pas aller plus loin et s'immobilisa, sa jupe froissée entre ses doigts.

Il ne la laissa pas changer d'avis. Ses paumes chaudes se glissèrent sous le tissu, sur ses hanches, et elle eut un hoquet de surprise. Elle ne savait même pas que sa peau pouvait être si sensible en cet endroit. Il attrapa la chemise et la tira doucement vers le haut. Avant même qu'elle ait pu dire quoi que ce soit, il la faisait passer par-dessus sa tête.

Quand le vêtement glissa de ses doigts pour tomber au sol, l'étranger ne souriait plus. Il la regardait. En silence. Sa main s'approcha, doucement, laissant à Aisly tout le temps de protester. Mais elle ne voulait pas protester. Elle ne voulait pas le dissuader. Elle resta parfaitement immobile, face à lui, et le laissa toucher son sein.

La peau rude de sa paume frotta le téton sensible, faisant naître un nouveau tourbillon de plaisir en elle, au creux des reins. Il s'avança à nouveau, laissant un espace infime entre leurs corps.

Elle avait eu peur qu'il ne la trouve trop petite, qu'il soit rebuté par sa modeste poitrine, mais quand il posa la main sur son autre sein, il n'eut aucun mouvement d'hésitation. Ses pouces dessinaient de petits cercles autour de ses tétons puis les caressèrent, comme il l'avait fait à travers sa chemise. Mais cette fois, la sensation fut plus délicieuse encore.

— Tu es si belle.

Il s'arracha à la contemplation de sa poitrine pour sonder ses yeux. Depuis le début, elle ne savait pas vraiment ce qu'elle devait attendre de cet échange. En apparence, il ne faisait que lui donner ce dont elle avait besoin — sa semence — pour la remercier de lui avoir sauvé la vie. Et pourtant, cela semblait aller tellement plus loin. S'il s'en était simplement tenu à leur marché, ils auraient dû en avoir fini depuis longtemps.

Non, ce n'était pas une simple transaction. C'était autre chose. Quoi ? Elle n'en avait pas la moindre idée, mais c'était autre chose.

Les mains de l'homme quittèrent sa poitrine pour s'attarder sur son ventre et ses hanches. Finalement, il entreprit de dénouer la ceinture de son pantalon. Incapable de le quitter des yeux, elle le regarda faire, impatiente. Une fois sa ceinture ouverte, il s'immobilisa un instant. Elle devina qu'il la regardait mais elle fut incapable de lever les yeux. Il fit alors descendre son pantalon, juste assez pour passer ses hanches et laisser son sexe apparaître. Il se dressait fièrement, raide et long.

— Je ne…

Troublée, elle hésita, ne sachant quels mots employer.

— Je ne suis pas sûre que cela puisse marcher. Je ne crois pas qu'on soit vraiment compatibles…

L'homme éclata de rire.

— Tout ira bien, répondit-il.

— Comment le sais-tu ? demanda-t-elle, soudain soupçonneuse. Tu te souviens l'avoir déjà fait ?

Il réfléchit un instant, les sourcils froncés.

— Non, admit-il, mais je suis un homme et tu es une femme. Nous sommes censés être *compatibles*.

Aisly n'était toujours pas convaincue. Il était tout à fait possible que certains hommes et femmes ne s'accordent pas, physiquement.

Cependant, avant qu'elle ait pu dire quoi que ce soit, l'homme la prit par la taille et l'attira contre lui. L'un de ses bras passa autour de ses épaules pour la maintenir près de son corps et son autre main glissa jusqu'à ses hanches pour la caresser entre les cuisses.

Surprise, Aisly recula autant qu'elle put.

— Qu'est-ce que tu fais ?

Elle sentait bien que son corps était tout à fait prêt à l'accueillir et ne voulait pas qu'il s'en aperçoive.

L'homme ne répondit pas immédiatement, se contentant de glisser sa main plus loin.

— Ecarte un peu les jambes pour moi, ma belle, murmura-t-il en poussant légèrement avec un de ses genoux pour l'encourager.

Honteuse, Aisly ferma les yeux, attendant l'inévitable moquerie. Mais il ne prononça pas un mot, se contentant de lâcher un petit grognement rauque qui ressemblait à s'y méprendre à une approbation. Il la caressa, dessinant de petits cercles du bout du doigt, éveillant des sensations étranges sous sa chair si sensible. Avant même de s'en rendre compte, elle s'agrippait à lui à deux mains, son visage enfoui dans le creux du bras de son amant pour ne pas gémir à haute voix.

Mais en dépit de ses efforts, elle s'entendit murmurer « s'il te plaît », encore et encore. Elle voulait juste être satisfaite, incapable qu'elle était de réprimer son désir. Etonnamment, l'étranger parut la comprendre. Son doigt entra lentement en elle, mais ce n'était pas suffisant. Pas suffisant du tout... Le corps vorace d'Aisly en voulait plus. Ce ne fut que lorsqu'il glissa un second doigt en elle qu'elle comprit ce qu'il faisait : il lui montrait qu'elle serait capable de l'accueillir.

Sa main droite, enfouie dans ses cheveux, tira doucement sa tête en arrière. Il voulait la regarder mais elle était incapable d'ouvrir les yeux — pas tant que ses doigts joueraient en elle à ce rythme effréné. Elle ne parvint plus à contrôler ses hanches, qui commençaient à bouger, très légèrement.

Il se pencha sur elle et pressa ses lèvres contre sa joue.

— Ton corps est fait pour le mien... Tout ira bien, je te le promets.

Tout en parlant, il pressa son sexe contre le bassin d'Aisly. Ses gémissements graves la faisaient frissonner et elle s'agrippa à lui.

— J'irai doucement, promit-il en retirant ses doigts d'entre ses cuisses pour la soulever de terre et l'allonger sur le lit.

Elle parvint péniblement à ouvrir les yeux, consumée par le désir de le voir s'asseoir près d'elle au bord du lit, de le voir finir de se déshabiller, de pouvoir admirer son corps magnifique.

Ses bottes tombèrent au sol, suivies de son pantalon. Une fois nu, il s'allongea sur elle. Sa cuisse, taillée pour la course, se glissa entre les jambes d'Aisly, vint se presser contre son sexe d'une manière qui aurait pu être obscène si elle n'avait été si délicieuse. Cet homme si grand et si fort la dominait et elle ne put réprimer un nouveau frisson d'excitation. Une main toujours perdue dans ses cheveux, il trouva appui sur le matelas de son autre bras, pour ne pas peser trop lourd sur elle, et l'embrassa passionnément.

Leurs langues se rencontrèrent à nouveau — cette fois, elle s'y attendait et ne fut pas surprise. Mais ce baiser ne fut pas aussi long qu'elle l'aurait souhaité. Rapidement, l'étranger descendit pour embrasser son cou, sa gorge. Quand elle sentit furtivement ses dents sur sa peau, elle se mordit la lèvre pour ne pas crier de plaisir. Finalement, la bouche chaude de l'homme trouva sa poitrine et il embrassa ses tétons en les aspirant entre ses lèvres. Le plaisir qui envahissait Aisly devenait si puissant, si bestial, qu'elle ne put s'empêcher de gémir. Elle serra les dents de peur de faire trop de bruit. L'esprit embrumé, elle ne s'aperçut qu'elle frottait son bassin contre la cuisse ferme de l'homme que lorsqu'elle sentit son pouce la caresser, de plus en plus vite, pressant sa chair sensible. Jamais elle n'avait éprouvé une telle torture, délicieuse et insoutenable à la fois.

A l'instant où elle commençait à croire qu'elle allait mourir de plaisir, il se redressa, s'agenouilla, s'appuyant de plus belle sur le matelas. Il lui tenait toujours les cheveux, fermement. Cela aurait dû être douloureux, paraître dominateur, mais elle aimait cette sensation. Elle aimait le voir agir ainsi, comme s'il savait exactement quoi faire. Surprise, elle comprit alors qu'elle lui faisait pleinement confiance. S'il la tenait ainsi, ce n'était pas pour la dominer mais pour… la rassurer.

Malgré ses précautions, lorsqu'il écarta un peu plus ses cuisses de son genou et se plaça entre ses jambes, toutes les craintes d'Aisly remontèrent et la saisirent à la gorge.

Il dut sentir son angoisse car ses yeux croisèrent un instant les siens.

— Jamais je n'ai vu femme plus belle, lui murmura-t-il.

Il caressa les lèvres d'Aisly du bout des doigts. Son geste, si simple apaisa un peu Aisly — jusqu'à ce qu'il presse son sexe contre elle et commence à pousser, doucement. Au début, la sensation fut indescriptible. C'était une pression exquise qui répondait parfaitement au désir qui la hantait. Mais c'était trop. Son corps se rebellait contre les efforts de l'homme pour entrer en elle. Elle était trop petite et lui, trop grand. Involontairement, elle tourna le bassin, voulut s'éloigner, mais il la tenait toujours, une main sur sa hanche.

— Je te fais mal ? demanda-t-il.

Ses gestes étaient décidés et pleins de désir mais son regard restait si doux qu'elle se sentait en sécurité. Si elle répondait « oui », il arrêterait, Aisly en était sûre.

— C'est trop, lâcha-t-elle dans un souffle.

— Dans ce cas, je n'irai pas plus loin.

Il relâcha sa hanche et se lécha le pouce. Elle fut presque jalouse de le voir faire cela au lieu de se pencher à nouveau sur ses seins. Il redescendit sa main et recommença à la caresser, juste au-dessus de l'endroit où leurs deux corps se rejoignaient. Dessinant de rapides cercles autour de sa perle sensible, il fit renaître la tension, la torture exquise.

Il dut lire dans les pensées d'Aisly car il se pencha à nouveau sur sa poitrine et suça lentement ses tétons, l'un après l'autre. Elle dut de nouveau serrer les dents pour ne pas faire de bruit tandis que ses hanches reprenaient leur mouvement incontrôlable. En un instant, elle était passée de la peur de le sentir en elle à la peur de le voir se retirer. Il finit par pousser un peu plus fort, lui arrachant un gémissement incontrôlable. La voix de son amant se mêla à la sienne. Il cessa de la caresser et entra franchement en elle, si harmonieusement que leurs bassins se pressaient l'un contre l'autre. Elle était dans un tel état d'abandon et il la possédait si complètement qu'elle n'était pas certaine de connaître à nouveau un tel bonheur.

Tant qu'il resta immobile en tout cas. Mais au bout de quelques secondes, il donna une nouvelle poussée, douce et lente. Tout ce dont elle était capable, c'était de s'accrocher à lui de plus belle pour ne pas sombrer. Il relâcha son téton, en douceur, laissant sa langue s'attarder un instant sur sa chair brûlante. Le regarder faire était si délicieux et si immoral à la fois qu'elle n'oublierait certainement jamais cette vision. Il leva enfin les yeux sur elle et la passion intense qui les hantait poussa Aisly à l'agripper plus fort.

— Je suis en toi, maintenant. Comment tu te sens ?

Quand elle répondit, sa voix résonna étrangement à ses oreilles : rauque, essoufflée, comme si ce n'était pas vraiment la sienne.

— Je n'ai jamais ressenti cela auparavant…

L'étranger sourit et donna un coup de reins un peu plus fort. Des vagues de plaisir soudaines la submergèrent. Ses mouvements de va-et-vient étaient presque insoutenables. Il retomba sur elle et murmura dans son cou :

— Par les dieux, Aisly, c'est si bon…

Ce compliment la ravit. Oh oui, c'était plus que bon ! C'était incroyable. Elle le serrait contre lui, une main dans son dos, l'autre dans sa nuque, craignant qu'il n'arrête si elle le relâchait. Elle eut envie de crier mais parvint à se retenir au dernier moment et l'étranger s'en aperçut. Il se redressa un peu pour la regarder. Elle se cambra, l'incitant à recommencer, désespérée, mais il resta immobile.

— Pourquoi fais-tu cela ? demanda-t-il.

— Quoi ?

C'était plus un son inarticulé qu'un mot, cependant, l'homme parut comprendre.

— Pourquoi te contrains-tu au silence ?

Elle hocha la tête, trop bouleversée pour répondre.

Pourtant, il attendait qu'elle parle et lui pinça doucement le téton en souriant. Un tel pincement aurait dû lui faire mal mais il ne fit qu'accentuer son plaisir. Cette fois, elle ne put s'empêcher de crier, et elle crut sentir son cœur se briser.

— Je ne sais pas, finit-elle par murmurer.

Si, elle le savait. Elle le savait même très bien : seules

les catins gémissaient et criaient. Mais elle n'avait aucune intention de parler de cela pour le moment, pas tant que le plaisir l'attendait encore.

— Je veux t'entendre jouir, reprit l'homme. Ne te cache pas.

Son regard, son sourire, ses yeux adoreurs qui caressaient son visage lui firent perdre la tête. Soudain, elle ne se soucia plus de ce qu'il fallait faire ou ne pas faire. Elle voulait simplement le satisfaire et était prête à tout pour cela.

Elle acquiesça donc, brièvement, et l'attira de nouveau contre elle. Il s'allongea, la laissant passer ses bras autour de ses épaules, et recommença son ballet sensuel, plus rapide, plus fort. Aisly ferma les yeux et des étincelles se mirent à danser sur la paroi noire de ses paupières. Elle faillit contenir ses gémissements quelques instants encore mais l'étranger savait si bien s'y prendre qu'elle en fut incapable.

— Oui... C'est ça...

Sa voix grave et rocailleuse lui donna la chair de poule. Son étreinte était si délicieuse que de nouveaux cris lui échappèrent et elle sentit son amant sourire, les lèvres contre son cou.

Il redoubla ses efforts, la serrant dans ses bras jusqu'à ce qu'un frisson le parcoure et qu'il connaisse enfin sa propre jouissance. Pendant quelques secondes, ses gémissements se joignirent à ceux d'Aisly dans la chambre.

# *Chapitre 13*

Magnus s'écroula sur elle. Il était sans doute trop lourd mais il se sentait si faible qu'il ne pouvait plus bouger. Il voulait juste rester là, entre ses cuisses. Le parfum d'Aisly l'enveloppait, son corps doux palpitait sous lui, ses bras le serraient encore. Oui, c'était tout ce qu'il voulait, comprit-il soudain, frappé d'une épiphanie.

*Aisly* était ce qu'il voulait. Aisly et tout ce qu'une vie avec elle contenait de promesses. Hélas, pour bien des raisons, c'était là un vœu impossible… Son destin n'était pas de rester dans ce village, et sa vie — la vie d'un guerrier — ne laissait pas de place pour une femme comme elle.

Elle respirait doucement à son oreille. Il hésita un instant avant de se redresser, de peur de lire du regret dans ses yeux, mais au bout de quelques minutes, il fut incapable de résister au désir d'admirer son beau visage. Elle était pâle mais ses joues étaient encore roses. Il ne les avait pas encore embrassées, songea-t-il. Il voulut corriger cette erreur mais elle se mit à caresser doucement son visage, sans lui laisser le temps de se pencher sur elle.

— Tu as déjà fait cela avant, murmura-t-elle dans un sourire.

Il prit appui sur son coude, pour mieux la voir. Il avait su d'instinct comment la toucher. Oui, cela voulait sans doute dire qu'il n'était pas novice en la matière — ses souvenirs restaient absents mais ses réflexes étaient intacts, comme lorsqu'il avait su repérer les défaillances du rempart du village en un clin d'œil. Cela lui venait d'années de pratique, d'entraînement. Mais quand il la regardait, son cœur s'emballait. Quand il la touchait, il voulait que cela ne finisse jamais. Et ses sentiments pour elle n'avaient rien à voir avec son passé. C'était uniquement parce que c'était *elle*.

— Oui, je l'ai sans doute déjà fait, mais jamais comme avec toi.

— Comment le sais-tu ? Tu ne te souviens de rien.

— Je sais que je ne l'avais jamais fait comme avec toi.

Elle rougit de plus belle et son visage s'illumina, comme lorsqu'elle s'était abandonnée à l'extase. Le sexe de Magnus était resté à demi dressé en elle et cela suffisait à raviver ses désirs. Il se retira en douceur et s'allongea sur le côté. Elle se retourna aussi mais le lit était si petit que Magnus prenait presque toute la place. Après avoir cherché sa position quelques instants, elle finit par s'allonger à moitié sur lui, un genou reposant entre ses jambes et une main sur son torse. Il la serra alors contre lui. Elle posa la tête sur son épaule mais parut avoir du mal à se détendre tout à fait. Quand elle réussit enfin à s'installer confortablement, une main sur le ventre de Magnus, la poitrine appuyée contre son buste, il se sentit étonnamment paisible. L'espace d'un instant, il eut l'impression d'avoir enfin trouvé sa place.

— Aisly ?

— Mm…

Elle avait fermé les yeux et il ne put s'empêcher de lui caresser la joue, chassant les quelques cheveux tombés sur son visage.

Il avait besoin de parler de son époux, de mieux la connaître, mais n'osait briser la magie de l'instant. Elle avait paru tellement réticente à laisser son plaisir éclore — alors qu'elle semblait en avoir tellement envie. Durant quelques instants, il avait même lu une réelle peur au fond de ses yeux. D'où cela venait-il ?

Finalement, il prit une profonde inspiration. Il *fallait* qu'il pose la question.

— Pourquoi ne voulais-tu pas que je t'entende ?

A ces mots, elle se raidit et il laissa sa main glisser jusqu'à la sienne pour la recouvrir. Heureusement, elle resta près de lui et se détendit à nouveau.

— Je ne pensais pas que tu en aurais envie, répondit-elle.

Magnus resta immobile quelques instants, réfléchissant à ce que ces mots pouvaient vouloir dire. D'après le peu qu'il savait d'elle, elle n'avait pas connu d'autre homme que son époux. Instinctivement, il la serra un peu plus contre lui.

— Est-ce qu'il te demandait de rester silencieuse ?

Pas besoin de prononcer son nom : ils savaient tous les deux de qui il s'agissait. Elle acquiesça, ses doigts s'entremêlant à ceux de Magnus.

Quand elle finit par répondre, ce fut d'une voix si faible qu'il dut tendre l'oreille pour l'entendre.

— Il disait que seules les catins font du bruit. Seules les catins bougent quand un homme les prend. Seules les catins trouvent du plaisir à cela. J'imagine que j'en suis une, désormais…

— Non !

Il se retourna pour lui faire face, sans pour autant la lâcher. Il lui était impossible de se rapprocher davantage tout en voyant son visage.

— Ton corps a été façonné pour savourer le mien. Ton époux ne te touchait jamais pour te préparer à l'accueillir ?

Elle fit non de la tête, ses grands yeux verts ensorcelants fixés sur lui.

— Il n'était pas doux… Pas comme toi. Pour lui, ce n'était qu'un devoir.

La simple pensée d'Aisly à la merci d'un tel homme brisait le cœur de Magnus.

— Est-ce qu'il te faisait mal ?

Elle se rallongea, la tête enfouie dans le creux de son

épaule. Une façon de se tourner vers lui pour trouver du réconfort ; c'était une bonne chose. À moins qu'elle ne soit juste en train de dissimuler une honte qui n'avait pas lieu d'être. Incapable de résister au besoin de la rassurer, il lui caressa doucement le dos.

— Parfois, oui. Je ne pense pas qu'il *voulait* me faire mal, mais…

Mais comment ne pas la blesser, quand il ne faisait rien pour que son corps soit prêt à l'accueillir ?

Il ferma les yeux et ravala la rage qui montait en lui.

— Tu es parfaite. Je suis vraiment désolé que ces choses te soient arrivées.

Que dire d'autre ? Comment exprimer ses sentiments ? Il ne savait quels mots employer.

Aisly secoua la tête une nouvelle fois.

— Je ne pense pas avoir été une très bonne épouse.

— C'est lui qui n'était pas un bon mari.

Elle était si petite, contre lui. Et quand il était entré en elle, il avait senti son corps si serré qu'il lui aurait sans doute fait mal s'il n'avait pas pris son temps… Seul un lâche serait capable de la traiter sans douceur.

Etonnamment, elle leva les yeux et acquiesça.

— Tu as raison, Godric n'était pas un bon mari.

Elle le regardait avec une si grande tendresse. Un espoir semblait briller au fond de ses grands yeux, un espoir qu'il valait mieux ignorer. S'imaginait-elle mariée à nouveau, avec lui ? Il aurait dû chasser cette idée mais ne put s'empêcher de la savourer un peu.

Au bout de quelques instants, elle se redressa et prit appui sur son coude.

— Je… Je ne m'attends pas à ce que tu restes, tu sais. Si tu préfères partir…

— Et si je n'ai pas envie de partir ?

Les yeux d'Aisly s'illuminèrent, malgré les efforts qu'elle faisait pour dissimuler ses émotions, et Magnus sentit son sexe se dresser de plus belle. Elle devait le voir ou le sentir, car il n'avait pas le courage de s'écarter d'elle ; mais il ne comptait pas la contraindre à quoi que ce soit, si elle ne voulait plus de lui. Il lui prit la main et la posa sur son propre ventre, heureux de sentir les doigts d'Aisly descendre d'eux-mêmes. Elle s'arrêta juste avant de toucher son sexe mais ne se détourna pas de lui.

— Je pensais rester un moment. Je ne sais pas vraiment comment ces choses-là se passent, mais je suis certain que nous obtiendrons de meilleurs résultats si nous essayons souvent.

Elle le dévisagea d'un air surpris.

— A moins que tu n'en aies pas envie, bien sûr… Est-ce que je t'ai fait mal ?

Elle baissa les yeux un instant avant de trouver le courage de le regarder à nouveau.

— Non, répondit-elle d'une toute petite voix. C'était… mieux que je ne l'imaginais. Seulement… Je ne sais pas ce qui va se passer, maintenant. Que devons-nous faire ?

Le cœur de Magnus bondit dans sa poitrine et reprit son rythme effréné.

— Je viendrai te voir quand cela sera possible.

Un éclat traversa le regard d'Aisly à cette idée, avant de s'apaiser.

— Je sais qu'Edyth pense qu'on a plus de chances de faire un enfant si l'on essaie tous les jours. Nous n'avons pas beaucoup de temps devant nous, dit-elle avant de se détourner, les joues en feu. Ta semence doit me féconder avant la fin du mois, le mois prochain au plus tard.

A ces mots, le sexe de Magnus eut un soubresaut. Allait-il réellement pouvoir lui faire l'amour chaque nuit, pendant tout ce temps ?

— Nous essaierons tous les jours, alors.

Ecoutant son désir, il attrapa Aisly par les hanches et la fit s'asseoir sur lui, à califourchon, pour que son sexe impatient repose contre la douce toison de son amante.

— Te sens-tu capable de recommencer, ce soir ?

Elle le regarda en silence, ses grands yeux verts si brûlants qu'ils en devenaient presque noirs. Sa respiration se fit plus rapide.

— Oui.

Elle en avait envie autant que lui… Magnus ne put s'empêcher de se frotter doucement à elle, juste pour voir ses lèvres s'entrouvrir dans un petit gémissement. Elle n'essayait plus de cacher son plaisir, à présent.

— Nous pourrions essayer deux ou trois fois par nuit, juste pour être sûrs, dit-elle à mi-voix en se redressant pour garder l'équilibre, ses genoux plantés dans le matelas.

Magnus regarda son sexe disparaître lentement en elle et comprit soudain que les quelques semaines à venir ne suffiraient pas. Que sa semence la féconde ou non, il voulait passer plus de temps avec Aisly.

En effet, la voir chaque nuit n'était pas assez pour lui : il avait aussi envie d'elle toute la journée. Perdait-il la tête ? Sans doute. C'était en tout cas la seule explication pour justifier son *assaut* soudain, un jour, alors qu'ils étaient assez loin du village pour ne pas être surpris. La seule explication au fait qu'il l'ait laissée le chevaucher et lui faire l'amour en plein jour, dans la forêt. Ils n'avaient d'ailleurs pas fait le moindre effort pour rester silencieux et il avait mal à la gorge d'avoir trop crié pour exprimer sa jouissance.

Une fois son cœur apaisé, il parvint à ouvrir les yeux pour examiner les alentours, serrant toujours Aisly contre lui. Aucun signe de vie. Les arbres étaient les seuls témoins — silencieux — de leurs ébats. Personne ne les avait vus, et il ne restait plus qu'à prier pour que personne ne les ait entendus.

Finalement, son regard tomba sur le panier vide, abandonné auprès d'eux, et il se sentit soudain coupable. Aisly lui avait demandé de l'accompagner pour la protéger, afin qu'elle puisse cueillir des plantes pour Edyth. C'était sa dernière chance de faire des provisions avant l'hiver : le gel ne tarderait plus à s'abattre sur la forêt…

— Je suis vraiment désolé, ma belle.

Il posa un baiser sur ses cheveux, se rappelant alors qu'il avait déchiré sa coiffe pour libérer leur masse luxuriante. Accrochée à une branche, à quelques pas d'eux, elle voletait dans la brise.

— Je crois que je suis incapable de me contrôler quand je suis avec toi.

Aisly éclata de rire et se redressa, à cheval sur lui, avant d'embrasser furtivement son menton barbu.

— Pourquoi crois-tu que je t'aie demandé de m'accompagner ? Edyth a toutes les herbes dont elle a besoin pour passer l'hiver.

Magnus eut un sourire. Décidément, Aisly était aussi perdue que lui !

— Je comprends mieux ce qui s'est passé hier…

Cela faisait à peine une semaine et ils commençaient déjà à se montrer imprudents. La veille, ils avaient fait l'amour juste après leur petit déjeuner. Ils avaient à peine eu le temps de se rhabiller que Cuthbert frappait à la porte, pour commander une nouvelle tapisserie à suspendre dans la grande salle du manoir. Quelques minutes après, les apprenties d'Aisly avaient débarqué à leur tour. Ils avaient évité le désastre de peu…

Aisly rigola de plus belle et se pelotonna contre lui. Elle riait de plus en plus souvent dernièrement, et trouvait du réconfort quand elle était contre lui. Chaque soir, elle s'endormait dans ses bras, cherchant à s'approcher de lui, même du fond de son sommeil. Et, chaque soir, il avait le cœur brisé quand il devait la quitter pour regagner sa maison temporaire. Mais son instinct, qui lui avait appris à la toucher et guidait son bras au combat, lui murmurait à présent que leur passion n'était pas faite pour durer.

Il n'avait pas sa place dans ce village : une vie inconnue l'attendait quelque part, projetant son ombre menaçante sur eux.

Il l'embrassa avec douceur et elle lui rendit son baiser, avant de se relever pour arranger les plis de sa jupe pendant qu'il refermait son pantalon. Mais, au lieu de la laisser partir, il l'attira de nouveau sur ses genoux et enfouit son visage dans ses cheveux au parfum si délicieux.

— Quand sauras-tu, pour l'enfant ?

— J'attends mes…

Elle s'interrompit un instant, embarrassée, puis reprit :

— D'un jour à l'autre, mais Edyth dit que l'on peut saigner aussi, au début de la grossesse. Il faudra attendre des mois avant d'être sûrs…

Magnus acquiesça et prit une profonde inspiration. Il avait quelque chose à lui dire, quelque chose de pénible. Cela faisait des jours qu'il retardait l'inévitable mais il aurait déjà dû partir, dès qu'on lui avait rendu son épée.

— Je quitte le village ce soir, lâcha-t-il enfin.

— Pourquoi ?

Elle pâlit instantanément, et il sut qu'elle avait peur du pire.

— Je pars juste quelques jours, s'empressa-t-il d'ajouter en lui caressant tendrement les cheveux. Il faut que je découvre qui je suis. Tout ce que je sais, c'est que je me suis réveillé dans un charnier et qu'un rebelle danois m'a suivi pour me tuer. Je dois retourner sur mes pas pour essayer de retrouver ces hommes.

— Les retrouver ? Pourquoi chercher à retrouver des hommes qui veulent ta mort ?

— Parce qu'ils me connaissent.

Il ne lui avait pas encore avoué son nom, ni la manière dont il avait su comment il s'appelait. Il se sentait particulièrement coupable, mais il ne pouvait se décider à dévoiler une telle information sans savoir ce qu'elle pourrait impliquer. Et si le nom Magnus était connu ici comme celui d'un ennemi ?

— Ces hommes sont les seuls à pouvoir me dire qui je suis.

— Alors tu ne te souviens toujours de rien ?

Elle lui prit la main et la porta à sa bouche ; un geste si machinal qu'il se demanda si elle se rendait réellement compte de ce qu'elle faisait. Il laissa courir son pouce sur sa lèvre pulpeuse, marquée par leurs baisers, et son menton rougi par le frottement de sa barbe. Par tous les dieux, comment les villageois faisaient-ils pour ne pas voir ce qui se passait entre eux ?

— Non, seules quelques images me reviennent. Une bataille. Des visages, mais je ne sais pas de qui il s'agit…

Il n'avait pas fait de nouveau rêve d'enfance.

— Des visages ?

Le sourire d'Aisly disparut et Magnus fut amusé par sa jalousie, qui n'avait aucune raison d'être.

— Des hommes, ma belle. Des amis… Des ennemis… Je ne sais pas.

Mais ces mots ne suffirent visiblement pas à rassurer son amante. L'air troublé, elle baissa les yeux.

— Et s'il y avait une femme ? Tu pourrais être marié, avoir des enfants. Seigneur, qu'ai-je fait ? Je t'ai volé à elle et tu…

— Non. Aisly, regarde-moi, répondit-il en l'obligeant à lever les yeux vers lui. Depuis mon arrivée, je ne me sens pas à ma place, dans ton village. Je sens que je viens d'ailleurs. Votre nourriture, votre bière, votre langue, tout cela me paraît étrange. Mais quand je suis avec toi, je me sens bien. Etre avec toi…

Il l'attira à lui et l'embrassa.

— Etre avec toi me paraît juste.

— A t'entendre parler, on dirait que ce que nous partageons va plus loin que notre petit arrangement…

Le cœur de Magnus battait à présent si fort contre la poitrine d'Aisly qu'elle ne pouvait l'ignorer. Il n'aurait pas dû en dire plus — cette femme, cette vie étaient hors de portée — mais il ne pouvait plus dissimuler ses sentiments.

— En tout cas, cela pourrait facilement aller plus loin pour moi, murmura-t-il.

En fait, c'était déjà le cas.

— Je ne veux pas partir à la fin de l'hiver. Je ne veux pas te quitter et ne plus jamais te revoir.

— Tu pourrais rester…

Les grands yeux verts d'Aisly s'emplirent d'un espoir inavoué. Magnus faillit céder mais il prit une profonde inspiration, se rappelant que tout cela n'était qu'un rêve impossible.

— J'ai une vie quelque part, Aisly. J'ai des responsabilités et des gens doivent m'attendre.

Aisly ne répondit pas tout de suite, comme si elle hésitait à poser la question qui la hantait.

— Et si ce n'était pas le cas ? Si ces hommes morts que tu as vus étaient tout ce que tu avais ?

Magnus avait déjà essayé d'associer les visages des hommes empilés avec lui près du bûcher à ceux qu'il voyait en rêve, mais sans succès. Quand il s'était réveillé au milieu de ces cadavres, il était trop fiévreux et trop troublé pour mémoriser leurs traits. Sans doute avait-il perdu des amis pendant cette bataille, mais certainement pas tous ceux qu'il connaissait.

— Je ne pense pas qu'une autre femme m'attende mais je dois avoir une famille, des proches. Et puis, je suis un guerrier ; tu mérites une stabilité que je ne pourrais t'offrir.

Elle acquiesça en silence, comprenant et acceptant la réalité. Elle avait dû y penser de son côté. Elle voulait une famille et Magnus pouvait lui donner un enfant, mais il ne pouvait pas lui offrir le foyer dont elle rêvait tant.

Au fil des jours, il en avait plus appris sur le village et les habitants. Il avait aussi compris qu'il ne serait jamais l'un des leurs. Wulfric, comme Alstan, avait commencé à l'appeler « le Danois », et non « l'étranger » comme tous les autres. Magnus aurait voulu les détromper, mais comment ?

L'expression « par les dieux » lui venait aux lèvres de plus en plus souvent et les Saxons ne disaient pas cela.

Bien sûr, il existait d'autres peuples qui croyaient en plusieurs dieux — mais ils habitaient des contrées lointaines. Les Danois, eux, étaient là. Magnus était là. Tous les indices pointaient dans la même direction.

— As-tu déjà pensé que ton frère pourrait avoir raison ? Que je pourrais être danois ? demanda-t-il soudain.

Il n'avait encore jamais formulé ce doute à haute voix mais était incapable de se retenir plus longtemps.

A ces mots, Aisly se raidit et secoua furieusement la tête.

— C'est faux ! Alstan a dit cela par amertume, il n'a aucune preuve.

Depuis son arrivée, Magnus s'empêchait de parler la langue qui lui venait le plus naturellement, la langue de ses rêves, de peur de signer son arrêt de mort. Mais en voyant Aisly le regarder, si tendre, si confiante, il avait l'impression de la trahir. Et s'il parlait cette langue ? Si Alstan en reconnaissait les accents ? S'il avouait son nom, le frère d'Aisly le reconnaîtrait-il ?

Qu'arriverait-il, alors ? Magnus avait-il volé le cœur de cette femme uniquement pour l'emplir de haine en avouant à tous qu'il était leur ennemi ?

Il fallait à tout prix qu'il découvre qui il était le plus rapidement possible. Elle méritait la vérité.

— Ton frère pourrait avoir raison.

— Non, je refuse de le croire, répliqua-t-elle d'une voix désespérée. Je tiens trop à toi pour y croire. Les Danois sont des hommes horribles, tu ne peux pas être l'un d'entre eux !

Magnus lui caressa le bras dans l'espoir de la calmer. Elle prit une profonde inspiration et poursuivit, d'une voix plus posée :

— Je comprends que tu aies besoin de découvrir qui tu es, mais tu n'es pas assez fort pour une telle expédition.

Il la serra de plus belle et déposa un petit baiser sur sa tempe.

— Je crois que nous savons bien tous les deux que mes forces sont revenues…

Son regard s'adoucit, mais elle ne souriait toujours pas — et son sourire manquait à Magnus.

— Oui, pour ce que nous faisons ; mais tu seras parti pendant des jours. Tu n'es pas assez remis pour cela.

Elle pouvait dire ce qu'elle voulait, mais il avait déjà tout prévu et était prêt à la rassurer autant qu'il le faudrait.

— Je vais beaucoup mieux, grâce à Edyth et à toi. Je n'ai plus besoin de cataplasmes, je n'ai plus de vertiges et de moins en moins de migraines. Ne t'en fais pas, j'emporterai assez de nourriture pour le voyage. Je ne pars que quelques jours, après tout.

— J'ai peur pour toi, souffla-t-elle, les yeux baissés.

Il la serra et l'embrassa de plus belle, sur la tempe, sur les joues.

— Je reviendrai, ma belle, pour toi. Je te le promets.

La petite main d'Aisly vint se poser sur son cœur. Le lien étrange qui les unissait avait existé dès le premier instant, mais ce qui n'était alors qu'une étincelle était devenu un feu ardent au fil des jours.

— J'ai besoin que tu me promettes aussi quelque chose, Aisly.

Elle leva un regard surpris sur lui.

— Je viendrai te dire au revoir, ce soir, et je partirai dans la nuit. Je te demande de ne rien dire à personne de mon projet.

— Tu veux que le village ignore où tu es ?

— Cuthbert a déjà envisagé d'envoyer des hommes avec moi pour revenir sur mes pas. C'est généreux de sa part et je sais qu'il croit bien faire mais je ne peux pas partir avec ses guerriers ; je n'ai jamais combattu à leurs côtés, je ne peux pas me fier à leurs instincts.

— Mais si tu pars seul, ce sera encore plus dangereux pour toi ! s'écria Aisly.

— Non, répondit-il fermement, c'est plus prudent au contraire. Seul, je pourrai voyager plus vite et plus discrètement. Si je trouve les rebelles, je prendrai le temps de les observer et d'apprendre tout ce que je peux sans les affronter directement.

Aisly acquiesça gravement.

— Je te promets de ne pas parler de ton départ ; mais Cuthbert ne t'en voudra-t-il pas, à ton retour ?

— Peut-être. Mais quoi qu'il en soit, je préfère affronter sa colère que de combattre aux côtés d'hommes en qui je n'ai pas confiance.

Et puis Cuthbert était un homme honnête : il écouterait ce que Magnus aurait à dire avant de se laisser emporter par la colère. Magnus pourrait certainement lui faire comprendre pourquoi il avait choisi d'agir de cette manière.

Elle acquiesça de nouveau, l'air peu convaincue. Pourvu qu'il ne se trompe pas, pourvu qu'il ait pris la bonne décision. Il posa doucement une main sur son ventre. Un enfant commençait-il déjà à grandir en elle ?

Soudain, il fut parcouru par une vague de tendresse. Quoi qu'il advienne et quelle que soit son identité, il ne l'abandonnerait jamais et ferait de son mieux pour prendre soin d'elle.

Magnus eut besoin de trois jours de recherches acharnées pour trouver les rebelles danois.

Le peu de traces qu'il avait laissées pendant sa fuite, des semaines plus tôt, avaient disparu depuis longtemps. Il avait pensé pouvoir reconnaître certains éléments du paysage, mais aucune certitude n'émergeait de son esprit embrumé. Le vieil arbre mort qui plongeait ses racines dans la rivière et qu'il avait été certain de pouvoir reconnaître n'était pas unique en son genre. Il avait fini par retrouver le méandre bien marqué du ruisseau, à l'endroit où il faisait presque demi-tour, avant d'en découvrir un second, presque identique.

Il s'apprêtait à faire demi-tour et à rentrer auprès d'Aisly quand l'odeur singulière du feu de bois avait attiré son attention. Il avait suivi ce parfum dans la forêt et avait fini par apercevoir les reflets cuivrés des flammes entre les arbres. Le camp était encore loin et il aurait facilement pu le rater, si la nuit n'avait commencé à tomber.

Il se rapprocha avec précaution et perçut l'odeur délicieuse de la viande rôtie, qui fit gargouiller son estomac. Depuis son départ du village, il n'avait mangé que du pain rassis et ses réserves fondaient à vue d'œil. Son épée et son couteau n'étaient pas très utiles pour trouver de la nourriture — sauf à en voler à quelqu'un d'autre.

Il s'avança autant que possible sans être vu et s'allongea sur le ventre au milieu des troncs. Il aperçut rapidement les silhouettes de cinq hommes autour du feu. Apparemment, c'était une installation temporaire, sans cabanes ni remparts de bois permanents. Les rebelles ne semblaient pas sur leurs gardes, comme s'ils n'avaient pas peur d'être surpris. Ils se contentaient de rester assis autour du feu, de discuter et de se passer un pot qui semblait contenir de la bière, en regardant les lapins rôtir lentement.

Ces hommes étaient bel et bien des Danois. Arte et Cuthbert lui avaient décrit le groupe qui ne cessait d'attaquer le village. Ils étaient grands, comme Magnus, et avaient les cheveux clairs, un peu roux par endroits. Mais ce n'était pas tant la couleur de leurs cheveux que la manière dont ils les portaient qui surprit Magnus : certains d'entre eux les avaient longs sur le dessus et courts sur les côtés, exactement comme lui avant qu'il ne les coupe. Il n'avait encore croisé aucun Saxon coiffé de cette manière.

Au départ, il eut du mal à les entendre. Mais la nuit tomba, le vent se calma, et il parvint à saisir des fragments de conversation. Il comprit immédiatement leurs paroles, sans avoir besoin de réfléchir ni de traduire leurs mots dans sa tête. Cette langue lui était naturelle, évidente, et il se surprit à répéter certaines phrases dans un souffle, comme pour tester son propre accent.

Au village, il avait eu trop peur d'être entendu par quelqu'un pour prononcer quelques mots sortis de la langue de ses rêves, de ses pensées.

N'entendant qu'un mot sur trois ou quatre, il ne put comprendre de quoi ces hommes parlaient et finit par se décider à avancer encore un peu. Deux d'entre eux se levèrent et se mirent à se disputer, pour savoir qui devait manger en premier. C'est le moment que choisit Magnus pour ramper en direction du feu, certain que leurs voix couvriraient le peu de bruit qu'il faisait.

Ils finirent par se partager la viande et reprirent leur conversation. Ils parlaient surtout de femmes et de batailles, de voyages et des lieux qu'ils avaient découverts. L'un d'entre eux s'appelait Henrik — c'était sans doute le chef car tous se taisaient quand il prenait la parole.

Rien de tout cela ne lui semblait familier. Heureusement, car Magnus ne voulait pas être l'un des leurs.

Il voulait Aisly…

Mais le nom qu'il entendit prononcer au même instant lui glaça le sang. *Magnus*. Ces hommes parlaient-ils de lui ? Il fit de son mieux pour rester calme et tendit l'oreille encore davantage.

— Magnus n'est pas encore rentré, déclara Henrik.

— Et Gautr non plus, ajouta l'un d'eux.

— Ils se sont peut-être entre-tués, lança le troisième.

Le groupe éclata de rire autour du feu.

Cependant, au bout de quelques instants, Henrik retrouva son sérieux.

— Non, il aurait tué Gautr. Gautr n'a jamais été bon combattant, même s'il est rapide. Magnus a dû le tuer et maintenant il se cache. Il veut qu'on le croie mort.

Le troisième homme ne paraissait pas d'accord.

— Tu lui as brisé le crâne d'un coup d'épée. Il est mort, c'est certain. Son corps a dû nourrir les animaux sauvages quelque part…

Henrik acquiesça mais ne paraissait pas entièrement convaincu.

— En tout cas, s'il est vivant, il ne le restera pas longtemps.

Il leva les yeux vers le ciel noir — pas une étoile en vue et la lune avait disparu derrière les nuages. Toute la journée, ils s'étaient amoncelés, lourds et sombres, à tel point que Magnus avait craint la pluie ou la neige.

— Quand nous reviendrons du nord, nous le traquerons. Heir nous préviendra s'il réapparaît à Thornby. Je ne connaîtrai pas le repos tant que je ne serai pas certain de sa mort.

L'homme resté silencieux jusque-là finit par prendre la parole :

— Le jarl Eirik a dû apprendre que Magnus avait disparu, depuis le temps. Si nous sommes de retour dans le sud avant la fin de l'hiver, il pourrait venir nous chercher.

— Laissons-le chercher ! Il ne nous a pas encore trouvés pour le moment, répliqua Henrik avec une note de mépris.

Ces derniers mots provoquèrent un nouvel éclat de rire général, plus nerveux peut-être. Jetant les os de son repas dans le feu, Henrik attrapa sa fourrure et la passa autour de ses épaules.

— Dormez bien, cette nuit : un long voyage nous attend. Quand nous reviendrons, nous le trouverons, je vous le promets.

Quand Magnus fut certain que les cinq hommes dormaient à poings fermés, il repartit en rampant. Il songea quelques instants à s'approcher en silence pour essayer de les tuer dans leur sommeil, mais ils étaient nombreux et sa blessure n'était pas complètement guérie. De plus, il ne savait toujours pas qui ils étaient ni pourquoi ils tenaient tant à le faire disparaître. Le nom du jarl, Eirik, avait néanmoins éveillé quelque chose dans sa mémoire embrouillée : l'image d'un homme aux cheveux clairs, portant une cape maintenue par une fine broche d'or. Un homme visiblement riche et important. Oui, c'était bien l'image qu'il se faisait d'un jarl.

Hélas, le souvenir s'arrêtait là. Il ne savait toujours pas ce que cet homme pouvait représenter pour lui, ni pourquoi il aurait dû remarquer son absence.

Lorsqu'il fut suffisamment loin afin de voir sans être vu, il s'installa pour dormir. Il faisait très froid et la cape de fourrure ayant appartenu à l'époux d'Aisly était sa seule protection. Ce n'était pas suffisant mais il pourrait tenir jusqu'au matin. Il ne dormit presque pas, trop occupé à fouiller dans le brouillard de sa mémoire pour essayer de comprendre ce qui venait de se passer.

Au matin, son crâne était si lourd et douloureux qu'il menaçait de se fendre sous les pulsations sourdes de ses tempes. Mais il se mit en route et suivit les rebelles, assez loin pour être sûr qu'ils faisaient bien route vers le nord, loin du village. Une fois certain que ces hommes ne représentaient plus de danger immédiat pour les villageois, il fit demi-tour et entreprit de retourner auprès d'Aisly.

# Chapitre 14

Plusieurs jours passèrent, puis deux semaines. Aisly était si inquiète qu'elle ne tenait plus en place. Quand la neige s'était mise à tomber, son angoisse devint presque insoutenable. Elle n'avait pas compris à quel point l'étranger comptait pour elle jusqu'à son départ…

Leur relation était devenue plus importante pour elle qu'elle n'avait osé l'imaginer. Il lui manquait. Tout ce qu'il était lui manquait : ses sourires moqueurs, sa voix profonde, ses regards qui lui faisaient penser qu'il était le seul à *réellement* la voir. Et la manière dont il aimait la serrer dans ses bras la nuit, pour s'endormir.

Elle avait l'impression qu'il était vraiment sien et ne pouvait se passer de cette sensation ; tout comme elle ne pouvait se passer de l'impression de lui appartenir pleinement, profondément. Mais ces sentiments l'effrayaient au moins autant qu'ils lui plaisaient. L'étranger n'était pas à sa place avec elle. Elle pouvait passer des nuits entières réveillée, allongée dans son lit à imaginer ce à quoi pourrait ressembler un avenir avec lui, dans cette maison, cela ne rendrait pas les choses plus réelles pour autant. L'étranger était un guerrier ; le goût du combat coulait dans son sang. Godric faisait la guerre lui aussi, mais il était également un fermier et un époux — même s'il s'était mal acquitté de ce dernier rôle…

L'étranger, lui, était différent. Il ne se servait pas de sa force seulement pour défendre le village ; il cherchait le combat.

Où que se trouve sa terre natale, il l'avait quittée pour faire la guerre. Il ne se contenterait jamais de vivre dans le petit village d'Aisly, à s'occuper des moissons.

Elle s'était répété tout cela si souvent que la vérité aurait dû la convaincre tout à fait, ne plus laisser place au doute. Mais elle n'était qu'en partie convaincue… Depuis le début, elle n'avait eu aucun mal à imaginer la vie qu'il avait dû mener, conduisant ses troupes au combat, et elle l'avait admiré pour cela. Elle admirait sa capacité à prendre le contrôle, à inspirer le respect. Pourtant, elle savait bien que cette admiration était stupide ; ses talents de guerrier auraient dû la pousser à garder ses distances. Cet homme ne pourrait jamais lui offrir la vie de famille dont elle rêvait tant.

Malgré tout, plus les nuits passaient, moins elle parvenait à le chasser de ses pensées. Un soir, alors qu'elle était allongée, les yeux grands ouverts dans le noir, une série de coups soudains résonna à sa porte. Elle sursauta, le cœur battant, et s'approcha de la porte sur la pointe des pieds. Qui pouvait bien venir chez elle, au milieu de la nuit ? On frappa à nouveau et elle entendit la voix de l'étranger murmurer son nom. Elle courut alors vers la porte et ouvrit pour découvrir la silhouette de son amant sur le seuil. Quelques flocons de neige restaient accrochés à sa cape de fourrure, à ses cils et à sa barbe, mais c'était bien lui !

Incapable de contenir sa joie, elle se jeta à son cou, ne se souciant plus du froid qui entrait dans la maison ni du fait qu'on puisse les surprendre. L'homme écarta les pans de sa cape pour l'envelopper et la serrer fort contre lui, tout en la poussant doucement vers l'intérieur. Il referma ensuite la porte derrière eux.

— Tu as dit que tu ne partirais que quelques jours ! J'étais morte d'inquiétude… Je pensais qu'il t'était arrivé malheur…

Elle ne trouva pas le courage de s'écarter pour le regarder, préférant enfouir son visage dans les plis de la tunique, contre le torse de son guerrier. Elle écouta les battements apaisants de son cœur, tellement soulagée de le retrouver que ses jambes faiblirent sous son propre poids. Il était de retour à la maison.

— Je sais, ma belle, je sais… Je suis là, murmura-t-il à son oreille.

Sa voix vibra dans sa poitrine et la solitude atroce qu'elle avait éprouvée pendant son absence disparut.

Lorsque les battements de son propre cœur commencèrent à s'apaiser, elle parvint à reculer d'un pas. Là, elle ne put s'empêcher d'ouvrir un peu la cape qui les enveloppait tous les deux, et de caresser son visage, ses épaules, à la recherche de la moindre blessure.

L'étranger sourit.

— Je vais bien.

Les doigts noyés dans ses cheveux courts, elle l'attira à elle et l'embrassa. Elle avait tant besoin de sentir ses lèvres sur les siennes. Il lui rendit immédiatement son baiser. Sa bouche, froide d'abord, se réchauffa immédiatement et elle sentit sa langue effleurer la sienne. Un simple contact, furtif, mais suffisant pour lui faire perdre la tête.

Toutes les angoisses qu'elle avait connues pendant son absence se muèrent en un désir violent, qu'elle ne put ni contrôler ni ignorer. Elle dénoua l'attache de la cape, libérant son cou et ses épaules. L'homme l'aida en s'en débarrassant d'un mouvement sec mais, au lieu de la serrer contre lui, il prit son visage entre ses mains.

— Tu m'as manqué…

Un léger sourire dansa sur ses lèvres mais ses yeux, eux, restaient étrangement sombres.

Quelque chose n'allait pas. Il y avait un problème. Avant son départ, quand leurs regards se croisaient, elle ne voyait que tendresse au fond de ses yeux. A présent, si la tendresse était encore présente, elle décelait autre chose — une sorte d'appréhension. Il était inquiet et elle sentit son cœur se serrer. Leur relation avait été risquée, fragile, et une chose avait dû se produire pendant son voyage qui la rendait plus fragile encore…

Quelle idiote ! Bien sûr que leurs liens étaient ténus, et d'ailleurs ils disparaîtraient bientôt.

— Tu es sûr que tu vas bien ? Est-ce que tu t'es battu ?

Il prétendait être en bonne santé et semblait plein d'énergie. Elle ne voyait aucun nouvel hématome sur son visage et ceux avec lesquels il était arrivé la première fois avaient fini de disparaître. Il ne portait plus son bandage et sa blessure s'était refermée. Il était si beau qu'un simple regard sur lui suffisait au cœur d'Aisly pour s'emballer, mais c'était la profondeur sombre de ses yeux qui l'ensorcelait vraiment.

L'étranger secoua la tête, son regard toujours fixé sur elle.

— Non, je n'ai pas combattu. J'ai trouvé un petit groupe de Danois et je pense que ce sont les rebelles qui ont attaqué ton village. Ces hommes me connaissaient, Aisly.

— Et toi ? Tu… ?

Soudain, elle comprit qu'elle ne voulait pas apprendre ce qu'il avait découvert. Elle ne voulait pas voir s'effacer le soupçon de bonheur qu'ils avaient trouvé ensemble. Mais elle devait poser la question. Elle devait affronter le mystère qui portait son ombre menaçante sur eux, depuis le premier jour.

— Tu les connaissais ? reprit-elle, la gorge nouée.

— Non.

Il prit une profonde inspiration, hésita, comme s'il voulait en dire plus mais ne savait comment formuler ses pensées. Elle était incapable d'entendre le moindre aveu. Pas maintenant. Pas quand elle était tout à son bonheur de le retrouver sain et sauf. Avant qu'il ne puisse briser la magie de cet instant en lui avouant ce qu'il avait découvert, elle l'embrassa de nouveau et redoubla d'efforts pour le déshabiller, en commençant par sa tunique. Elle attrapa l'ourlet, avant que l'étranger ne l'en empêche.

— Aisly, murmura-t-il tout contre ses lèvres.

— Je t'en prie… Tu m'as tellement manqué.

Elle glissa les mains sous son vêtement pour caresser sa taille — elle avait tellement envie de pouvoir toucher sa peau à nouveau.

Ce geste eut raison de son hésitation. Sans un mot, il attrapa la chemise de nuit d'Aisly, et la tira vers lui.

— Je ne pensais qu'à te retrouver enfin, pendant tout ce temps…

De nouveau, il l'embrassa passionnément.

Se laissant entraîner par la fièvre de son propre désir, elle lui rendit son baiser, le corps brûlant et palpitant. Entre ses cuisses, la chaleur que lui seul savait faire naître s'éveilla. Il lui avait tant manqué… Elle le voulait là, entre ses jambes ; elle voulait être aussi près de lui que possible.

Elle aida l'homme à se débarrasser de sa tunique. De son côté, il lui enleva sa chemise de nuit d'un unique geste décidé. L'air froid mordit la chair d'Aisly mais le regard de son amant sur son corps nu suffit à la réchauffer.

Il paraissait aussi pressé qu'elle et se débarrassa de sa propre chemise, puis il la pris dans ses bras pour la porter jusqu'au lit. Instinctivement, elle passa les jambes autour de ses hanches et s'y accrocha. Il était si imposant que ce geste lui parut un peu étrange, mais cela n'avait aucune importance — tant qu'elle pouvait rester tout contre lui.

Elle aimait le contact sur ses tétons des poils qui recouvraient le torse de son amant, et se surprit à se frotter contre lui. Elle sentit les grandes mains descendre le long de son dos jusqu'à ses fesses, et la serrer contre lui. Alors, elle retrouva la sensation délicieuse de son sexe pressé contre elle, à travers la toile du pantalon. Elle ne put réprimer un gémissement de plaisir, tendue, pressée de le sentir en elle.

Son amant l'allongea doucement sur le lit et s'étendit sur elle.

— J'ai besoin de toi… Maintenant.

Le cœur battant, elle murmura un « oui » à peine articulé avant de l'embrasser. Apparemment, l'étranger comprit et glissa une main entre ses cuisses. Elle était si prête pour lui qu'il put sans difficulté glisser un doigt en elle. Surprise, elle lâcha un petit cri.

L'homme enfouit son visage dans le creux de son cou, embrassant et mordillant sa chair sensible. Ses mains, trop pressées, se débattirent avec les liens de son pantalon et, à chaque fois que ses doigts effleuraient par accident l'intérieur de la cuisse d'Aisly, elle sentait son cœur bondir. Elle avait tellement besoin de lui que son désir en devenait presque douloureux…

Soudain, il fut là. Soudain, son sexe dressé guidé par sa main se glissa en elle, trouvant sans mal l'entrée qu'il cherchait. Dans un cri de soulagement, elle posa les doigts sur les siens, entre ses cuisses, et leurs regards se rencontrèrent.

Quand il donna un léger coup de reins pour finir d'entrer en elle, il lui prit la main et embrassa tendrement le bout de ses doigts avant de pousser son bras sur le matelas, au-dessus de leurs têtes, leurs doigts entremêlés. Puis il donna un second coup de reins, plus fort, avant de se retirer et de recommencer — lentement, tendrement. Finalement, il entra en elle aussi loin qu'il put, joignant ses gémissements à ceux d'Aisly, avant de s'immobiliser.

Le grand corps du guerrier frissonnait, et elle sentit ses muscles se crisper autour du sexe encore enfoui en elle, le suppliant de recommencer. Elle ferma néanmoins les yeux et savoura cet instant de plénitude — savoura la chaleur du corps de son amant, à la fois sur elle et en elle. Sa place était ici. *Leur* place était ici.

L'étranger finit par pousser un profond soupir et, appuyant son front contre le sien, poussa une nouvelle fois, plus fort. De fulgurantes vagues de plaisir traversèrent le corps d'Aisly ; un plaisir physique, et plus encore. C'était un mélange de réconfort et de passion, intimement mêlés. Jamais encore elle n'avait connu un tel bien-être… Tout son corps baignait dans une douce chaleur reposante.

— Dis-moi que tu es prête, ma belle, murmura l'étranger d'une voix rauque qui la fit trembler.

— Oui, répondit-elle en se cambrant sous lui pour s'approcher un peu plus — encore plus.

Il n'attendit pas d'autre encouragement et donna un nouveau coup de reins, puis encore un, plus rapide. De plus en plus vite. Et le corps d'Aisly suivit son rythme effréné.

Rapidement, elle sentit tous ses muscles se contracter autour de lui. Les grognements de plaisir de son amant et ses mouvements fiévreux, erratiques, suffirent à lui prouver qu'il venait d'atteindre le plaisir avec elle, en elle…

Une fois le calme revenu dans la chambre, elle le serra contre elle. Elle ne pouvait pas le lâcher. Il déposa un baiser sur son front et s'éloigna, juste assez pour pouvoir enlever ses bottes et son pantalon. Aisly passa un bras autour de sa taille, embrassant son épaule, incapable de passer une seule seconde sans le toucher. Il se contenta de sourire et parvint à se déshabiller sans quitter le matelas, avant de s'allonger à nouveau auprès d'elle. Elle se pelotonna entre ses bras, contre lui, leurs jambes mêlées. Oh ! Rester là pour toujours, à écouter battre le cœur de son amant…

Magnus remonta la couverture sur eux, jusqu'à son menton. Comment pouvait-il ressentir tant d'affection pour une femme qu'il connaissait à peine, qu'il n'avait rencontrée que quelques semaines plus tôt ?

Plus il pensait à son avenir sans elle, plus il sentait tous ses instincts se rebeller. Il la voulait à ses côtés. Même l'idée de regagner sa propre maison avant l'aube lui semblait cruelle. Aisly était sienne, devait *rester* sienne. Depuis quelque temps, ce désir s'était enraciné en lui et refusait de disparaître. Il avait beau se rappeler qu'il n'avait pas sa place au milieu des villageois, qu'il n'était pas l'un des leurs, rien n'y faisait.

— Cuthbert ne veut pas te voir, maintenant que tu es

rentré ? demanda-t-elle au bout d'un moment, une fois que leurs cœurs se furent calmés.

— Il ne sait pas que je suis de retour.

Il ne pouvait s'empêcher de caresser son dos, savourant la douceur de cette peau contre la sienne. Leurs corps semblaient faits pour s'assembler.

— Mais les gardes à la porte ont dû lui annoncer la nouvelle, protesta-t-elle, lui jetant un coup d'œil un peu surpris.

Magnus ne put réprimer un sourire avant d'écarter les cheveux sombres du visage d'Aisly, pour mieux la voir. Ses longues boucles reflétaient la lumière du feu, baignant son visage d'éclats incandescents.

— Ne t'inquiète pas : personne ne sait que je suis de retour. On ne viendra pas me chercher ici.

— Comment as-tu réussi à rentrer sans passer par la porte ?

Elle parut soudain moins inquiète et le regardait plus calmement, une main posée sur son torse.

— Je t'ai dit que ces remparts n'étaient pas sûrs : ils sont trop bas et offrent trop de prises. Je n'ai eu aucun mal à les escalader. Comme il fallait que je te voie d'abord, j'ai attendu que le village s'endorme avant de rentrer.

— Oh… Je ne te croyais pas vraiment quand tu me disais que nos murs ne t'arrêteraient pas, répondit-elle, d'un air un peu perplexe. Nous avons peut-être vraiment besoin de toi ici, en fin de compte.

Le sourire de Magnus s'effaça instantanément. Bien sûr qu'il pourrait être utile au village. Seulement, une question restait posée : où était vraiment sa place ?

Il voulait vivre avec Aisly mais, quoi qu'il ressente pour elle, avait-il vraiment le droit de tourner le dos à son passé ? A l'homme qu'il était réellement ? D'un autre côté, avait-il le droit de tourner le dos à cette femme ?

Comment pourrait-il à la fois être lui-même et rester avec elle ? Cela paraissait impossible !

— Je veux te dire mon nom…

Il n'avait pas prévu de le lui avouer mais il était incapable de garder ce secret plus longtemps. Il était peu probable qu'Aisly reconnaisse son nom puisque personne, au village, n'avait reconnu son visage, mais c'était une éventualité à envisager.

Elle tenta de dissimuler son émotion mais ne parvint pas à effacer le sourire qui vint se dessiner sur ses lèvres. Comme à chaque fois qu'elle était gênée ou excitée, elle les mordilla machinalement.

— Je veux connaître ton nom, dit-elle finalement, d'une voix un peu émue.

Magnus écarta de nouveau une longue mèche rousse de son visage et lui caressa doucement la joue. Ce qu'il s'apprêtait à avouer risquait de bouleverser leurs vies…

— Est-ce que les rebelles ont prononcé ton nom ? Est-ce que tu t'en es souvenu ?

Pourquoi lui avait-il fait cet aveu ? Il ne pouvait pas s'y résoudre, pas tant qu'il ne savait pas ce que son nom pouvait signifier. Et à cause de son imprudence, il allait devoir lui mentir ; il se haïssait déjà pour cela.

— Ils ont prononcé un nom mais je ne sais pas si c'est vraiment le mien, lâcha-t-il, les yeux fermés.

Il aurait tant voulu pouvoir être honnête avec elle.

— Comptes-tu en parler à Cuthbert ?

Il fit simplement non de la tête, la gorge nouée.

— Pourquoi ?

— Parce que je ne sais toujours pas qui je suis… Et s'il s'avérait que j'étais un ennemi ?

— C'est faux, protesta-t-elle violemment. Tu n'es pas un ennemi ! Je ne peux pas y croire !

— C'est possible, Aisly, et nous le savons déjà, toi et moi.

— Non. Tu es trop doux, trop gentil…

S'arrachant à son étreinte, elle s'allongea sur le côté, un peu à l'écart.

L'espace d'un instant, Magnus songea qu'il serait peut-être plus charitable de sa part de partir tout de suite et de faire semblant de pouvoir s'en remettre ; mais il chassa cette idée et prit de nouveau Aisly dans ses bras pour la serrer contre lui. Comme il lui caressait distraitement le ventre, il se souvint de la façon dont tout avait commencé. Ils étaient là pour faire un enfant, pas seulement pour se laisser aller au plaisir…

Mais ce soir-là, il n'y avait pas pensé un seul instant en lui faisant l'amour. Tout ce qui avait occupé ses pensées, c'était elle et le besoin qu'ils avaient d'être ensemble.

Etait-ce pour cette raison qu'elle se montrait si émotive à chaque fois qu'il parlait de lui comme d'un ennemi potentiel ? Regrettait-elle de l'avoir autorisé à lui faire un enfant ?

— Es-tu enceinte ? demanda-t-il.

Elle hésita un instant, puis baissa les yeux.

— Je n'en suis pas sûre. J'ai saigné pendant ton absence, donc je pense que ça n'a pas encore marché…

Magnus fut envahi par une vague de soulagement et de déception mêlés. Mais la déception finit par prendre le dessus, parce qu'il était égoïste et voulait à tout prix la lier à lui.

Il lui caressa doucement le sein et le sentit durcir sous ses doigts. Elle ne se raidit pas, n'eut pas le moindre mouvement de recul. Magnus était incapable de résister à la tentation de la toucher.

— Je suis désolé, lui glissa-t-il à l'oreille.

Lentement, elle vint poser une main sur la sienne, avec tendresse.

— Nous continuerons d'essayer.

— Tu es certaine de le vouloir ? Nous devons envisager la possibilité que je sois…

— Oui, je sais. Tu as raison, répondit-elle en l'examinant d'un air grave, mais cela reste improbable. De plus…

Sa lèvre se mit à trembler, elle prit une profonde inspiration, sembla hésiter mais ne détourna pas les yeux.

— Je n'arrête pas de me répéter que je devrais garder mes distances, parce que tu vas devoir partir, un jour ou l'autre. Je suis certaine que tu as une vie quelque part, dans laquelle je n'ai pas ma place. Mais je veux simplement m'accrocher à ce que nous avons, maintenant... Même si cela doit finir.

L'instinct de survie de Magnus le poussa une nouvelle fois à partir, tout de suite. Ils savaient tous les deux que leur idylle prendrait fin tôt ou tard, et il sentait bien que l'avenir pourrait être pire que ce qu'ils craignaient déjà. Pourtant, il la serra plus fort. Alors qu'il se noyait dans ses grands yeux verts, il sut soudain qu'il profiterait de chaque instant passé avec elle, jusqu'au bout.

*Il regarda la créature brisée qui lui faisait face : ses joues creuses, sa peau blafarde et ses cheveux si fins et décolorés. Elle n'avait plus la moindre ressemblance avec la femme dont il se souvenait... Il ne put réprimer un hoquet de dégoût honteux et les yeux de la femme s'ouvrirent.*

*Son regard était bien la seule chose, chez elle, qui conservait la trace de ce qu'elle avait été autrefois — un regard bleu clair qui s'illuminait dès qu'elle le voyait.*

*— Magnus...*

*La main fragile toucha son visage avec douceur, et ce simple geste faillit le faire fondre en larmes.*

*— Je savais que tu reviendrais...*

*— Jamais je ne te quitterai.*

*Il voulait la rassurer, mais sa voix cassée trahissait sa détresse.*

*Il ne parvint pas à l'apaiser. A sa grande surprise, les yeux bleu délavé s'emplirent de larmes.*

*— Oui, je le sais bien, murmura-t-elle d'une voix déchirante. Tu ne me quitteras pas tant que je vivrai.*

*Il fut bouleversé par ces paroles étranges et ce qu'elles sous-entendaient.*

*— Tu es né pour devenir un grand guerrier, c'est ton droit. Je veux que tu partes et que tu embrasses ton destin.*

*— Non ! Je ne peux pas te quitter !*

*Elle l'ignora et indiqua du doigt l'un des coins de la chambre.*

*— Sous ce coffre, là-bas, tu trouveras une petite bourse et un peu d'argent.*

*Il voulut protester mais elle jeta un coup d'œil anxieux à la porte, lui rappelant que le temps leur était compté.*

*À cet instant, Magnus sut qu'il rêvait : comme par magie, la bourse remplie de pièces apparut dans sa main, avant même qu'il ait trouvé la volonté de se lever.*

*La gorge nouée, il se pencha alors vers la femme pour entendre ses murmures, qui se faisaient de plus en plus faibles.*

*— Pars vers le nord en longeant la côte et tu trouveras sa place forte. Dis-lui que tu es le fils de Magnus et il te prendra à son service. J'aurais dû te laisser partir plus tôt mais j'étais égoïste, je voulais te garder pour moi seule. Je t'en prie, Magnus, pardonne-moi… Si jamais il refuse de t'accueillir, donne-lui l'argent — mais seulement s'il refuse.*

Magnus se réveilla en sursaut, tremblant de tous ses membres. Dans la cheminée, le feu n'émettait plus qu'une faible lueur orangée au milieu des cendres, juste assez pour lui permettre de deviner la silhouette d'Aisly allongée à ses côtés. Elle lui caressa doucement la joue puis laissa sa main courir sur son torse nu.

— Je suis là, chuchota-t-elle dans la pénombre. Tu as rêvé, c'est tout…

Magnus prit une profonde inspiration et ferma les yeux quelques instants, laissant les caresses d'Aisly l'apaiser — comme lors de la première nuit qu'il avait passée dans ce lit, blessé et fiévreux. Seulement, cette fois, il pouvait sentir la douce chaleur d'un corps de femme nu contre le sien.

Quand il se sentit plus calme, il rouvrit les yeux pour jeter un coup d'œil à la fenêtre et s'assurer qu'il n'avait pas dormi trop longtemps. Aisly et lui avaient fait l'amour une seconde fois. Ils avaient dû s'endormir ensuite.

— Le jour ne s'est pas encore levé. Nous avons dû fermer les yeux quelques instants seulement.

En effet, aucune lumière ne filtrait encore dans la maison. Soulagé et frustré à la fois, Magnus se laissa aller sous la couverture. Heureusement, il ne risquait pas d'être découvert pour le moment ; mais il n'aurait jamais le droit de rester dans le lit de son amante après l'aube.

— Viens ici, murmura-t-il d'une voix encore un peu embrumée par le sommeil.

Il prit Aisly par la taille et l'attira à lui pour qu'elle s'allonge dans ses bras, tout contre lui, avant de passer lui-même une jambe par-dessus les siennes. Il se sentait si bien, avec elle…

— De quoi as-tu rêvé ? demanda-t-elle à mi-voix.

Il ne s'agissait pas tant d'un rêve que d'un souvenir. Mais les quelques images qui s'attardaient encore dans son esprit ne lui apprenaient pas grand-chose ; juste que le lieu qu'il avait vu lui semblait familier. Il savait, par exemple, qu'une tête et une fourrure de loup étaient accrochées sur l'un des murs, même s'il ne les avait pas vues dans son rêve — quand il était petit, les yeux de bois du loup le terrifiaient…

Il s'enivra du parfum des cheveux d'Aisly et caressa doucement la peau soyeuse de son dos.

— J'ai rêvé de ma mère. Je ne m'en souviens pas mais je pense qu'elle a dû mourir quand j'étais enfant.

— Oh…

Une simple syllabe emplie de douleur et d'empathie.

— Je me souviens d'une seule chose : elle était gentille.

Le désespoir qu'il avait dû ressentir lors de sa mort se réveilla en lui, amer et lointain.

— Elle tenait beaucoup à ce que je devienne guerrier. Elle a toujours voulu que j'accomplisse mon destin.

Il ignorait pourquoi mais il avait ressenti une certaine

urgence dans la scène qu'il venait de revivre. Une présence sombre et menaçante planait sur eux à cette époque.

Aisly attendit qu'il poursuive son récit mais, comme il se taisait, elle finit par dire :

— J'ai passé des années à rêver de mes parents après leur mort. Parfois, cela m'arrive encore. Ce sont des rêves agréables, mais je me réveille toujours triste — et si seule.

Etait-ce cela qu'il ressentait ? De la solitude ?

— Je ne veux pas que tu te sentes seule…

Sans voir son visage clairement, il devina son sourire.

— Comment le pourrais-je, alors que tu es là pour me serrer dans tes bras ?

Malheureusement, ils savaient aussi bien l'un que l'autre que cela ne durerait pas éternellement.

— Tu sais, quand je te vois, je me dis que tu n'es pas seulement un guerrier.

Elle se figea contre lui et lui caressa encore un peu le torse, avant d'étendre sa main sur son cœur.

— Mais tu es un guerrier, je ne peux le nier.

Il acquiesça en silence. Oui, il était tout cela et n'était pas vraiment certain de pouvoir changer, quoi qu'il fasse.

— Parfois, je ferme les yeux et je nous imagine, en train de manger dans cette pièce avec nos enfants qui jouent près du feu. Tu serais assise là, avec ton aiguille, tes travaux de broderie… Et c'est tout ce que je désire.

— Je me souviens d'avoir fait tout cela quand j'étais petite. Ma mère était assise, profitant de la lumière du feu pour travailler à ses tapisseries. Mon père nous racontait des histoires.

Elle prit une profonde inspiration, un peu tremblante.

— C'est aussi la vie que je veux mener… avec toi.

Sur ces mots, ils se turent. L'avenir était trop incertain, trop sombre encore pour se laisser aller à espérer.

# Chapitre 15

Magnus passa les trois jours suivants enfermé dans le manoir de Cuthbert. De toute évidence, le chef du village avait été fâché de le voir partir seul pour se lancer dans sa quête d'identité, sans hommes pour le seconder. Bien sûr, Magnus avait prévu une telle réaction et s'était préparé à l'interrogatoire qui avait suivi.

Tout s'était déroulé dans le calme, avec respect : les questions, le récit maintes fois répété de ce qu'il avait vu et entendu — Magnus préféra néanmoins passer sous silence le fait qu'il comprenait le langage des rebelles. Malgré tout, cela n'avait pas suffi à éteindre la lueur de soupçon qui s'était allumée dans les yeux de Cuthbert. Comment lui en vouloir ? N'importe quel homme aurait réagi de la sorte, Magnus le premier. Quand on lui suggéra de s'installer dans la grande salle à cause du froid qui s'installait, il accepta de bonne grâce, prêt à subir cette punition. De toute manière, il réussirait rapidement à regagner la confiance du village…

Mais il lui fut difficile d'être ainsi séparé d'Aisly. Entouré comme il l'était à toute heure du jour et de la nuit, il était impossible de trouver des occasions de lui parler en tête à tête ou de se glisser dehors, une fois le soir venu, pour lui rendre visite. Après les deux semaines qu'il avait passées hors du village, cette contrainte prenait des allures de torture : ils n'avaient pu profiter que de quelques heures ensemble, la nuit de son retour, et cela n'avait pas suffi à apaiser ses désirs. Cette nuit-là, Magnus était parti à l'aube pour escalader le mur dans l'autre sens, se cacher dans la forêt pour réapparaître à la grande porte, plus tard dans la matinée. A ce moment-là, il n'avait pas pensé un seul instant qu'on l'empêcherait de la revoir.

Un poing s'abattit avec détermination sur la table, attirant son attention sur la discussion du groupe. Wulfric répétait les mêmes mots, de sa voix de stentor et en postillonnant à tout va :

— Nous devons nous lancer à leur poursuite ! On ne peut rester assis là à attendre qu'ils reviennent nous attaquer !

Un homme s'opposa immédiatement à sa décision.

Depuis trois jours, Cuthbert, Arte, Wulfric, d'autres anciens et quelques guerriers du village avaient la même conversation tous les matins. Cuthbert s'évertuait à répéter qu'ils n'avaient pas assez d'hommes pour se permettre de pister les rebelles — le village ne serait plus protégé en cas d'expédition punitive — tandis que Wulfric ne cessait de vouloir convaincre les autres de partir au combat. Magnus, lui, leur avait dit le peu qu'il savait du groupe de rebelles et restait silencieux le reste du temps. Il n'était pas utile pour lui de s'interposer trop tôt ; il lui fallait d'abord regagner leur confiance…

De toute manière, pour le moment, aucun de ces hommes ne voulait entendre la vérité : ils n'avaient pas assez de guerriers pour attaquer les rebelles et leurs fortifications ne résisteraient pas à un assaut bien organisé. Les cinq hommes que Magnus avait vus ne pouvaient pas travailler seuls. Il lui fallait découvrir où se trouvait leur campement permanent.

Tout ce qu'il savait, c'était que cinq Danois partaient vers le nord. D'autres pouvaient encore se cacher dans les environs, à moins que les cinq rebelles ne soient partis rejoindre un campement pour revenir avec des renforts.

Le destin du village paraissait bien sombre et la situation ne s'arrangerait pas tant que le conseil serait incapable de se mettre d'accord. Magnus avait essayé d'inciter les anciens à renforcer les remparts, mais personne n'avait voulu écouter ses conseils, refusant de croire que les murs étaient si vulnérables. Mais cela n'avait plus vraiment d'importance : maintenant que le gel s'était installé, il était presque impossible d'entamer des travaux de construction.

Soudain, Aisly apparut au seuil de la grande salle et Magnus reconnut immédiatement sa silhouette. Elle le chercha des yeux, laissant son regard courir sur tous les visages jusqu'à le trouver. Lorsque leurs yeux se rencontrèrent, il sentit une vague d'excitation naître au creux de ses reins, et une chaleur violente se répandit en lui. Un besoin bestial de la prendre dans ses bras et de sentir le poids de son petit corps contre lui l'envahit.

Les épouses de Cuthbert et d'Arte vinrent rapidement la saluer et elle dut se détourner. Les deux femmes, plus âgées, la conduisirent devant une tapisserie suspendue au fond de la salle, pour en examiner les bordures, usées par le temps. Magnus ne put s'empêcher de la regarder s'éloigner, de suivre le doux balancement de ses hanches en imaginant son corps nu dans un lit, serré contre lui. Les journées qu'ils avaient dû passer loin de l'autre commençaient à prendre un goût amer d'éternité.

Cuthbert surprit le regard de l'étranger sur Aisly et se racla la gorge, avant de lui sourire discrètement. Magnus n'avait pas pensé jusque-là que son intérêt pour elle était si visible et, le cœur battant, il jeta un rapide coup d'œil à Wulfric. Heureusement, le vieil homme était en pleine discussion avec le guerrier assis à ses côtés, au sujet de l'expédition qu'il tenait à organiser ; il n'avait rien remarqué.

— Vous semblez apprécier notre belle Aisly, glissa Cuthbert à l'oreille de Magnus.

Celui-ci hésita à répondre, à avouer ses sentiments pour elle. S'il était réellement danois, un guerrier important aux yeux du jarl Eirik, et si le village décidait de le chasser, il ne voulait pas l'entraîner avec lui dans sa déchéance…

— Elle est charmante, en effet, et je lui suis très reconnaissant de m'avoir soigné.

A ces mots, le sourire de Cuthbert se fit plus large.

— Oui, elle est charmante. Comme vous le savez, elle est veuve depuis peu ; mais une fois l'été arrivé, vous pourriez avoir une chance d'obtenir sa main.

Magnus ne se sentait absolument pas d'humeur à parler de ses projets vis-à-vis d'Aisly avec cet homme, et préféra donc changer de conversation :

— On m'a dit que son époux avait été tué par les Danois du campement…

Jusqu'à présent, il s'était montré prudent et n'avait que rarement abordé le sujet en dépit de son désir d'en savoir plus. Aisly avait été réticente à parler de Godric et l'incident était encore trop récent, trop frais pour que les guerriers du village aient envie de le lui raconter en détail.

Le sourire de Cuthbert disparut aussitôt et il prit quelques instants pour boire une gorgée de bière, sans répondre.

— Pouvez-vous me dire ce qui s'est passé ? insista Magnus.

— Ces fichus Danois ont refusé de nous aider quand deux filles du village ont été enlevées par les rebelles. Godric s'est fâché et ils l'ont tué. C'est aussi simple que cela. Ce jour-là, ils ont assassiné tous les guerriers partis demander leur aide.

C'était exactement ce que les autres guerriers racontaient. Cependant, même si Aisly n'avait rien avoué, Magnus avait l'impression qu'elle en savait plus long. Si seulement elle acceptait de s'ouvrir à lui…

— Godric est-il allé là-bas dans le seul but de leur parler des filles disparues ? demanda-t-il encore, à voix basse pour que Wulfric ne l'entende pas, de l'autre côté de la table du conseil.

Cuthbert eut l'air choqué que son hôte ose lui poser une telle question, mais il acquiesça néanmoins.

— Il nous était très dévoué.

Magnus n'avait jamais douté de cela, mais il commençait à penser que Godric avait peut-être une autre raison de se rendre chez les Danois.

Il ne put s'empêcher de tourner à nouveau les yeux vers Aisly, qui discutait à voix basse avec les deux femmes. Sa douce voix résonnait au fond de la pièce et il se surprit à tendre l'oreille pour essayer de comprendre ce qu'elle disait.

— Si elle vous intéresse vraiment, sachez qu'elle est inféconde, lui glissa de nouveau Cuthbert à l'oreille. Godric était frustré de ne pas avoir d'enfant et commençait à penser au divorce quand il est mort…

— Godric ne la considérait pas à sa juste valeur.

Cuthbert retrouva son sourire.

— C'est en effet une brodeuse particulièrement douée. L'abbesse saura tirer profit de ses talents.

Ce n'était évidemment pas de ce genre de valeur que Magnus parlait, mais il n'en dit rien. Quel dommage, que tous ces hommes soient incapables d'accorder de la *valeur* à la compassion et à l'intelligence d'Aisly.

— L'abbesse ? Que voulez-vous dire ?

— Wulfric a été généreux en la laissant rester dans sa maison, le temps du deuil, mais le couvent sera un lieu plus adapté pour elle. Quand le temps se réchauffera, il lui demandera de faire son choix.

Cuthbert s'interrompit un instant avant d'ajouter, avec un clin d'œil entendu :

— A moins que vous ne décidiez de demander sa main d'ici là…

Visiblement agacé par leur conversation privée, Wulfric éleva la voix :

— Combien d'hommes pourriez-vous envoyer en expédition ?

Cuthbert posa brutalement son gobelet sur la table.

— Aucun guerrier ne quittera ce village.

Un nouveau débat stérile s'engagea alors, mais Magnus en avait assez. Il attrapa sa chope vide et se leva pour se resservir. La table où l'on avait posé les rafraîchissements était proche de l'endroit où se trouvait Aisly. Les deux vieilles femmes s'étaient éloignées, pesant les mérites d'un remplacement de tapisserie ou d'une simple restauration, la laissant seule face à l'œuvre. Magnus dut résister pour ne pas la toucher mais fut incapable de ne pas effleurer sa robe de la jambe, en passant. Elle lâcha un petit hoquet de surprise et sourit, tandis qu'il remplissait son gobelet de bière.

Il ne voulait pas lui avouer ce que Cuthbert venait de lui dire, mais l'avenir d'Aisly lui faisait soudain très peur. Hélas, il n'avait rien à lui offrir, à part la petite maison que les villageois le laissaient utiliser pendant l'hiver ; quand le printemps arriverait, il n'aurait plus rien du tout…

Qu'arriverait-il à son amante, si la générosité de Wulfric s'épuisait avant la fin de la mauvaise saison ?

— Tu m'as manqué, lui glissa-t-elle à l'oreille.

Surpris, il lui jeta un coup d'œil discret : elle était venue près de la table pour lui parler sans éveiller les soupçons.

— On me surveille.

Elle acquiesça gravement et attrapa un gobelet vide pour se servir un peu de bière.

— Je le sais bien. J'aurais simplement aimé que nous n'ayons pas à nous cacher.

— Vraiment ?

Il se laissa aller à suivre des yeux la courbe de sa pommette qu'il aurait tant voulu pouvoir embrasser.

— Oui…

Elle eut un petit sourire timide sans pour autant lever les yeux et but une gorgée de bière. Cachée derrière le rebord de son gobelet, elle reprit dans un souffle :

— Tu as vu de quelle manière toutes les femmes te regardent ? Wyn se pâme à chaque fois qu'elle t'aperçoit… Je voudrais leur faire savoir que tu es mien.

Elle rougit immédiatement, comme si elle en avait dit plus qu'elle n'en avait eu l'intention.

Magnus essaya de ne pas sourire mais il ne put se maîtriser. Un rapide coup d'œil de l'autre côté de la salle lui confirma que Wyn lui lançait de petits regards à la dérobée, tout en tissant un tapis de joncs. C'était une assez jolie fille, plaisante et agréable, mais on ne pouvait la comparer à Aisly !

— Je suis tien, vraiment ? plaisanta-t-il.

Il aurait tant voulu être seul avec elle pour la rassurer, lui faire comprendre que oui, il était sien, quoi qu'elle veuille faire de lui. Il voulait se perdre en elle et l'entendre crier son nom. Son *vrai* nom. La simple idée d'entendre ce nom s'échapper de ses lèvres dans la langueur de l'extase suffit à provoquer en lui une érection.

— J'aimerais que tu le sois, en tout cas…

Si les autres l'avaient regardée, en cet instant, ils auraient vu sans mal le désir s'allumer au fond de ses yeux. Magnus voulait l'attirer contre lui et la serrer si fort que tous ses doutes s'effaceraient instantanément.

— Je suis tien, ma belle, crois-moi.

Il soutint son regard un instant, juste assez pour être certain qu'elle le comprenne avant de jeter un coup d'œil aux deux vieilles femmes qui discutaient toujours, à quelques pas d'eux. Il trouverait un moyen de lui rendre visite à la nuit tombée, quel qu'en soit le prix.

— Viens chez moi. Avec moi. Maintenant…

Surpris, il sentit son cœur s'emballer et sonda le regard grave d'Aisly.

— J'ai fini la tapisserie et je vais avoir besoin de quelqu'un pour la porter jusqu'ici. Je dois aussi emporter celle-ci pour la restaurer. Tu n'as qu'à la prendre et me suivre.

Il hésita encore mais elle insista :

— Ils te surveilleront ce soir aussi — tous les soirs tant que tu habiteras le manoir. Tant que tu n'auras pas regagné leur confiance, ils ne te quitteront pas des yeux.

Elle avait raison, bien sûr, mais ce qu'elle proposait était dangereux… Pourtant, Magnus était incapable de résister. Cela faisait si longtemps qu'il n'avait pu sentir le corps d'Aisly sous le sien. Comment refuser ?

*Je t'aime.* Aisly faillit prononcer ces paroles à mi-voix mais parvint à s'en empêcher, au dernier moment.

L'homme lui lança un sourire particulièrement satisfait en remontant son pantalon, comme s'il avait été capable de lire dans ses pensées…

A peine avaient-ils atteint la maison qu'ils s'étaient jetés l'un sur l'autre, incapables d'aller jusqu'au lit. Ils avaient fait l'amour, adossés à la table de travail d'Aisly, si brutalement qu'elle entendait encore les battements sauvages du bois contre le mur.

Sa jupe était toujours retroussée jusqu'à la taille mais, assise au bord de la table, elle était trop faible pour se relever et retrouver un semblant de pudeur. Quand il eut fini de se rhabiller, il s'approcha d'elle, se plaça entre ses cuisses et la prit dans ses bras pour l'embrasser encore une fois. Il sourit de nouveau.

— Tes lèvres sont toutes rouges. Les gens vont savoir ce que nous avons fait.

Il caressa sa bouche du bout du doigt, puis son menton — rougi lui aussi par le frottement de sa barbe.

Il fallait à tout prix qu'elle arrive à retrouver le contrôle de ses émotions si elle voulait retourner au manoir et prétendre que rien ne s'était passé. Et pour cela, elle devait s'éloigner de lui quelques minutes. Mais elle était incapable de ne pas le toucher, incapable d'empêcher ses doigts de se glisser dans ses cheveux courts. Comment continuer à prétendre qu'il ne se passait rien entre eux ?

— Tu crois qu'ils se doutent de quelque chose ?

L'homme secoua la tête. Mais ses yeux étaient emplis d'inquiétude quand ils rencontrèrent les siens.

— Non, répondit-il, mais cela pourrait arriver si nous ne nous montrons pas plus prudents. Nous allons devoir attendre que je puisse retrouver ma maison, et la nuit redeviendra notre alliée.

Aisly ne prit pas la peine de lui rappeler qu'ils n'avaient plus qu'un mois pour essayer de faire un enfant. Si elle ne tombait pas enceinte maintenant, elle aurait du mal à faire passer le bébé pour l'héritier de Godric. Elle refusa de le lui rappeler parce qu'avoir un enfant n'était plus la seule chose qui la poussait dans ses bras. Elle désirait cet homme. Elle désirait tout ce qu'il pourrait lui offrir.

Elle voulait son enfant, et elle voulait aussi qu'*il* soit là pour agir en père. Peut-être n'était-ce qu'un rêve absurde. Son amant ne savait même pas qui il était… Néanmoins, elle avait envie de partager sa vie avec l'étranger — l'homme qu'elle avait appris à aimer.

— Je ne veux plus attendre la nuit. Je veux pouvoir te toucher, te sourire, te parler sans avoir peur qu'on nous surprenne.

Elle savait bien qu'elle devait paraître désespérée et fit tout son possible pour se maîtriser ; mais l'étranger ne parut pas lui en vouloir.

Il lui prit le menton pour mieux la regarder.

— Je veux la même chose.

Son sourire suffit à faire battre le cœur d'Aisly plus vite.

— Mais tant que je ne saurai pas qui je suis…

Il s'interrompit. Inutile de souligner l'évidence : il ne pourrait pas rester au village.

Aisly ne l'obligea pas à en dire plus. Elle acquiesça et entreprit d'ajuster sa tenue.

— Nous devrions porter cette tapisserie chez Cuthbert.

L'homme se pencha pour déposer un dernier baiser sur

sa toison, entre ses cuisses — un geste simple et tendre qui lui arracha un soupir bienheureux.

Quand il l'aida à descendre de la table, son expression était devenue solennelle et indéchiffrable. A quoi pensait-il ? Il l'embrassa encore une fois, sur les lèvres, avant de ramasser la tapisserie roulée qu'elle devait livrer à Cuthbert.

Aisly lissa sa jupe du plat de la main et le regarda poser son ouvrage sur l'épaule. Sans un mot, il la suivit à travers le village. Aisly avait vaguement l'impression que tout le monde savait ce qu'ils venaient de faire mais, tandis qu'ils remontaient vers la place, personne ne vint leur reprocher leur immoralité. Les villageois se contentaient d'effectuer leurs tâches quotidiennes sans prêter attention à eux, ou en se contentant de les saluer de la tête.

Aisly prit une profonde inspiration, tentant désespérément de calmer les battements de son cœur. Tout allait bien et personne n'avait de soupçons. Elle jeta un rapide coup d'œil à l'homme, par-dessus son épaule, et il lui fit un petit sourire — plus sensuel qu'amical. Les éclats d'or qui dansaient dans ses yeux brillaient dans la lumière de l'après-midi et éveillèrent une douce chaleur en elle.

*Je t'aime.*

Elle n'osait toujours pas prononcer ces simples mots ; elle parvenait à peine à accepter ce sentiment nouveau.

Peu importait. Ils auraient largement le temps de comprendre ce qu'ils éprouvaient l'un pour l'autre avant la fin de l'hiver. Pour le moment, trop de questions restaient sans réponse. Seule une infime lueur d'espoir venait illuminer l'avenir : Aisly aurait peut-être la chance de rebâtir sa vie avec cet homme.

Sans doute vit-il quelque chose dans son regard car ses yeux s'assombrirent soudain. Elle lui sourit et…

— Magnus !

Le nom résonna sur la place — un nom si décalé qu'elle crut presque l'avoir imaginé, avant que l'étranger ne tourne la tête pour chercher des yeux la personne qui avait parlé.

Un inconnu, monté sur un immense cheval, venait de passer l'angle du manoir de Cuthbert. Il était grand et musclé. Ses cheveux et sa barbe, bien entretenus, étaient plus clairs que ceux de l'étranger. Il était vêtu d'une courte tunique de mailles passée sur des vêtements de lainage finement tissé. Lorsqu'il mit pied à terre, elle aperçut son pantalon de cuir et son épaisse cape de laine rouge qui flottait dans son dos.

C'était un Danois, comme ceux qui étaient venus au village après la mort de Godric. D'autres cavaliers apparurent à sa suite mais elle ne fit pas attention à eux.

L'homme qui venait d'arriver lui paraissait étrangement familier… Soudain, un soupçon affreux s'empara d'Aisly et elle sentit le froid de la fin de journée l'étreindre.

# Chapitre 16

— Magnus !

Jamais il ne se serait attendu à entendre son nom dans ce village. Encore moins à ce qu'il soit prononcé par une voix qui lui était familière.

L'homme, qui descendait de cheval, était presque aussi grand que Magnus lui-même et mieux habillé que les habitants les plus élégants du village. D'instinct, il sut qu'il s'agissait de l'un des Danois dont Cuthbert et les siens parlaient tant — ceux du campement, pas les rebelles…

Tandis que l'homme approchait, Magnus vit qu'il paraissait un peu plus jeune que lui mais qu'il était déjà en âge de combattre. Ses cheveux blonds étaient rasés sur les côtés et longs sur le dessus, rassemblés en un catogan sur la nuque. Il marchait avec l'aisance d'un homme qui s'est souvent battu et n'a jamais connu la défaite…

Oui, c'était un jeune guerrier, musclé et confiant. Tout comme sa voix, son visage lui semblait vaguement familier… Soudain, la brume qui emplissait l'esprit de Magnus se dissipa et il vit cet homme se battre à ses côtés. Sans le quitter des yeux, l'inconnu leva le bras et poussa un cri de victoire.

— Vidar !

Le nom échappa à Magnus avant même qu'il n'y pense et, instinctivement, il alla l'embrasser en lui tapant dans le dos, comme il l'avait fait tant de fois auparavant.

— Magnus, je ne pensais pas te revoir vivant ! Tu as disparu après la bataille et nous avons tous cru à ta mort…

Vidar jeta un coup d'œil soupçonneux à la tapisserie que Magnus avait laissée tomber par terre. Sans doute se demandait-il pourquoi il était ici, dans ce village, occupé à des tâches domestiques.

— J'ai bien failli ne pas revenir, en effet. Je n'ai aucun souvenir de la bataille. Je me suis réveillé parmi des cadavres de guerriers que l'on s'apprêtait à brûler. En toute honnêteté, je ne me souviens de rien. J'étais mourant, et Aisly…

*Aisly.* Il jeta un coup d'œil par-dessus son épaule et découvrit le visage de son amante déformé par l'incrédulité et le choc. Son cœur se brisa. Elle devait voir son univers s'écrouler devant elle. Il voulut la prendre dans ses bras, lui parler, mais la douleur qu'il lisait dans ses yeux laissait déjà place à une profonde colère.

Au même instant, la voix de Cuthbert s'éleva. Il venait de sortir du manoir, flanqué de deux guerriers. Derrière Vidar, les autres Danois mettaient pied à terre. Magnus les examina, dans l'espoir de faire revenir quelques souvenirs ; et, comme des vagues qui, sur la plage, dégagent peu à peu les coquillages du sable, des images lui revinrent, l'une après l'autre. Sa mémoire restait sombre, mais des points de lumière commençaient à émerger, ici et là.

— Que faites-vous ici, Danois ? lança Cuthbert à Vidar.

Brusquement, l'atmosphère de la place se fit plus tendue. Si Magnus ne prenait pas rapidement le contrôle de la situation, les choses pourraient facilement dégénérer… Aisly avait déjà fait demi-tour et s'était enfuie en courant, sans doute pour trouver refuge chez elle. Une partie de Magnus s'était déchirée en la voyant fuir, une partie de lui-même qui semblait avoir disparu avec son amante. Il se promit de la rejoindre dès qu'il en aurait fini avec l'inévitable confrontation qui l'attendait. Il s'expliquerait alors avec elle.

Expliquer quoi ? Qu'il était danois ? Qu'il était l'un de ces hommes qu'elle haïssait ? Une terreur soudaine lui noua la gorge : elle le rejetterait, c'était certain ! Il n'était pas celui qu'elle *voulait* qu'il soit…

Le regard dur de Vidar passait de Magnus à Cuthbert, qui se tenait très droit, calme et stoïque sur le seuil de sa maison. Plus que jamais, Magnus apprécia la capacité du vieil homme à rester serein face à ses ennemis.

— Je vous avais dit que nous reviendrions collecter votre dû quand nous serions débarrassés des rebelles, répondit Vidar en langue saxonne.

Chassant son angoisse, Magnus s'avança et posa une main sur l'épaule de Vidar.

— Viens avec moi : nous devons parler en privé.

— Etranger, vous connaissez ces hommes ? demanda Cuthbert.

— Oui, je les connais. Je dois…

*Je dois être l'un d'entre eux.* Il n'acheva pas sa phrase. C'était sans doute vrai mais, même s'il les reconnaissait, il ne savait pas vraiment quelle place il occupait parmi eux.

— Cet homme est Magnus Magnussen, notre chef. Avez-vous osé l'enfermer ici contre sa volonté ?

Comme Vidar élevait la voix, quelques-uns de ses compagnons tirèrent leurs armes mais Magnus s'interposa.

— Arrêtez ! Personne ne se battra aujourd'hui.

Les Danois lui obéirent mais ne rangèrent pas leurs épées pour autant. Magnus les regarda, ayant encore du mal à se faire à l'idée qu'il était leur supérieur. Ne devrait-il pas se souvenir d'eux, s'il leur avait déjà donné des ordres ?

Depuis les marches du manoir, Cuthbert le dévisageait avec intensité, comme s'il essayait de le voir d'un œil neuf, mais il ne parut toujours pas le reconnaître — sans doute ne l'avait-il pas rencontré avant son amnésie. Bien sûr, Magnus avait coupé ses cheveux et sa barbe, mais il n'avait sans doute pas changé tant que ça…

— Vous vous êtes joué de nous ! lança soudain le vieil

homme, en passant une main nerveuse dans sa barbe blanche — premier signe d'agitation qu'il montrait depuis que Magnus l'avait rencontré. Que cherchiez-vous ici ?

Son regard perçant se posa un instant là où s'était tenue Aisly avant de partir, et Magnus eut soudain peur pour elle : les villageois allaient la croire impliquée.

— Je ne me suis joué de personne, Cuthbert. Je vous ai dit la vérité : j'ai été gravement blessé au cours d'une bataille, expliqua-t-il en effleurant du bout des doigts sa plaie encore visible et qui, selon son amante et sauveuse, laisserait sûrement une importante cicatrice. Aisly m'a découvert et m'a emmené jusqu'au village. Je n'ai pas encore complètement recouvré la mémoire mais je me souviens néanmoins de Vidar et de certains de ces hommes.

Cuthbert hésita, la bouche entrouverte, comme s'il ne savait quoi répondre, déchiré entre confusion et incrédulité. Il passa une nouvelle fois la main dans sa barbe.

— C'est difficile à croire, étran…

Il s'interrompit mais ne paraissait pas prêt à prononcer le nom de Magnus.

— Cuthbert, je vous en prie, vous devez me croire : je n'avais aucune raison secrète de rester ici. Je voudrais seulement vous remercier, vous et les villageois, pour m'avoir accueilli alors que je frôlais la mort.

Sur ces mots, il se tourna vers Vidar qui, lui aussi, paraissait troublé et soupçonneux, songeant clairement que Magnus avait été retenu de force.

— Ces gens méritent notre gratitude, Vidar.

Son compagnon hésita un instant, puis finit par accepter. Malgré tout, sa colère ne semblait pas tout à fait apaisée.

— Dans ce cas, le paiement pourra attendre la fin de l'hiver.

Cuthbert lâcha un grognement exaspéré.

— Quel paiement, Danois ? Les rebelles sont toujours là !

— Non, nous les avons pourchassés et nous avons trouvé leur campement, au sud, expliqua Vidar.

Certains de ses hommes acquiescèrent.

— Ils ne vous attaqueront plus.

— Impossible ! répliqua Cuthbert en montrant Magnus du doigt. Votre propre chef les a vus partir vers le nord il y a quelques jours à peine.

— Quand avez-vous trouvé leur campement ? demanda Magnus plus calmement.

— Il y a une semaine, peut-être un peu plus, répondit Vidar, avant de réfléchir quelques instants. Neuf jours, en fait.

Neuf jours… Le campement avait pu être détruit, mettant en fuite les cinq rebelles aperçus par Magnus.

— J'en ai trouvé cinq qui partaient vers le nord.

Vidar acquiesça gravement.

— Ils n'étaient sûrement pas là quand nous avons frappé : nous n'avons laissé aucune chance à ceux que nous avons vus.

— Y a-t-il d'autres camps, au nord, qu'ils pourraient chercher à rejoindre ?

— Pas à notre connaissance, répondit Vidar.

Pourtant, les rebelles avaient dit qu'ils reviendraient. Pour quoi faire, s'ils n'avaient pas de renforts à rassembler ?

Cuthbert les interrompit pour s'adresser à Vidar.

— Avez-vous trouvé des femmes, chez eux ? Les deux jeunes filles qui ont été enlevées ?

— Non, pas de femmes : uniquement des guerriers.

— Menteur ! cria une voix, au milieu de la foule des villageois qui suivaient cet échange avec attention.

Wulfric venait de sortir du manoir, sans doute prévenu par l'un des témoins de cet échange.

— Vous voulez seulement garder ces femmes pour vous !

— Je ne vois pas pourquoi nous mentirions. Nous avons toutes les femmes dont nous pouvons avoir besoin ; pourquoi en voler dans les villages ? répliqua froidement Vidar.

Wulfric vint se placer aux côtés de Cuthbert.

— Comment pouvons-nous être sûrs que vous avez bien trouvé leur campement ? Vous n'apportez aucune preuve et vous pouvez mentir uniquement pour nous arracher nos richesses.

Vidar poussa un soupir exaspéré et fouilla dans la sacoche de sa selle pour en tirer un collier — un lacet de cuir sur lequel on avait enfilé de nombreuses petites pierres jaunes, tachées de brun sale. Lorsqu'il le tint à hauteur de leurs yeux, Magnus vit qu'il s'agissait de dents et que le brun n'était que du sang séché. Chaque dent était striée de fines lignes horizontales et ces petites creusées remplies d'une substance noire — le motif était le même que celui qu'arboraient les dents du rebelle qu'il avait tué, au bord de la rivière.

— La voilà, votre preuve : une dent pour chaque homme mis à mort.

Vidar lança le collier à Wulfric qui l'examina un instant et en silence.

— Ne vous en faites pas, vous n'aurez pas à payer pour le moment, lança Magnus d'une voix assez forte pour se faire entendre des deux groupes de guerriers, un peu trop nerveux à son goût. Nous allons partir et je vais m'entretenir avec mes hommes. Nous avons beaucoup à nous dire avant de prendre une décision.

Oui, il fallait qu'il parle aux siens, d'autant que la plupart de ses souvenirs restaient flous ou tout à fait obscurs, et qu'il n'avait aucune envie de punir les gens qui l'avaient tant aidé. Il était surpris que Wulfric se contente de le dévisager sans l'accuser d'espionnage, comme l'avait fait Cuthbert. Le regard de l'homme restait froid et calculateur. Essaierait-il de se servir de ce rebondissement pour nuire à Aisly ?

Magnus devait à tout prix aller lui parler.

— Je vous ferai envoyer une récompense pour vous remercier de votre accueil, annonça-t-il pour rassurer Cuthbert.

Mais le vieil homme secoua fermement la tête.

— Tout ce que nous voulons, c'est que l'on nous laisse en paix, Danois.

Vidar posa doucement une main sur l'épaule de Magnus.

— Viens. Partons.

— Non.

Magnus recula de quelques pas et son talon buta sur la tapisserie roulée qui traînait toujours par terre. Aisly avait travaillé dur pour la réaliser et son œuvre ne méritait pas de prendre la poussière de cette manière. Il la ramassa donc et la tendit à Cuthbert qui s'en empara d'un geste hésitant, presque comme s'il s'attendait à voir un serpent en sortir pour le mordre.

— Nous allons partir, dit-il ensuite à Vidar, mais je dois d'abord dire au revoir…

Oui, ce serait un au revoir. Il longea la rue qui menait à la maison d'Aisly, le cœur lourd. Après cette révélation, elle ne voudrait plus de lui, c'était certain.

Le grand blond était le Danois qui était venu chez Aisly, après le meurtre de Godric. Il avait un charme étrange qui mêlait l'innocence du jeune homme à l'intransigeance du guerrier. Aisly se souvenait de lui, à présent : ses yeux clairs avaient la couleur des pieds-d'alouette qu'elle aimait cueillir, mais ils étaient restés froids lorsqu'il lui avait arraché tout ce qui avait de la valeur à ses yeux.

Et son étranger le connaissait. Il le *connaissait*.

Il l'avait appelé par son nom — Vidar — et l'avait embrassé, le serrant dans ses bras comme il l'avait fait avec elle. La chaleur fantôme des doigts de son amant s'attardait encore sur ses lèvres, et elle entendait encore les gémissements rauques à son oreille, comme s'il était toujours là, en train de lui faire l'amour.

Elle rentra chez elle, bouleversée, trébuchante, et essuya ses larmes d'un revers de main. Quelle idiote elle avait été ! Alstan avait essayé de lui ouvrir les yeux mais elle avait refusé d'écouter.

Son étranger était danois.

Il l'avait certainement déjà oubliée, maintenant qu'il avait retrouvé les siens. Non, il ne l'avait pas oubliée… Juste avant de s'enfuir, elle avait croisé son regard, un regard empli d'une culpabilité brutale, évidente. Un regard aussi éloquent qu'une confession. Il n'avait pas du tout perdu la mémoire ! Il parlait à ces Danois comme s'il se souvenait d'eux et prononçait leur langue comme s'il était né pour cela.

Son étranger était danois. Il s'appelait Magnus et il était l'un des leurs.

Il s'appelait Magnus… Ce nom continuait à résonner à ses oreilles, au rythme affolé des battements de son cœur.

Magnus. Magnus. Magnus.

Ce nom n'était pas celui de l'homme qu'elle aimait. Cet homme-là, qu'elle avait cru connaître, venait de disparaître sous ses yeux, remplacé par l'un des assassins de Godric. Par *l'unique* assassin de Godric à en croire Alstan. Il lui avait dit que le chef du campement était un Danois nommé Magnus. Cela paraissait impossible que ce monstre soit son amant, si tendre et prévenant, et pourtant…

Un abîme terrifiant s'était ouvert en elle et menaçait de l'emporter dans ses ténèbres. Il engouffra tout l'amour, le bonheur, le mince espoir qu'elle avait découvert et tout le bien-être qu'il avait fait naître en elle, ne laissant qu'une plaie ouverte, si douloureuse qu'elle crut ne pouvoir y survivre. Une plaie qui détruisait tout ce qu'elle avait cru pouvoir offrir à cet homme.

Elle était tombée amoureuse d'un ennemi, du monstre qui avait tué son époux.

Une fois rentrée chez elle, elle examina l'intérieur de la maison, affreusement vide sans lui. C'était comme si chaque meuble se souvenait de la présence de son amant. Comme s'il était encore assis sur le banc, ou debout près du feu, ou allongé dans son lit… Il était à la fois partout et nulle part.

Elle claqua la porte derrière elle et s'approcha de l'âtre, dans l'espoir de chasser le froid irréel qui l'envahissait.

Quelques minutes plus tard à peine, elle entendit trois coups timides frappés à la porte. Une partie de son cœur voulait que ce soit l'étranger, mais son esprit désirait simplement le voir disparaître de sa vie. Plus vite il partirait, plus vite elle pourrait faire comme si rien de particulier ne s'était jamais passé entre eux, comme si ses caresses n'avaient eu aucune importance pour elle, comme si les nuits passées ensemble n'avaient pas eu un goût de paradis, comme si elle ne s'était offerte à lui que pour donner naissance à un enfant et assurer son avenir.

On frappa encore, un peu plus fermement. Peut-être n'était-ce pas lui, après tout. Il était certainement parti avec les Danois sans jeter le moindre regard derrière lui... Imaginant son départ, elle sentit son cœur s'emballer ; elle ne le reverrait certainement jamais.

Et elle ne voulait pas accepter cette idée. Elle ne savait pas vraiment ce qu'elle désirait mais elle savait qu'elle refusait l'idée de ne plus jamais le revoir. Elle finit par s'approcher de la porte, mais n'eut même pas le temps de poser la main sur le loquet que le battant s'ouvrit.

L'étranger entra, l'air soulagé de la trouver chez elle. Il referma rapidement la porte derrière lui et se planta devant elle.

— Je craignais que tu ne te sois enfuie quelque part...

Aisly fit de son mieux pour contenir les larmes qui menaçaient de couler à nouveau sur ses joues. Elle se redressa, appuyée contre sa table de travail pour ne pas tomber. Le bois brut qui mordait douloureusement ses paumes la détourna un instant de sa tristesse et la boule qui lui entravait la gorge sembla se résorber, assez pour lui permettre de parler.

— Je ne suis pas stupide : je n'ai nulle part où aller dans ce village pour te fuir ni aucune intention de partir seule dans la forêt.

L'étranger acquiesça et prit une profonde inspiration, les poings sur les hanches.

— Je sais que tu n'es pas stupide, Aisly. Je voulais juste...

Il s'interrompit un instant, puis reprit, d'un air plus embarrassé encore :

— Je voulais te parler avant de partir.

— C'est inutile.

Elle n'était absolument pas prête à parler à cœur ouvert avec cet homme. Elle savait déjà ce qui allait se passer : il partirait et rien ne pourrait le retenir.

— Plus rien n'a d'importance, maintenant…

— Si, nous devons parler de ce qui vient de se passer, de ce que je suis.

— J'en ai assez entendu, répliqua-t-elle. Tu te nommes Magnus et tu es l'un des Danois du campement. J'imagine qu'Alstan sera satisfait d'apprendre qu'il avait raison depuis le début.

Comment parvenait-elle à prononcer tous ces mots sans que sa voix ne se brise ? Elle n'en savait rien. Elle serrait tellement la table que ses articulations devaient blanchir sous la pression.

— Je sais à quoi tu penses, répondit-il en s'approchant prudemment, comme lorsqu'on essaie d'apprivoiser un animal terrifié. Je ne t'ai pas menti, Aisly.

Elle sentit son cœur s'emballer et son instinct de petit animal craintif lui criait de s'échapper, pour éviter de sentir son cœur se briser encore une fois. Mais elle était incapable de bouger, se contentant de l'observer, d'espérer qu'il n'avance pas davantage. Elle ne pourrait jamais trouver la volonté de se contrôler s'il la touchait.

— Je ne savais pas que j'étais danois, encore moins que je venais du campement…

— Tu ne le savais pas ? Vraiment ? Tu ne t'en doutais même pas ?

Pourquoi posait-elle toutes ces questions ? Cela ne faisait qu'alimenter la torture qui la déchirait déjà…

A ces mots, un nouvel éclair de culpabilité traversa le regard de Magnus.

— J'ai pensé que c'était possible, surtout après avoir vu les rebelles. Je les ai entendus converser et les ai compris sans peine ; ils parlaient la langue que j'entends en rêve.

De nouveau, une vague de froid traversa Aisly de la tête aux pieds. Il lui avait dit avoir entendu les rebelles parler, en effet, et il était évident qu'ils devaient parler dans leur propre langue. Avait-elle réellement pensé qu'ils s'étaient exprimés en langue saxonne ? Non. En fait, elle n'y avait même pas réfléchi.

Magnus ne lui avait pas menti. *Elle* s'était menti à elle-même parce qu'elle ne voulait pas que la vérité les sépare.

— J'ai été idiote, depuis le début…

— Non, ma belle, pas du tout.

Il s'approcha encore, fit un geste pour lui toucher le bras, mais elle recula instinctivement.

— Aisly…

Sa voix s'étouffa dans un soupir et le désir sincère qu'elle lut dans ses yeux la bouleversa.

— J'ai eu envie de choses que je n'avais pas le droit de désirer, de choses dont j'ignorais même l'existence ou dont j'avais oublié la douceur… jusqu'à notre rencontre, avoua-t-elle.

Magnus l'examina un instant d'un air triste, comme s'il ressentait la même douleur qu'elle.

— Je te comprends, j'éprouve la même chose.

Il leva une main, lentement, lui laissant largement le temps de s'écarter ou de le repousser, mais elle n'en fit rien. En dépit de sa colère, elle voulait sentir ses mains sur elle une dernière fois. Quand ses doigts effleurèrent sa joue, elle dut s'empêcher de frémir et de trahir le désir qui brûlait en elle.

— J'ai envie de t'avoir à mes côtés.

Sa voix devint rauque, faisant à Aisly l'effet d'une caresse. Elle se souvint alors que, quelques instants plus tôt à peine, ils faisaient l'amour sur la table contre laquelle elle se tenait. Et elle était encore bouleversée par la violence délicieuse de leurs ébats.

— Sais-tu au moins qui tu es, maintenant ?

Magnus haussa tristement les épaules.

— Pas entièrement. Je connais ces hommes, certes, mais mes souvenirs restent flous.

— Tu es leur chef : Magnus.

Elle avait eu du mal à prononcer ce nom si étrange, qui ne semblait pas lui correspondre.

— C'est à cause de toi que Godric est mort, ajouta-t-elle.

L'espace d'un instant, on n'entendit dans le silence de la chambre que leurs souffles courts. Finalement, il s'approcha d'elle et la bloqua contre la table. Plus rien ne les séparait. Il lui caressait toujours la joue d'une main en s'appuyant sur l'épais plateau de bois de l'autre.

— Admettons que ce soit vrai. Y a-t-il autre chose qui pourrait nous séparer ?

Elle détourna la tête mais restait trop consciente de sa présence tout contre elle. Son parfum l'enveloppait et elle adorait cela — pire encore, elle le désirait.

— Tu me demandes si je veux être liée à un guerrier danois ? Vraiment ?

Magnus n'essaya même pas de nier. La révolte qui bouillonnait en Aisly n'étouffait pas son désir, au contraire. Elle rassembla le courage de lever les yeux vers lui une nouvelle fois, et surprit un éclair de tendresse infinie dans son regard. Elle fut aussi incapable d'étouffer le frisson savoureux et inapproprié qui la traversa.

— Je te veux à mes côtés, ma belle.

Il se tut de nouveau et tout ce qu'elle put entendre pendant quelques minutes fut sa respiration, tout ce qu'elle put sentir fut la chaleur de son corps. Elle le désirait, elle aussi.

Seulement, elle désirait le Magnus qui avait passé ses nuits à ses côtés, le Magnus qui l'avait serrée dans ses bras et lui avait laissé croire que tout se passerait bien.

Mais il n'était plus cet homme-là. Il était devenu le chef des Danois. L'assassin de son époux. Son ennemi.

— Viens avec moi…

Cette supplique fit naître un espoir exquis en elle, un espoir auquel elle ne pouvait s'attacher.

— Je ne peux pas.

Il baissa alors les yeux, les épaules plus courbées, mais il la regarda avec la même flamme. Les paillettes d'or qui scintillaient dans ses iris semblaient plus vives que jamais.

— Bien sûr que tu le peux.

— Même si je venais, tu resterais un guerrier. Cela n'a pas changé. Les Danois passent leur temps en campagne. Est-ce que tu comptes m'emmener pour m'abandonner des mois durant, tandis que tu partirais te battre ?

Elle avait touché juste. L'espoir de Magnus disparut, et ses yeux furent envahis par un regard terne, de défaite. Qu'il soit danois ou non ne changeait rien : ils n'étaient pas faits l'un pour l'autre.

Aisly sentit son cœur s'emballer de plus belle.

Finalement, son amant recula d'un pas, juste assez pour qu'elle puisse reprendre une respiration régulière, et elle vit sa pomme d'Adam monter et descendre deux fois, avant qu'il se remette à parler.

— Préviens-moi quand tu sauras si tu es enceinte.

— Non.

En dépit de la fermeté dont elle essayait de faire preuve, sa gorge se noua. Si jamais elle avait un enfant, il pourrait avoir envie de l'élever et elle ne pourrait pas l'empêcher de le lui arracher. Seigneur, qu'elle avait été imprudente !

— Ta dette est soldée.

— Il ne s'agit pas de ma dette, Aisly. Je voudrais simplement savoir… Il est hors de question que je t'abandonne avec un bébé.

— Ce n'était pas notre accord et je n'ai plus besoin de toi.

Il dut prendre conscience de la panique d'Aisly car il recula encore et laissa retomber sa main.

— Je dois partir, murmura-t-il. Je dois retrouver ma

place : je suis leur chef et j'ai trop longtemps négligé mes responsabilités.

Aisly acquiesça et se sentit plus légère, maintenant qu'il n'était plus si près d'elle. Néanmoins, elle ne put réprimer une brutale envie de pleurer en pensant qu'il ne la toucherait plus. Ses sentiments étaient si confus qu'elle ne savait à quelle émotion se raccrocher, ignorant laquelle était la plus juste.

— Adieu, parvint-elle encore à dire, en dépit de la boule douloureuse qui l'étouffait.

— Souviens-toi seulement de ce que je t'ai dit.

De quoi parlait-il ?

— La cachette, sous ton plancher. Si je ne suis plus là pour te protéger, je veux être sûr que tu sauras te mettre à l'abri au premier signe de danger…

Elle acquiesça, un peu troublée : elle avait déjà oublié les conseils qu'il lui avait prodigués. Il ne les lui avait encore jamais rappelés et elle comprit soudain que c'était parce qu'il était certain de pouvoir la protéger. Et elle n'avait pas douté un seul instant de lui, confiante.

Hélas, les choses avaient changé…

— Oui, je le ferai.

— Je vais envoyer certains de mes hommes ici pour défendre le village. Surtout, méfie-toi de Wulfric ; on ne peut pas lui faire confiance.

Il avait l'air de vouloir en dire plus mais se retint et commença à marcher vers la porte. Avant de sortir, il se retourna une dernière fois, posant sur elle un regard déchirant.

— Viens me trouver, si tu as besoin d'aide.

Sur ces mots, il quitta la maison et disparut de sa vie.

# Chapitre 17

Tout était si clair, à présent, si précis dans son esprit…

*Elle était mourante.*

*Personne ne le disait, bien sûr : cela aurait été comme inviter la mort dans la maison, l'encourager à tous les emporter dans le vent glacial. Mais Magnus le savait.*

*Les cris de douleur qu'elle avait poussés la semaine précédente avaient laissé place au silence depuis longtemps. Mais ils résonnaient encore dans son esprit.*

*Il se réfugia de nouveau entre les racines du grand sapin pour se protéger du vent violent, et pour se cacher des gens qui s'agitaient dans le village, en contrebas. Ramenant ses genoux sous son menton, il se pelotonna, se fit tout petit et s'efforça de ne pas trembler. En vain. Son bras gauche restait plaqué contre ses côtes, seul moyen qu'il avait trouvé pour apaiser la douleur cuisante qui traversait son torse.*

*Il s'était préparé à ce moment mais il ne put réprimer un sursaut de terreur lorsqu'il vit la porte de la petite maison s'ouvrir, pour laisser apparaître son père. Magnus se cachait, il avait peur. Il était lâche et s'en voulait de cette lâcheté. Il s'obligea à regarder, sans le quitter des yeux, l'homme marcher le long du ponton auquel était amarré son bateau.*

*Son père n'était pas parti pêcher depuis une semaine et Magnus avait craint que la neige ne le retienne à la maison un jour de plus. Mais, après une longue discussion, lui et les autres pêcheurs avaient décidé de prendre le large.*

*Magnus poussa un soupir de soulagement et sentit son cœur s'alléger quand il vit les coques s'éloigner du rivage. Il s'obligea à attendre que les hommes aient disparu et quitté la rivière en direction de la crique. Il s'extirpa alors des branches basses, ignorant les aiguilles qui le piquaient à travers ses vêtements. Il jeta un rapide coup d'œil autour de lui pour s'assurer que personne ne pouvait le voir et sortit de la forêt pour la première fois depuis une semaine.*

*La douleur qui lui sciait les côtes aurait pu le ralentir mais il n'y prêta même pas attention. Combien de temps lui restait-il ? Il n'en savait rien. Raison de plus pour agir vite.*

*Néanmoins… une fois arrivé devant la porte de la maison, il hésita. Qu'allait-il trouver à l'intérieur ? Sa petite main tremblait comme une feuille lorsqu'il poussa le battant, et son sang pulsait à tout rompre dans son crâne.*

*Un courant d'air chaud et aigre l'enveloppa immédiatement. Lorsqu'il entra, la moiteur étouffante faillit le faire défaillir mais un seul regard porté à la femme qui se trouvait au milieu du lit, allongée sous un monceau de couvertures, le glaça.*

*Il referma la porte derrière lui et fit de son mieux pour ne pas boiter en s'approchant du lit. Ce n'était pas la peine de l'inquiéter sans raison : il s'était toujours remis de ses blessures, cette fois-ci ne serait pas différente.*

*Il remarqua rapidement qu'il avait eu peur pour rien : elle ne l'avait pas vu approcher. Les yeux de sa mère étaient clos, comme si elle dormait, mais ses mâchoires étaient tendues. Elle luttait en silence contre la douleur. Tous ses traits étaient déformés par ce cruel combat, à tel point qu'il eut du mal à la reconnaître.*

*A chaque fois qu'il pensait à sa mère, il revoyait son visage souriant ; le visage plein d'une femme à la beauté extraordinaire, aux cheveux clairs et aux yeux d'un bleu vif.*

*Il regarda la créature brisée qui lui faisait face : ses joues creuses, sa peau blafarde, ses cheveux si fins et rêches qu'ils évoquaient de la paille, bien loin de leur toucher soyeux d'antan.*

*Il ne put réprimer un hoquet de dégoût honteux et les yeux de sa mère s'ouvrirent.*

*Son regard était bien la seule chose, chez elle, qui conservait la trace de celle qu'elle avait été autrefois — un regard bleu clair qui s'illuminait dès qu'elle le voyait.*

*— Magnus…*

*La main fragile toucha son visage avec douceur, et ce simple geste faillit le faire fondre en larmes.*

*— Je savais que tu reviendrais…*

*— Jamais je ne te quitterai.*

*Il voulait la rassurer, mais sa voix cassée trahissait sa détresse.*

*Il ne parvint pas à l'apaiser. A sa grande surprise, les yeux bleu délavé s'emplirent de larmes.*

*— Oui, je le sais bien, murmura-t-elle d'une voix déchirante. Tu ne me quitteras pas tant que je vivrai.*

*Il fut bouleversé par ces paroles étranges et ce qu'elles sous-entendaient. Elle le regarda longuement, en silence, comme pour graver son visage dans sa mémoire, et Magnus chercha des yeux le bébé emmailloté sur le lit. Mais il n'y était pas. Est-ce que l'enfant, né plusieurs mois trop tôt, avait survécu ? Ou bien avait-il rejoint les autres ? Il n'osa poser la question…*

*La mort des autres enfants avait meurtri sa mère à tel point qu'elle avait failli ne pas s'en remettre. Comment aborder le sujet sans la faire souffrir davantage ?*

*— Tu dois savoir que ton père tenait beaucoup à toi, Magnus.*

*Sa voix faible et hésitante le tira de ses pensées. C'était un murmure si fragile, si discret, que la terreur revint hanter Magnus. Il prit la main de sa mère et la serra très fort, comme s'il pouvait lui faire passer un peu de la vie qui l'animait, lui. Elle ne parut pas s'en apercevoir et se contenta de sourire.*

*— Il chantait pour toi, quand tu grandissais encore dans mon ventre. Je lui disais qu'il était bête mais il était persuadé que tu pouvais l'entendre, que tu te souviendrais de ses paroles. Ce n'étaient que des chants retraçant la vie des grands guerriers, des épopées héroïques. Il savait que tu deviendrais un grand guerrier, que tu ferais de grandes choses...*

*Magnus, surpris, craignit un instant qu'elle ne soit déjà en train de glisser dans l'autre monde. En dépit de ses efforts, il ne parvenait pas à lier l'image que sa mère dépeignait de son père à l'homme qui la battait, et se retournait contre lui à chaque fois qu'il osait intervenir.*

*— Pourquoi voudrait-il me voir devenir guerrier ? Je suis pêcheur, comme lui, et je...*

*Sans se départir de son étrange sourire, elle secoua la tête.*

*— Non, je ne parle pas de Vakr. Vakr est un pêcheur, c'est vrai — assez mauvais, d'ailleurs —, mais ton père, lui, était un guerrier. J'aurais dû te dire la vérité plus tôt, je le sais. Seulement, je pensais que ce serait plus facile pour toi, si tu pensais que Vakr était ton père. Je pensais que cela pourrait t'aider si... Il est temps que tu apprennes la vérité.*

*— Qu'est-ce que tu veux dire ?*

*— Ton père a été tué avant ta naissance. C'est pour cela que je t'ai appelé Magnus : c'était son nom.*

*Elle leva une petite main amaigrie pour caresser son visage et Magnus s'agenouilla à côté du lit, pour se rapprocher d'elle. Il voulait peut-être devenir un homme, mais il ne pouvait résister à la douceur de ces caresses qui faisaient à nouveau de lui un petit garçon.*

*— Tu n'as que dix ans mais je le vois en toi. Tu as ses yeux, ses sourcils, sa bouche ; et, bientôt, tu auras sa force. C'est pour cela que Vakr est jaloux.*

*C'était impossible ! C'était trop d'un seul coup…*

*Perdu, Magnus se raccrocha à la seule réalité qu'il connaissait et protesta.*

*— Non, je ne suis pas fort. Je n'ai pas été capable de te protéger de pè…*

*Maintenant qu'elle lui avait révélé ses origines, ce nom, père, sonnait faux, mais il ne put se résoudre à appeler l'homme qui l'avait élevé par son nom.*

*— Je n'ai pas été capable de te sauver. Je n'ai pas su te défendre. Tout le monde dit que je suis trop maigre.*

*Sa mère glissa les doigts dans ses cheveux emmêlés et il ferma les yeux, apaisé par ce geste si familier.*

*— Tu es parfait, Magnus. Tu as fait ce que tu as pu et je t'aime…*

*Il sentit soudain son cœur se briser et les larmes qu'il retenait depuis une semaine coulèrent, brûlantes, sur ses joues. Si cela ne prouvait pas qu'il manquait de force… Un guerrier ne pleurait pas.*

*Mais sa mère ne sembla pas surprise. Au contraire, elle se redressa et sécha doucement les larmes de son fils, son pauvre corps tremblant de faire un tel effort.*

*— Tu dois savoir que ton vrai père et moi t'aimions beaucoup. Nous t'avons désiré à l'instant même où j'ai su que j'étais enceinte. Tu es né pour devenir un grand guerrier, c'est ton droit. Je veux que tu partes et que tu embrasses ton destin.*

*— Non ! Je ne peux pas te quitter !*

*Elle l'ignora et indiqua du doigt l'un des coins de la chambre.*

*— Sous ce coffre, là-bas, tu trouveras une petite bourse et un peu d'argent.*

*Il voulut protester mais elle jeta un coup d'œil anxieux à la porte, lui rappelant que le temps leur était compté. Vakr lui avait interdit de revenir quand il l'avait chassé de la maison…*

*— Dépêche-toi, Magnus. Si je dois mourir, je veux le faire en te sachant en sécurité.*

*Il hésita encore un instant puis finit par obéir. Creusant la terre battue à mains nues, il découvrit rapidement la bourse et reboucha le trou avant de replacer le coffre pour dissimuler leur secret.*

*Quand il revint à ses côtés, il lui prit de nouveau la main, incapable de ne pas la toucher.*

*— J'ai l'argent.*

*Sa mère acquiesça.*

*— Le maître de ton père était le jarl Hegard. Pars vers le nord en longeant la côte et tu trouveras son manoir. Dis-lui que tu es le fils de Magnus et il te prendra à son service. J'aurais dû te laisser partir plus tôt, mais j'étais égoïste, je voulais te garder pour moi seule. Je t'en prie, Magnus, pardonne-moi…*

*De grosses larmes se remirent à couler sur les joues du garçon et il acquiesça sans un mot, enfouissant son visage dans la couverture pour que sa mère ne puisse le voir pleurer.*

*— Si jamais il refuse de t'accueillir, donne-lui l'argent, reprit-elle, de plus en plus faiblement, mais seulement s'il refuse. Tu auras besoin de ces quelques pièces pour t'acheter une épée et une armure.*

Il leur avait fallu deux jours pour atteindre le campement. Durant le voyage, Magnus avait beaucoup parlé avec Vidar et les autres guerriers, retrouvant des fragments de sa vie. Les souvenirs lui revenaient, décousus, comme les morceaux d'un puzzle qu'il essayait de reconstituer, en les tournant et les retournant pour rendre à chacun sa place originelle.

Ce souvenir de sa mère avait été le premier à lui revenir complètement, à l'instant où il avait mis pied à terre pour admirer la Tyne, près du campement. Les bateaux amarrés près de la berge avaient attiré son attention et lui avaient soudain rappelé Vakr qui s'éloignait du rivage. Cette image avait ravivé le rêve à demi effacé qu'il avait fait dans le lit d'Aisly. Le vent froid, transportant jusqu'à lui le parfum des sapins depuis l'autre rive de la rivière, avait comblé les vides de ce souvenir.

— Magnus ?

Vidar s'approcha de lui, tenant d'une main les rênes de son cheval. Il fit signe aux hommes qui revenaient de leur journée de travail, à bord de leurs barques.

— Quelque chose ne va pas ? demanda-t-il encore.

Le cœur de Magnus battait si fort qu'il n'était pas certain de pouvoir retrouver son calme. Ce souvenir, si douloureux, si brutal, avait failli lui faire perdre tous ses moyens et il avait dû lutter pour ne pas tomber à genoux dans la boue. Revivre la mort de sa mère était insoutenable…

Après l'avoir quittée ce jour-là, il avait attendu dans la forêt, à moitié mort de faim, incapable de partir vraiment tant qu'elle était en vie. L'attente avait été longue, une véritable torture. Au matin du deuxième jour, le village s'était brusquement agité et on avait sorti de la maison le corps de sa mère, enveloppé dans un linceul. Alors, Magnus s'était finalement décidé. Il ne pouvait plus rester, maintenant qu'il la savait partie.

— Je vais bien, finit-il par répondre. Un souvenir vient de me revenir.

A contrecœur, il se détourna des bateaux de pêche et examina les remparts du campement.

— Si la mémoire te revient, c'est plutôt bon signe, dit Vidar avec un grand sourire.

Durant le voyage, il était redevenu l'homme jovial que Magnus avait connu. Apparemment, s'éloigner du village saxon lui faisait le plus grand bien.

— Tu vois, tu avais juste besoin de rentrer chez toi, ajouta-t-il. Viens, il est temps de boire un peu d'hydromel ; rien à voir avec ce jus insipide que les Saxons ont dû te donner ! Avec un peu de patience, bientôt, tu seras à nouveau toi-même.

Magnus acquiesça. Pour la première fois, il avait l'impression de revenir parmi les siens.

— Nous devons trouver Heir, l'homme dont les rebelles parlaient, dit-il fermement.

— J'ai déjà envoyé des hommes à la recherche de ce traître. Nous nous occuperons de lui dès demain, quand tu auras pris le temps de t'installer.

De nouveau, Magnus examina les remparts — assez hauts pour résister à un assaut — et le campement qui s'étendait devant lui. Les maisons avaient été bâties dans le style saxon mais il ne voyait que des guerriers — aucun fermier, et très peu d'enfants. Ce décor lui parut familier. Il était de retour chez lui.

En passant les portes du campement, Vidar poussa un cri de victoire. Tous les hommes levèrent les yeux, abandonnant leurs tâches, à la fois surpris et heureux de reconnaître Magnus. Ils se précipitèrent vers leur chef, accompagnés par les quelques femmes qui vivaient là, pour l'accueillir et le féliciter d'être revenu d'entre les morts.

Il dirigeait bien ce cantonnement. Vidar le lui avait dit et ses hommes l'avaient traité avec déférence pendant le voyage, mais c'était la première fois qu'il sentait réellement le poids de ses responsabilités.

Il salua chacun des hommes par son nom — des noms qui lui revenaient naturellement — et soudain, il se souvint avec clarté du chemin qui l'avait conduit à cette position enviable.

Craignant que Vakr ne le poursuive, il avait couru pendant des jours après la mort de sa mère, pressé d'atteindre le manoir du jarl Hegard. Le jarl l'avait pris à son service et il avait alors fait la rencontre du fils bâtard de son nouveau maître, Gunnar. Leurs enfances se ressemblaient en tout point ou presque et ils s'étaient donc rapidement liés. C'était sans doute la meilleure chose qui soit arrivée à Magnus, jusqu'à sa rencontre avec Aisly dans la forêt. Gunnar avait su lui faire découvrir une nouvelle manière de mener sa vie.

Il était donc devenu guerrier, comme son père l'avait voulu, et avait réussi à vivre confortablement en travaillant sur les drakkars du jarl Hegard.

Gunnar, son frère Eirik et Magnus avaient fini par entreprendre la traversée qui les avait conduits en terre saxonne. Hélas, cela faisait trois ans maintenant que Gunnar avait été blessé — si gravement qu'Eirik, devenu jarl, l'avait renvoyé auprès de leur père, pensant qu'il ne se remettrait pas. Gunnar avait survécu mais il était resté sur sa terre natale et s'était marié. A la mort du jarl Hegard, il avait préféré lui succéder plutôt que de revenir diriger les Danois restés en terre saxonne.

Magnus avait alors pris sa place à la tête du campement. Oui, il était devenu chef, en dépit des moqueries de Vakr qui lui avait tant de fois assuré qu'il ne serait jamais bon à rien.

A présent, alors qu'il regardait ces visages enchantés de le voir rentrer, il comprit qu'il avait dû être bon à ce travail. Il se revoyait peu à peu mener ces hommes au combat ou les conseiller à sa table. Il se souvint de sa fierté, lorsqu'il enseignait le combat à certains d'entre eux. Il avait été si enthousiaste, si heureux de voir le campement s'étendre et s'épanouir sous ses ordres. Au fil du temps, ces sensations l'avaient tellement comblé qu'il comprit brusquement qu'il n'avait jamais été pleinement satisfait durant son séjour au village saxon.

Il était danois. Sa place était ici, à la tête du campement. Il était né pour cela.

Il était heureux en traversant le cantonnement, mais son bonheur décupla quand il aperçut le manoir : il n'était pas aussi grand que celui du jarl Hegard, bâti pour offrir abri et distractions à ses nombreux guerriers pendant de très longs mois d'hiver, mais plus vaste que celui de Cuthbert. En s'approchant, il sentit le parfum du bois fraîchement coupé et se souvint d'avoir aidé ses hommes à le bâtir. Cette demeure était bien la sienne.

Lorsqu'il pénétra à l'intérieur, tout lui parut familier. Trois grands piliers taillés dans d'épais troncs soutenaient le haut plafond voûté de part et d'autre de la grande salle. De larges poutres se rencontraient au-dessus de sa tête, au milieu de la fumée qui émanait de deux âtres immenses avant de s'échapper par deux trous percés dans le toit. L'arrière du bâtiment abritait les réserves et les chambres — trois petites d'un côté et deux grandes de l'autre. Magnus traversa fièrement la salle et caressa avec émotion le bois brut de l'un des poteaux. Si seulement sa mère pouvait voir l'homme qu'il était devenu et les efforts qu'il avait faits pour en arriver là…

Malheureusement, penser à sa mère fit naître une autre vague de regret en lui. Aisly lui manquait.

Non, *manquer* était un terme bien trop léger pour décrire l'émotion qui le déchirait. S'il voulait combler le gouffre qui avait pris place dans son cœur, il aurait besoin d'elle à ses côtés… Aurait-il une chance de lui faire découvrir son univers ? Tout ce qu'il avait accompli ?

Il traversa la salle jusqu'au dais, au fond de la pièce, qui abritait une longue table, bordée de longs bancs. Une femme était là, occupée à disposer des gobelets et des pots d'hydromel.

Peut-être qu'avec le temps, Aisly pourrait comprendre qu'il était toujours le même homme, celui auquel elle tenait, et non le Danois qui avait détruit sa vie. Mais cela ne pourrait arriver que si elle était à ses côtés. L'espace d'un instant, il songea à retourner au village, une nuit, à escalader le mur et à l'enlever. Elle le haïrait pendant un temps, bien sûr, mais il était certain qu'il saurait lui rappeler toutes les bonnes choses qui s'étaient passées entre eux…

Soudain, un autre souvenir l'assaillit, brutal et inattendu. Le souvenir d'un visage, d'un homme aux cheveux noirs et au sourire sinistre. *Godric*. Sans réfléchir, il avait entraîné un groupe de guerriers dans le campement, un matin à l'aube. Magnus avait immédiatement pensé qu'ils avaient prévu d'attaquer pendant la nuit mais que la solidité des remparts les en avait empêchés. Godric s'était présenté à lui et lui avait dit que deux jeunes filles de son village avaient été enlevées mais, quand Magnus l'avait invité à entrer pour en parler, Godric avait ordonné à ses guerriers d'attaquer. Une bataille insensée en avait résulté et cinq maisons avaient été incendiées. Les femmes et les enfants avaient été mis en danger et, quand Magnus avait riposté pour maintenir l'ordre, Godric avait entraîné ses hommes dans une lutte à mort.

Il n'y avait pas eu d'exécution, pas de meurtre de sang-froid. Seulement un combat absurde, engagé par un idiot, qui n'avait pris fin qu'après le décès des Saxons et de trois guerriers danois.

En dépit de tous ses efforts, il ne put s'obliger à regretter ses actions ni la mort de cet homme. Godric avait été trop sûr de lui pour prendre la bonne décision, à la fois pour ses hommes et pour Aisly. La simple idée de sa bien-aimée à la merci d'un tel homme le révolta. Si le fait d'avoir rendu justice, ce jour-là, l'avait libérée de ce tyran, il ne pouvait s'en vouloir… Hélas, il ne pourrait certainement jamais expliquer à Aisly ce qui s'était réellement passé le jour de la mort de Godric, ni se justifier de sa réaction excessive. Il aurait pu prendre le temps de discuter avec les Saxons mais il s'était abandonné à la colère et avait envoyé Vidar lever une taxe, et punir tout un village pour un acte irréfléchi, commis par une poignée de guerriers.

Il en avait tellement voulu à Godric qu'il avait donné l'ordre à Vidar d'exiger une somme colossale à sa famille, en compensation. Un réflexe impulsif qui avait mis Aisly en danger. A cause de lui, elle était presque ruinée et à la merci de Wulfric. Elle n'apprécierait peut-être pas qu'il se mêle de ses affaires une nouvelle fois, mais cela ne l'empêcherait pas d'agir. Avant toute chose, il allait découvrir ce qu'il était advenu de l'argent, de la laine et des tapisseries qu'il lui avait volés, et donner l'ordre que tout lui soit rendu. Cela lui permettrait aussi de s'assurer qu'elle ne manquerait de rien : grâce à la laine, elle pourrait travailler. Il préférait savoir qu'elle affronterait Wulfric sans être désespérée, ni à sa merci.

Vidar et deux autres guerriers, Arn et Leikr — qu'il avait immédiatement reconnus comme ses confidents —, le rejoignirent à table et s'assirent sur les bancs, lui laissant la place du milieu. Il s'installa à son tour et prit le gobelet d'hydromel qu'ils lui offrirent, savourant le riche liquide doux-amer qui coulait sur sa langue. Par les dieux, que cela lui avait manqué ! Et pourtant, il ne s'en était pas aperçu jusque-là...

— C'est si bon de te revoir, lança Vidar en levant sa chope pour la vider d'un trait.

Les deux autres l'imitèrent. A la porte, un cri de joie retentit et d'autres guerriers vinrent se joindre à leur petit groupe. Tous avaient des questions : où était-il allé ? Que lui était-il arrivé ? Comment avait-il survécu ?

Lorsqu'ils furent tous assis autour de la table, Magnus se leva et réclama le silence.

— Je vais vous raconter une histoire, mes amis. Vous n'y croirez peut-être pas, mais je vous assure que chaque mot est vrai. Cette histoire commence par une bataille et la mort...

Pendus à ses lèvres, ses hommes se turent et, bientôt, seule sa voix résonna sous le plafond de la grande salle. Même les quelques hommes qui se précipitaient pour prendre les dernières places se taisaient, leurs yeux fixés sur Magnus.

— Mais elle s'achève avec une belle aux cheveux flamboyants et aux yeux verts ensorcelants.

Il fit de son mieux pour rester stoïque en imaginant le visage d'Aisly. Il préférait ne pas trahir ses sentiments pour elle.

On l'acclama et, dans la salle, quelqu'un lança :

— Une demoiselle de feu !

Cela fit sourire Magnus. En effet, ce surnom convenait parfaitement à Aisly — pour plus d'une raison.

— Oui, et cette demoiselle de feu m'a sauvé la vie. Je ne vous raconterai cette histoire qu'une fois, alors écoutez bien.

Il se lança dans son récit, leur contant son réveil à côté du bûcher funéraire, et décrivant sa vie au village jusqu'au moment où Vidar l'avait retrouvé. Bien entendu, il laissa de côté le marché passé avec Aisly pour lui donner un enfant, mais son admiration pour elle devait néanmoins paraître évidente à tous ceux qui l'écoutaient. Cela n'avait aucune importance. Ses hommes aimaient les belles histoires héroïques et il était ravi de pouvoir leur en conter une nouvelle. Cela aurait au moins l'avantage de leur donner un sujet de conversation pendant l'hiver.

Lorsqu'il finit par reprendre sa place, il remarqua le regard soupçonneux de Vidar.

— Qu'y a-t-il ?

— La demoiselle de feu… C'était la femme qui t'accompagnait au village ?

Magnus se raidit et haussa les épaules, s'avisant soudain qu'il avait grand besoin d'un bain et de vêtements propres. De plus, il ne voulait pas parler d'Aisly. L'évoquer dans son récit était une chose, mais donner des détails sur son identité en était une autre… Non. Le récit suffirait, donnant à son aventure des accents de saga.

D'un autre côté, il savait qu'en refusant de répondre, il ne ferait qu'entraîner d'autres questions. Il acquiesça donc et récupéra sa chope, encore pleine d'hydromel.

Vidar fronça les sourcils et Magnus sentit un certain malaise l'envahir. Une femme vint déposer devant lui un plat rempli de légumes rôtis et de poisson, et il murmura un remerciement.

Vidar attendit qu'il ait mangé pour reprendre la parole d'un air embarrassé :

— Tu sais, le mariage a déjà été arrangé…

Magnus manqua de recracher son poisson. Il ne s'était pas trompé : il n'était pas encore marié, ni réellement attaché à aucune femme. Mais cela devait bientôt changer…

— Que veux-tu dire ?

— Eirik…

Vidar s'interrompit, puis reprit :

— Le *jarl* Eirik — seul un petit frère contraint de faire preuve de déférence envers son aîné pouvait prononcer ce mot avec une telle emphase — a arrangé le mariage que tu désirais.

— Le mariage que *je* désirais ?

Vidar eut un sourire moqueur.

— Je suppose que ta promise serait ravie de t'entendre dire cela. Tu ne te souviens vraiment pas ?

Magnus prit une seconde pour réfléchir, mais il ne se souvenait d'aucune femme, à l'exception d'Aisly.

— La tisseuse de paix, l'encouragea Vidar.

A ces mots, des fragments de mémoire lui revinrent, lentement. En effet, le jarl Eirik lui avait promis que ses efforts seraient récompensés. Le prix, pour son dur labeur, serait une épouse saxonne. Eirik lui-même avait choisi sa future épouse, parmi des jeunes femmes qu'on appelait des « tisseuses de paix ». Le mariage de Magnus était censé aider à semer les graines de la réconciliation entre Saxons et Danois. Evidemment, sa promise devait être de haute extraction pour le lier à une famille respectée dans le pays.

— Quand est-ce arrivé ? demanda-t-il, bouleversé.

— Juste après ton départ. Te souviens-tu du message que nous avons reçu du Sud, nous annonçant que plusieurs villages avaient été attaqués par des rebelles ? Tu as pris dix hommes avec toi pour gagner notre campement du sud, alors que je partais pour le village saxon afin de collecter la taxe auprès de la famille de Godric. Je ne sais pas vraiment ce qui s'est passé ensuite mais nous avons appris que les rebelles vous avaient tendu une embuscade. C'est lors de cette bataille que tu as été blessé.

Magnus ferma les yeux et quelques images de l'embûche lui revinrent. Ils étaient au cœur d'un territoire inconnu et les rebelles étaient sortis de nulle part. L'un de ses propres hommes s'était retourné contre lui et avait blessé Magnus à la tempe d'un coup d'épée. Le frère de Heir ! Il se souvint alors avoir vu le visage de ce pleutre dans le groupe de rebelles qu'il avait suivi en direction du nord, quelques jours auparavant. Les deux frères étaient des traîtres : c'était la seule explication possible à la victoire des rebelles lors de la bataille.

— Oui, répondit-il lentement en revivant le combat, seconde par seconde, je me souviens maintenant.

Vidar lui posa quelques questions mais revint ensuite au sujet précédent :

— Le mariage est prévu pour le printemps.

Avant son expédition malheureuse vers le sud, Magnus aurait été enchanté d'apprendre une telle nouvelle. Le mariage arrangé par Eirik était le couronnement de ses efforts : finalement, l'enfant pauvre et misérable qu'il avait été avait réussi à forcer son destin. Il était enfin devenu quelqu'un. Contrairement à ce que Vakr avait prédit, il était un chef.

Hélas, cela signifiait aussi qu'Aisly ne serait jamais sienne, qu'elle le pardonne ou non. Il n'y avait pas de place pour elle dans cette vie qui se dessinait devant lui — pas de place acceptable. Et pourtant, il la désirait toujours. Chaque pas qui l'éloignait d'elle le faisait souffrir un peu plus. Il la voulait pour lui seul, même s'il était obligé d'en faire sa maîtresse pour y parvenir. Mais Aisly refuserait. Elle n'accepterait jamais une telle position, ne pourrait pas vivre avec lui sans être son épouse.

C'était justement l'une des choses qu'il adorait chez elle. Et d'ailleurs, il ne voulait pas lui offrir moins que la famille dont elle rêvait depuis son enfance.

Et il ne pouvait pas lui donner cette famille, pas telle qu'elle l'imaginait.

Il allait devoir la laisser seule et cette simple pensée lui brisa le cœur, à tel point qu'il eut peur de s'écrouler sur la table, au milieu de ses hommes. Il venait de comprendre à quel point il avait espéré qu'Aisly finisse par se souvenir qu'elle l'aimait, avec le temps. Bien sûr, elle n'avait jamais prononcé ces mots, mais il savait déceler l'amour dans les yeux des autres et il l'avait vu illuminer le regard de son amante.

Mais à présent, le temps et la patience ne leur seraient plus d'aucune utilité. S'il refusait le mariage qu'on lui proposait, il tournerait le dos à tout ce qu'il était, à tout ce pour quoi il avait si durement travaillé. Il tournerait le dos à ses rêves.

Les siens étaient encore en situation précaire sur les terres saxonnes. Depuis son arrivée, il avait vu beaucoup de morts ; des Danois et des Saxons. Son mariage pourrait donner du sens à ces pertes et peut-être même sauver des vies. Son mariage pourrait leur permettre de vivre en paix avec les Saxons, de conclure une trêve.

Il *devait* oublier Aisly. De toute manière, elle serait certainement plus heureuse sans lui et il pourrait toujours veiller sur elle de loin. Malheureusement, ce sens du devoir n'apaisait pas le profond malaise qui l'habitait désormais…

Et si Aisly était enceinte ? Pensait-il réellement qu'il serait capable de les laisser tous les deux affronter seuls le monde, sans leur offrir son toit, sa protection ?

Soudain, il s'aperçut que Vidar le dévisageait toujours et il soupira.

— J'enverrai un message au jarl. J'ai besoin de parler

de ces dernières années avec lui ; je ne suis pas sûr que la mémoire me soit entièrement revenue.

— C'est déjà fait, mon ami, répondit Vidar, tout sourire. J'ai envoyé un messager pendant que tu redécouvrais le campement et que tu rencontrais tous ces gens que tu connais depuis des années…

Il le gratifia d'un clin d'œil taquin et Magnus le revit, enfant malicieux qui causait toujours des problèmes en suivant ses grands frères partout où ils allaient.

— Merci de t'être si bien occupé du cantonnement en mon absence. De toute évidence, tu es prêt à devenir chef à ton tour…

Vidar rit de plus belle et examina rapidement la grande salle.

— Sur un bateau, peut-être, mais pas ici sur la terre ferme… C'est trop contraignant et je tiens trop à ma liberté : il me reste tant de choses à découvrir du monde.

— Le jarl ne sera peut-être pas de cet avis, tu sais.

— Eh bien, le jarl peut toujours aller se faire voir ! Cela fait des années que je le lui répète. J'ai d'ailleurs commencé bien avant qu'il n'hérite de son titre.

Magnus, amusé, retrouva un nouveau souvenir, corroborant l'affirmation de Vidar. Cependant, son rire sonnait faux. Maintenant qu'il comprenait à quel point Aisly était loin de lui, hors de portée, il ne savait plus quelles joies sa vie pourrait bien lui réserver.

# Chapitre 18

Un frisson glacé parcourut Aisly et son petit cœur se mit à battre la chamade. Le sang tambourinait tellement fort à ses oreilles que, l'espace d'un instant, elle n'entendit plus les mots que l'on prononçait autour d'elle.

Elle avait reçu l'ordre de se rendre chez Wulfric. *Reçu l'ordre*. Il n'était pas venu lui rendre visite pour l'inviter à dîner… Non, il avait envoyé un garçon frapper à sa porte alors qu'elle était sur le point de se coucher.

En entendant les coups, elle avait cru une seconde que Magnus était de retour, comme à chaque fois que quelqu'un se présentait chez elle depuis qu'il était parti. C'était idiot, bien sûr. Il avait quitté le village depuis une semaine et tout portait à croire qu'il ne reviendrait pas. Pourquoi remettrait-il les pieds ici ? Elle lui avait expliqué très clairement qu'elle ne voulait plus le voir, qu'elle ne désirait plus rien de lui. Quelle bêtise ! Avait-elle réellement pensé qu'il ne lui manquerait pas ?

— Aisly, lança la voix sèche de Wulfric, la tirant de ses pensées.

Il était assis sur son banc, près de la cheminée, croyant sûrement que se tenir debout devant elle aurait pu être interprété comme un signe de faiblesse.

— Je voulais te donner une nouvelle chance de démontrer ton innocence.

Arte était à côté de lui mais n'osait pas regarder Aisly dans les yeux. Elle jeta un coup d'œil aux trois autres hommes. Pourrait-elle espérer de l'aide de leur part ? Deux d'entre eux étaient des anciens et le troisième, l'un des guerriers les plus influents du village. Contrairement à Arte, ils la dévisageaient d'un regard impassible. Non, ils ne l'aideraient pas…

Elle prit alors une profonde inspiration, s'efforça de rester calme et répéta une nouvelle fois le récit qu'elle avait fait dans la grande salle de Cuthbert, le lendemain du jour où son étranger — Magnus, il s'appelait Magnus — avait été démasqué. Elle ignorait qu'il était danois, comme tous les villageois, l'avait découvert dans la forêt presque inconscient et ne savait pas pourquoi il était venu dans leur village. C'était une histoire simple, pourquoi ne voulaient-ils pas la croire ?

Agacée et blessée dans son orgueil, elle fit néanmoins de son mieux pour démontrer patiemment son innocence, une fois encore.

Quand elle eut fini, Wulfric poussa un profond soupir.

— Cela devient lassant, tu dois bien t'en rendre compte, dit-il.

— Oui, je suis d'accord : tout cela est *très* lassant.

Le regard implacable de son beau-père la fit taire, réveillant toutes ses angoisses.

— Aisly, je suis fatigué de ton éternelle insolence !

Aisly gardait les bras croisés, de peur que les hommes ne remarquent le tremblement qui l'agitait. Il aurait été plus utile de tenter de calmer Wulfric, mais plus elle discutait avec lui, plus elle comprenait qu'elle n'avait aucun moyen de l'apaiser. Il ne cesserait pas de la tourmenter tant qu'il n'aurait pas réussi à la chasser du village, à tout jamais.

— Qu'attendez-vous de moi ? J'ai répondu à toutes vos questions mais apparemment vous restez persuadé que j'ai comploté avec un espion.

Finalement, Arte se décida à lever les yeux sur elle et la gratifia d'un regard empreint d'une certaine pitié. Wulfric, lui, paraissait songeur, caressant sa barbe d'un air absent — un geste presque sensuel qui terrifia Aisly plus que toutes ses menaces. Elle jeta un nouveau regard dans la pièce, cherchant des yeux leurs épouses mais, apparemment, seuls les hommes étaient présents…

— La seule chose que nous sachions sans le moindre doute, c'est que le Danois était amoureux de toi, lança finalement Wulfric d'un air accusateur.

Aisly frémit mais concentra tous ses efforts pour ne pas trahir sa peur.

— Il était simplement reconnaissant. Après tout, je l'ai sauvé, répondit-elle fermement.

— Reconnaissant ? Et *comment* t'a-t-il montré cette reconnaissance ?

Le regard impitoyable de Wulfric la balaya de la tête aux pieds. Il n'oserait certainement pas dire ce qu'il pensait à voix haute, pas en présence des autres. Néanmoins, Aisly sentit ses joues s'enflammer. Son insinuation était grossière, vulgaire et — hélas — bien trop proche de la réalité…

De plus, elle savait pertinemment qu'il avait le pouvoir de se débarrasser d'elle sans que personne, au village, n'ose s'élever contre lui, ce qui la mettait dans une situation bien délicate. Elle était même surprise qu'il n'ait pas encore inventé un stratagème honteux pour parvenir à ses fins, comme il l'avait fait pour bannir Beorn et Rowena.

— Cessons de tergiverser, intervint Arte avec son autorité et son calme habituels.

Aisly sentit son cœur s'emballer. Elle en était sûre : Wulfric n'avait pas encore tenté de la chasser, mais il allait rapidement se rattraper !

En effet, ravi de passer à la suite de son plan, son beau-père se fendit d'un sourire cruel.

— Bien entendu, répondit-il. Epargnons-nous ces discussions inutiles. Vois-tu, Aisly, nous savons que tu as partagé plus qu'une simple amitié avec le Danois.

Aisly sentit son corps se vider de ses forces. Elle songea

immédiatement à toutes les fois où Magnus et elle avaient fait l'amour. Ils n'avaient sans doute pas été assez prudents quand ils étaient dehors. Et puis la vérité devait se lire sur leurs visages. A moins qu'on ne l'ait vu quitter sa maison, en pleine nuit…

Il était possible aussi que Wulfric n'ait aucune idée de rien et qu'il soit en train de tenir ces propos dans le simple but de la pousser à se trahir.

— Nous savons qu'il était ton amant, ajouta un autre homme, resté silencieux jusque-là.

Ces quelques mots résonnèrent dans le silence, lourds et provocateurs. Son sang se mit à tambouriner à ses oreilles. La simple idée que ces hommes sachent tout des quelques heures précieuses qu'elle avait passées avec Magnus la mettait hors d'elle. Elle aurait dû se sentir honteuse, peut-être même les supplier de ne pas la bannir, mais elle ne ressentait plus que de la rage. Ce qu'elle avait partagé avec son amant était si beau, et voilà que même ces souvenirs de bonheur étaient piétinés et souillés par Wulfric !

— Vous ne savez rien, répliqua-t-elle, les dents serrées.

Wulfric ne se laissa pas impressionner et lança :

— Faites entrer la fille.

Le guerrier se leva et sortit de la pièce. Au bout de quelques secondes, il était de retour avec Wyn — qui semblait particulièrement terrifiée.

Arte vint lui prendre la main pour la conduire devant Wulfric.

— Vas-y, dis-leur ce que tu as vu.

Wyn hésita quelques instants, jeta un bref regard à Aisly avant de se mettre à fixer le feu qui ronflait dans l'âtre. Le regard fut bref, mais assez long pour qu'Aisly devine l'ampleur de ses regrets.

C'était donc vrai… Quelqu'un avait été témoin de son idylle avec Magnus. En un éclair, la terreur s'abattit sur elle, glacée et insoutenable.

— Je les ai vus ensemble. Deux fois, finit par avouer Wyn d'une voix faible.

— Parle plus fort et dis-nous ce que tu as vu, ordonna Wulfric.

— La première fois, c'était dans la forêt. Je les ai vus quitter le village ensemble et je les ai suivis, pour aider Aisly à cueillir des pieds-d'alouette. Mais ils étaient… Ils se sont assis au pied d'un arbre et ils…

— Forniquaient comme des animaux, acheva Wulfric à la place de la fille, l'air plus que satisfait.

Wyn jeta un nouveau coup d'œil à Aisly, comme pour s'excuser, puis se tourna encore vers le feu, la tête basse.

Aisly serra les poings plus fort encore au souvenir de cette erreur stupide. Elle avait été trop aveuglée par Magnus, par les sensations délicieuses et indécentes que ses caresses faisaient naître en elle. Ils n'avaient même pas pensé à vérifier qu'ils n'étaient pas suivis. Ce jour-là, c'était d'ailleurs lui qui l'avait encouragée à faire preuve de plus de discrétion, mais elle avait ignoré ses mises en garde. Elle avait été idiote et maintenant elle allait devoir en payer le prix.

— Et la seconde fois, ma petite ? insista Wulfric, toujours souriant, quand Wyn se tut.

— C'était le jour où il a été démasqué. Ils ont quitté la grande salle ensemble et… Je les ai suivis.

Sa voix se fit presque inaudible et elle rougit, honteuse de devoir admettre une chose pareille.

— Ils sont entrés dans la maison et je n'ai pas vu ce qui s'est passé à l'intérieur.

— Mais tu as entendu des choses. Raconte-nous tout, l'encouragea Arte avec douceur.

— J'ai entendu des… bruits… Comme une table ou un banc qui cognait régulièrement contre un mur et…

— Assez ! hurla Aisly, incapable d'écouter ce récit plus longtemps.

Sans doute ces hommes avaient-ils parlé de tout cela de

nombreuses fois, pendant les jours précédents, le temps de mettre leur stratagème sur pied. Et la simple idée de les imaginer en train de parler d'elle — *en train de parler d'eux* — la rendait malade.

Ces quelques heures que Magnus et elle avaient partagées étaient intimes et Wulfric n'aurait jamais dû s'en servir contre elle !

— Je refuse d'en écouter davantage.

— Tu n'as pas le choix, coupa Wulfric.

— Bien sûr que si. Vous n'avez aucune preuve de ce que vous avancez, à part la parole d'une fille jalouse.

Wyn lâcha un petit cri, comme si Aisly venait de la gifler.

— C'est vrai, admit-elle d'une petite voix. J'étais jalouse, mais je n'ai jamais eu l'intention de raconter aux anciens ce que j'avais vu ! J'en ai parlé à une amie parce que j'étais triste et en colère ; c'est elle qui a tout répété à ma mère. Je t'en prie, Aisly, tu dois me croire… Je ne voulais pas te causer de problèmes.

Elle voulut s'approcher d'Aisly, mais son père l'empêcha de bouger, une main posée sur son épaule.

— La manière dont tout cela a été dévoilé importe peu. Le fait est que ces événements indécents ont bel et bien eu lieu, Aisly. Nous avons besoin de savoir pourquoi. As-tu donné des informations concernant le village à ce Danois ? Que t'a-t-il promis en échange ? demanda Arte.

Aisly refusa d'admettre quoi que ce soit et se contenta de les dévisager quelques instants, en silence. Wulfric lui avait tendu un piège mais elle ne savait toujours pas où il voulait en venir…

— Magnus n'était pas un espion, finit-elle par déclarer d'une voix aussi assurée que possible. Vous le savez aussi bien que moi, Arte : vous l'avez vu et vous m'avez aidée à le porter jusque chez moi. Il était gravement blessé et à deux doigts de la mort…

— C'est vrai. Son arrivée chez nous n'était peut-être pas

préméditée. Il était blessé, en effet, mais il s'en est rapidement remis et s'est servi de sa prétendue amnésie pour rester parmi nous et recueillir des informations.

C'était une possibilité, certes. Aisly elle-même se répétait la même chose depuis une semaine.

— J'étais aussi surprise que vous tous quand ce Danois l'a appelé par son nom.

— Cela n'a plus aucune importance maintenant, interrompit Arte, une main levée pour la faire taire.

Apparemment, le guerrier qui était allé chercher Wyn en avait assez de rester muet.

— Son nom est Magnus, le nom du chef de Thornby, l'homme qui a tué votre époux, lança-t-il avec un regard méprisant, comme si Aisly avait été plus obscène que la pire des catins.

— Oui, je connais son nom. Mais quand je l'ai sauvé, j'ignorais tout de lui, répondit-elle aussi dignement que la situation le lui permettait.

— Nous pensons que tu as rapidement appris la vérité après l'avoir sauvé, poursuivit Arte.

Pour la centième fois, Aisly se demanda pourquoi elle n'avait pas insisté davantage pour que l'étranger lui avoue son nom. Il s'en était souvenu pendant son expédition pour espionner les rebelles, mais il ne semblait pas prêt à le lui dire et elle avait respecté son silence. Encore une fois, elle avait agi comme une parfaite idiote…

— Je ne savais rien ! Je vous jure que je ne connaissais pas son nom !

Arte ouvrit la bouche pour répondre mais Wulfric, plus rapide, bondit sur ses pieds.

— Peu importe ! La seule chose qui compte pour nous maintenant, c'est que Magnus a des sentiments pour toi. Nous voulons que tu partes le retrouver, que tu t'infiltres dans leur campement et que tu réunisses autant d'informations que tu le pourras.

A ces mots, le sang d'Aisly ne fit qu'un tour. Avait-elle bien compris ? Etaient-ils réellement en train de lui demander... *ça* ? Elle tenta un instant de se persuader qu'elle se trompait, en vain.

— Que voulez-vous dire ?

— Va le rejoindre. Ouvre-lui tes cuisses à nouveau. Dis-lui « s'il te plaît », « merci », tout ce qu'il aura envie d'entendre, jusqu'à ce que tu découvres quel est son plan pour attaquer notre village.

— Wulfric ! intervint Arte, clairement choqué par tant de vulgarité, avant de chasser Wyn de la pièce.

— Je refuse.

— Pourquoi ? Tu as bien couché avec lui pour moins que ça ! répliqua Wulfric, la lividité d'une rage contenue chassant son sourire narquois. A moins que tu ne l'aies fait dans l'espoir de tomber enceinte ? Tu voulais peut-être faire passer votre bâtard pour mon descendant ? Dommage : maintenant, je saurai que si tu portes un enfant, ce sera le rejeton de ce Danois. Je ne pourrai croire qu'il s'agit de celui de Godric et tu devras quitter ma maison.

— Vous avez tout mis en œuvre pour pouvoir me chasser, n'est-ce pas ? Qu'avez-vous promis à lord Oswine pour le convaincre de détruire le contrat de mariage ? répliqua-t-elle farouchement.

Wulfric éclata de rire — un rire glacial, sinistre et dénué de joie.

— Ne te soucie pas de cela. Il n'y a pas de contrat de mariage, je peux te le garantir et il n'y a rien à ajouter. Mais si tu fais ce que je te demande, je pourrais peut-être te laisser la maison ; sinon, il y a toujours le couvent. L'abbesse n'hésitera pas à recueillir une catin malhonnête.

Aisly était bel et bien piégée. Tous les possibles s'étaient refermés devant elle ; elle n'avait plus aucun moyen de conserver sa demeure et son indépendance. Wulfric trouverait toujours une solution pour lui arracher tout ce qu'elle avait, qu'elle se montre obéissante ou non.

Voilà pourquoi les villageois s'étaient montrés si distants avec elle depuis le début de la semaine. La veille, l'épouse de Cuthbert avait accepté la tapisserie raccommodée sans un mot ni même un simple petit sourire de remerciement. Et les apprenties d'Aisly étaient tombées mystérieusement malades — elle-même avait été trop bouleversée pour mettre en doute leur sincérité.

A présent, elle comprenait : tout le village pensait qu'elle avait trahi les siens. La félonie supposée de Magnus l'entachait parce que tout le monde savait à quel point ils étaient devenus proches.

Il était possible aussi que tout le monde ait appris ce que Wyn avait vu… *Oh ! Seigneur, non !*

— Je refuse de partir vivre au couvent, reprit-elle, s'efforçant de rester concentrée sur ce qui se passait.

Wulfric haussa les épaules.

— Dans ce cas, va à Thornby et mets la main sur les secrets du Danois.

— Mais… Mais vous me demandez de… de *me servir de mon corps*, de m'offrir à lui pour obtenir des informations, balbutia-t-elle, abasourdie. Est-ce que vous avez conscience de ce que vous exigez, Wulfric ? Arte ?

Elle les dévisagea un long moment, attendant une réponse de leur part. Wulfric ne se départait pas de son sourire méprisant. A côté de lui, Arte paraissait horrifié, comme on pouvait s'y attendre, devant un tel marché — mais pas assez pour prendre sa défense.

— Oui, c'est ce que je te demande, répondit finalement Wulfric.

Aisly, révoltée, recula instinctivement d'un pas. Le guerrier eut un mouvement brusque — pour l'arrêter, sans doute, ou l'empêcher de sortir — mais Arte lui fit signe de rester assis.

Avaient-ils réellement l'intention de la traîner de force dans les bras du Danois, comme un simple objet ? Elle sentit son estomac se retourner. Pourtant, il s'agissait de Magnus… Il était peut-être son ennemi, il l'avait peut-être trahie, mais il ne lui ferait jamais de mal, c'était certain.

Soudain, une autre pensée terrible l'envahit. Si elle refusait, qui empêcherait ces hommes d'exiger d'elle quelque chose de plus dégradant encore ?

Désespérée, elle essaya une dernière fois de leur faire retrouver la raison.

— Ce que vous me demandez est un pêché !

— Je ne te demande rien de plus que ce que tu as déjà donné toi-même au Danois. Ne nous mentons pas : il faut appeler un chat, un chat, répondit Wulfric, caressant de nouveau sa barbe, d'un air las cette fois.

— C'est pour la bonne cause, mon enfant, ajouta posément Arte. Une fois que ce sera fait, tu pourras supplier le Seigneur de te pardonner et Il le fera. Je suis sûr qu'en prenant le voile, tu sauveras ton âme…

C'était donc cela, le plan qu'ils avaient mis une semaine à élaborer ? Se servir d'elle puis la chasser du village, quoi qu'elle fasse ?

Sachant à présent qu'elle n'avait plus rien à perdre, Aisly se redressa et leur fit face, ne cédant pas d'un pouce.

— Je ne le ferai pas.

Wulfric ne la quittait pas des yeux, cherchant sans doute à savoir si elle était sincère. Il finit par se lever et, pour la première fois depuis son arrivée, elle vit la colère envahir ses petits yeux cruels.

— Tu n'es pas aussi importante que tu le crois, catin. Ne t'en fais pas : nous avons d'autres plans, d'autres moyens d'atteindre ton Danois. Mais je peux t'assurer que jamais je n'accepterai ton bâtard comme l'enfant de Godric.

Hors d'elle et désespérément impuissante, elle tourna les talons sans un mot et quitta la maison de Wulfric. Ce dernier ne lui avait pas donné l'autorisation de partir mais elle s'en moquait. Si elle avait dû passer un moment de plus chez lui, elle aurait fini par l'embrocher avec sa propre épée…

Quand elle fut chez elle, Aisly put enfin laisser sa douleur s'exprimer et elle fondit en larmes. Tombant à genoux près du lit, elle enfouit son visage dans la couverture et sanglota longtemps et autant qu'elle put. Une fois calmée, elle se redressa et examina la grande pièce. Pour la première fois, elle parvenait à poser un regard détaché sur tous ces meubles, ces objets si familiers. Même les ustensiles de cuisine, suspendus au-dessus de l'âtre et dont elle se servait tous les jours, ne lui appartenaient pas. Sa table de travail, déserte depuis qu'on avait cessé de lui passer commande, se dressait, abandonnée, privée de la vie qu'elle lui avait si longtemps insufflée.

Soudain, elle comprit l'ampleur du pouvoir que Wulfric exerçait sur elle. Elle était encore là, dans sa maison, mais il avait usé de son influence pour que le village entier l'abandonne. L'épouse de Cuthbert n'était pas venue lui rendre visite. Lora non plus, en dépit de la commande qu'elle avait dit vouloir lui passer, quelques jours auparavant.

Wulfric avait fait comprendre à tout le monde qu'il était fâché et cela avait suffi pour la mettre à l'écart de la vie du village. Cette influence s'étendrait-elle jusqu'à lord Oswine et l'abbesse ? Comment savoir ? C'était fort probable, puisqu'il avait réussi à convaincre lord Oswine de détruire le contrat de mariage.

Maintenant que tout le monde lui avait tourné le dos, cette maison n'avait plus rien d'un foyer.

Que lui restait-il ici ? Si elle ne pouvait pas continuer à y travailler, cette demeure n'avait plus aucune valeur à ses yeux. Et si elle ne pouvait plus travailler, elle ferait sans doute mieux d'aller chez Alstan. Lui, au moins, resterait son allié… Il avait le don de l'exaspérer, par moments, mais il la protégerait comme il l'avait toujours fait.

Les mains crispées sur la couverture, elle se souvint alors

de la manière dont elle l'avait agrippée quand Magnus était là, avec elle. Sa présence lui avait permis de se sentir chez elle. Il était peut-être danois mais elle ne parvenait pas à regretter ce qu'elle avait fait avec lui. Elle était à sa place à ses côtés…

Les jours avaient passé depuis son départ et elle ne parvenait toujours pas à se pardonner sa froideur envers lui. Après tout ce qu'il avait fait pour elle, elle aurait pu se montrer un peu plus compréhensive en apprenant son identité. Pourtant elle lui avait tourné le dos, comme le reste d'Heiraford se détournait d'elle à présent.

Heureusement, il lui restait une chance de se racheter : aller voir Magnus et le prévenir des terribles projets que fomentait Wulfric. Cela lui permettrait aussi de s'excuser.

Une petite partie d'elle-même continuait à imaginer une vie avec lui ; ils seraient mari et femme. Hélas, ce n'était qu'un rêve impossible… Il était danois et elle était saxonne. Leur naissance les rendait ennemis et nulle part ils ne pourraient vivre ensemble, en paix. Jamais elle ne serait chez elle au milieu des Danois. Et puis Magnus restait un guerrier. Quel genre de vie pourrait-il lui offrir ?

Non, son rêve de bonheur n'était qu'un espoir fou qu'elle devait enterrer au plus profond de son cœur.

Elle finit par se lever, traîna un tabouret jusqu'à la poutre à laquelle était suspendue la tapisserie de sa mère et la décrocha. Si elle voulait partir, elle allait devoir le faire à la nuit tombée, sans attendre un jour de plus — sans laisser une autre chance à Wulfric de venir la tourmenter, ou même de l'enfermer.

Elle étendit la tapisserie sur le lit et rassembla une robe et une chemise de rechange, ainsi que les quelques morceaux de fil d'or qui lui restaient de la commande de lord Oswine. Rien d'autre n'avait de réelle valeur à ses yeux dans cette maison. Elle roula son maigre bagage dans la tapisserie qu'elle maintint fermée à l'aide d'un lacet de cuir.

Attrapant la sacoche dont elle se servait pour cueillir des plantes, elle la remplit de tubercules et y ajouta le reste d'un pain qu'elle avait acheté pour la semaine. Elle attacha la sacoche à sa ceinture, mit son épée dans son fourreau puis s'enveloppa dans sa cape. Elle attacha ensuite la tapisserie roulée à son dos et jeta un rapide coup d'œil à la rue, par la porte entrebâillée. Il se faisait déjà assez tard et tous les villageois étaient rentrés chez eux.

Avec précaution, elle referma la porte derrière elle et se dirigea, en silence et en rasant les murs, vers l'entrée du village.

Cuthbert avait doublé le nombre de gardes depuis que Magnus l'avait prévenu du retour potentiel des rebelles danois. Des hommes surveillaient la porte nuit et jour, et d'autres étaient disséminés dans la forêt, derrière le village. Bientôt, on sonnerait le cor et les sentinelles seraient relevées. C'était risqué, mais elle n'avait pas d'autre chance de se faufiler hors des remparts avant le matin… Il fallait à tout prix qu'elle mette autant de distance que possible entre Heiraford et elle avant l'aube.

Elle savait vaguement dans quelle direction se trouvait le campement danois mais Alstan lui avait dit une fois qu'une route y conduisait, et elle savait comment retrouver cette route. Il lui suffirait de suivre la rivière pour la rejoindre.

# *Chapitre 19*

— Elle s'appelle Gwendolyn et elle vient de la maison Alvey de Bernicia.

La voix puissante du jarl Eirik emplissait la salle, assez forte pour recouvrir le brouhaha des conversations. Il était arrivé à Thornby dans l'après-midi. Magnus avait eu le temps de questionner Heir et de découvrir l'emplacement du dernier camp des rebelles, au nord ; il partirait dès le lendemain pour les traquer et Eirik resterait le temps de punir le traître comme il se devait.

Lorsqu'il entendit le nom de sa promise, Magnus se crispa. Ils n'avaient pas encore abordé le sujet de son mariage, mais il avait bien compris que c'était d'*elle* qu'Eirik parlait. De la femme qu'il allait devoir épouser.

Un peu gêné, il plongea les yeux dans sa chope d'hydromel. Une myriade de pensées troublantes le traversa, mais il ne parvint à se concentrer que sur l'image d'Aisly. Peu lui importait qui était cette Gwendolyn ; elle n'était pas Aisly !

Mais le jarl attendait sa réponse. Il fallait qu'il dise quelque chose.

— Sa famille… J'ai l'impression d'avoir déjà entendu ce nom…

Des fragments de souvenirs continuaient à lui revenir. En général, quand une image ou un nom lui paraissait familier, il devait réfléchir quelques instants pour les replacer dans leur contexte. C'était très frustrant mais au fil des jours, sa mémoire devenait de plus en plus claire.

— Bien sûr que tu l'as déjà entendu, répondit Eirik. Les Pictes et les Scots, peuplades du Nord, sont en pourparlers depuis des décennies. Bientôt, ils s'uniront et descendront vers le sud. La famille de Gwendolyn est puissante, compte de nombreux alliés, et ils occupent le territoire qui nous sépare de ces tribus du Nord. Nous avons à tout prix besoin de traiter avec eux avant que l'un de nos ennemis ne le fasse.

Vidar vint s'installer sur le banc, à côté de son frère.

— Nous n'avons pas *besoin* de traiter avec qui que ce soit, mon frère. Nous n'avons qu'à prendre ce que nous voulons, comme nous l'avons toujours fait. Si tu veux contrôler ce territoire, dis-le-moi et je te l'offrirai.

Eirik lui lança un petit regard agacé, les dents serrées.

— Les batailles que nous avons livrées au sud ont déjà décimé nos troupes. Je ne veux pas d'une nouvelle guerre si un simple mariage peut nous mener au même résultat.

Vidar but une longue gorgée, eut un sourire et reprit, avec une certaine dose de cynisme :

— Pourquoi sacrifier tous nos guerriers quand un seul suffirait, n'est-ce pas ?

Toute la table éclata de rire mais Magnus sentit sa gorge se nouer. C'était lui que l'on sacrifiait… Evidemment, épouser cette femme était son devoir et il avait prêté allégeance à Eirik, mais cette tâche lui brisait le cœur. Plus il pensait à Aisly, plus il était convaincu qu'en lui accordant un peu de temps, il parviendrait à lui faire oublier qu'il était danois. Evidemment, son époux et lui avaient combattu, et cela dressait des barrières entre eux… Cependant, il n'aurait qu'à lui raconter la vérité, lui faire comprendre ce qui s'était vraiment passé ce jour-là.

Hélas, il n'aurait certainement jamais la chance de s'expliquer.

— Quand ? demanda-t-il, faisant de son mieux pour contrôler ses émotions.

— Le voyage vers le nord se fera plus facilement au printemps. Nous devons attendre que les cols soient dégagés pour transporter l'or que son père a exigé, répondit Eirik, passant une main lasse dans ses longs cheveux.

— Dis-moi, combien t'a-t-il extorqué pour laisser sa fille épouser cet ignoble bâtard ? lança Vidar dans un éclat de rire, montrant Magnus d'un signe de tête.

— Beaucoup trop, marmonna Eirik avant de se plonger dans sa chope.

Vidar, l'air peu convaincu, haussa les épaules.

— Nous pouvons toujours y aller et lui prendre ses terres, sans nous séparer d'une seule pièce.

— Trop risqué, protesta froidement Eirik.

— Alors nous n'avons qu'à prendre la fille : elle serait à nous, le vieil homme se rendrait pour la récupérer et elle rentrerait chez elle mariée.

Eirik dévisagea son jeune frère d'un air exaspéré.

— Oui, bonne idée, et Magnus aurait la gorge tranchée dans son sommeil à la première occasion ; s'il ne retourne pas là-bas avec elle, nous aurions une rébellion sur les bras.

— Le jarl a raison, Vidar, intervint Magnus sans laisser au jeune homme le temps de répondre. Pourquoi nous battre quand nous avons d'autres solutions pour arriver à nos fins ? Il nous faut rassembler et préserver nos troupes pour plus tard, pendant que nous multiplions les alliances. Certains, au sein de la maison Alvey, désapprouveront peut-être notre règne, et nous aurons alors besoin de tous nos hommes pour les faire taire.

Eirik le salua de la tête pour le remercier de son intervention.

— Tu vois pourquoi Magnus est le chef de Thornby et a été choisi pour nouer cette alliance ? demanda-t-il à Vidar, un sourire aux lèvres. Tu as beaucoup à apprendre de lui, petit frère.

Vidar lâcha un petit rire hautain.

— Je ne veux pas de tes responsabilités et de tes mariages forcés ; je préfère largement la mer et mon épée !

— Un jour, il te faudra pourtant t'installer et prendre tes responsabilités, reprit Eirik.

— Un jour, oui, admit Vidar, mais pas maintenant.

Il jeta à Magnus un regard si désolé que ce dernier ne put réprimer un petit rire.

— Tu sais, tu es assez vieux pour te marier et avoir des enfants, dit-il, amusé par la moue dégoûtée de Vidar.

Mais comme il prononçait ces paroles, l'image d'Aisly tenant son enfant dans ses bras envahit son esprit et sa main se crispa instinctivement sur sa chope. Avant de se marier, il devait trouver un moyen de savoir si elle était enceinte ou non… Si elle l'était, il pourrait au moins lui laisser de l'or. Non. Comment la laisser élever son enfant sans lui ? Tout son être se révoltait à l'idée d'une telle lâcheté.

Quand Vidar lui répondit, il ne parvint pas à comprendre ses mots, malgré les efforts qu'il faisait pour se concentrer. Une colère soudaine, vive et incontrôlable, l'avait envahi sans raison…

Après tout, il était sur le point d'obtenir tout ce dont il avait toujours rêvé : une épouse riche et bien née, de l'influence, assez de pouvoir pour prouver à Vakr qu'il avait eu tort à son sujet. Magnus *valait* quelque chose et il était sur le point de le prouver, de prouver qu'il était le grand guerrier que son père avait voulu qu'il devienne. Grâce à ce mariage, il pourrait régner sur le nord du pays comme un roi.

Cependant, sa victoire sonnait creux. Incapable de rester là plus longtemps, il s'excusa à mi-voix, prétendit vouloir aller marcher dans les bois et se leva. Au même moment, la porte de la grande salle s'ouvrit et un puissant courant d'air froid s'engouffra à l'intérieur. Il entendit une voix de femme mais ne put distinguer ses paroles au milieu du bourdonnement des discussions.

D'autres l'entendirent aussi et, alors que deux des guerriers de garde entraient dans la pièce en tenant entre eux une petite femme, tous les yeux se tournèrent vers eux. Les portes se refermèrent dans un claquement sourd et la salle plongea doucement dans le silence.

Magnus reconnut la femme tout de suite : Aisly. Mais il eut besoin de quelques instants pour en croire ses yeux. Le vent, ou la lutte qui l'avait opposée aux gardes, avait repoussé le capuchon de sa cape et ses cheveux retombaient sur ses épaules. Ses longues tresses sombres se paraient de reflets rougeoyants dans la lumière du feu. Elle se débattait vigoureusement mais les deux guerriers, stoïques, la tenaient fermement par les bras.

En quelques secondes, elle croisa le regard de Magnus et se figea. Quand ses yeux s'écarquillèrent de surprise, il parvint enfin à comprendre qu'elle était vraiment là, chez lui. Devant lui. Son cœur s'emballa et une puissante vague de soulagement menaça de lui faire perdre l'équilibre. Si elle était là, cela voulait dire qu'elle était saine et sauve…

— Laissez-la, ordonna-t-il, faisant taire les quelques murmures qui s'étaient élevés dans la salle.

Les deux gardes hésitèrent un instant mais, quand Magnus s'approcha d'eux, ils obéirent et reculèrent de quelques pas — la gardant tout de même à l'œil.

Aisly tituba et examina longuement la pièce, comme si elle commençait tout juste à comprendre qu'elle était venue en territoire ennemi, puis se redressa fièrement. Néanmoins, Magnus la connaissait assez pour déceler le doute au fond de ses yeux fixés sur lui.

Il aurait voulu la prendre dans ses bras et lui assurer que tout se passerait bien, mais il n'osa pas le faire — pas devant ses hommes. Les beaux yeux verts d'Aisly ne le quittaient pas et il sentit son cœur se serrer. S'arrêtant devant elle, il dut se maîtriser pour ne pas la toucher. Elle avait l'air si frêle, si vulnérable... Le froid avait rougi le bout de son nez — c'était adorable.

— Aisly...

Sa voix résonna, rauque et mal assurée dans le silence. Ravalant son émotion, il continua :

— Pourquoi es-tu venue ? Le village a-t-il été attaqué ? Es-tu seule ?

L'un des gardes répondit à sa place :

— Les sentinelles l'ont repérée à une lieue. Elle était seule.

Magnus acquiesça, incapable de quitter Aisly des yeux maintenant qu'elle se trouvait devant lui.

— Il fallait que je te voie, dit-elle de sa voix douce, qui réveillait tous les instincts passionnés que Magnus tentait de faire taire. Il fallait que... je te parle.

— Est-ce que tu es en danger ? Est-ce que le village est en danger ?

Il y avait laissé des hommes en faction, pour guetter le retour des rebelles, mais il était tout à fait possible qu'un drame se soit produit sans qu'il le sache.

— Non, tout va bien au village. J'ai juste... C'est Wulfric...

Elle eut un bref regard en direction de l'homme qui se tenait encore sur sa gauche et Magnus remarqua qu'il portait un paquet sur son épaule — un paquet qui ressemblait étrangement à une tapisserie roulée.

— Est-ce la tapisserie de ta mère ?

Quand elle acquiesça, Magnus eut l'impression de recevoir un coup de poing en plein ventre. Si elle avait quitté sa maison en emportant la seule chose qui comptait à ses yeux, cela voulait dire que quelque chose d'atroce était arrivé...

— Est-ce qu'il t'a fait du mal ?

— Non, mais je suis venue te prévenir qu'il planifiait quelque chose. Je ne sais pas vraiment quoi, mais il voulait que je... Que je...

Elle s'interrompit, l'air embarrassé, puis reprit à voix basse :

— Est-ce qu'on pourrait se parler en privé ?

— Oui.

Il lui prit doucement le bras, incapable de résister plus longtemps au désir de la toucher, et la conduisit vers sa chambre. Il n'y avait pas de lieu plus sûr. Après tout, elle était *sienne* et méritait de se retrouver dans un sanctuaire où nul ne pourrait l'atteindre.

— Qui est-ce ? lui demanda Eirik, qui l'avait suivi.

Magnus s'immobilisa : il l'avait complètement oublié ! Sans lâcher le bras d'Aisly, il fit face à son jarl.

— Je te présente Aisly, la femme qui m'a soigné.

Eirik avait déjà entendu cette histoire que les hommes répétaient depuis des jours, et Magnus lui-même avait pris le temps de lui raconter son séjour au village. Il lui avait même parlé de Wulfric et de ses soupçons quant au rôle qu'il avait dû jouer dans la rébellion de Godric.

— Elle vient d'Heiraford ?

Les yeux bleus d'Eirik se firent soupçonneux.

— Oui, elle est venue nous donner des informations, répondit Magnus. Je vais lui parler en privé.

Il préférait ne pas laisser à Eirik l'occasion d'exiger une audience publique.

Le jarl examina Aisly quelques instants, de la tête aux pieds, l'air impassible et les bras croisés. Quand elle lui rendit son regard sans faire montre d'hésitation, il acquiesça et recula d'un pas. Magnus put donc la conduire à sa chambre et, pour la première fois, remarqua qu'elle tremblait de tous ses membres. Il avait fallu à Magnus deux jours, à cheval, pour faire le trajet depuis le village. Combien de temps avait-elle mis, à pied ?

Ils passèrent devant un petit groupe de serviteurs et Magnus demanda que l'on apporte eau chaude et nourriture pour Aisly. Dans son dos, les hommes s'étaient remis à discuter. Magnus surprit les mots « demoiselle de feu » et ne put réprimer un sourire. Elle était déjà entrée dans la légende…

Il ouvrit la porte de sa chambre et laissa Aisly entrer avant de la suivre, sans pour autant fermer la porte. Se retrouver seul avec elle loin des regards aurait été une tentation bien trop grande, et il n'aurait pu y résister. Il la toucherait, bien sûr, mais plus tard.

— Penses-tu avoir été suivie ? demanda-t-il alors qu'elle commençait à explorer la chambre, examinant chaque meuble et chaque objet.

Elle se retourna.

— Non, répondit-elle sans hésiter. Je suis partie au milieu de la nuit, au moment de la relève de la garde. Depuis mon départ, ils doivent se douter que je suis venue ici, mais je ne pense pas qu'ils soient assez idiots pour venir une nouvelle fois. Ils savent que tes troupes sont plus nombreuses que les leurs…

Magnus l'examina en silence, guettant le moindre indice dans sa voix ou ses regards, qui pourrait l'assurer de ses sentiments. A présent qu'ils étaient dans la chambre, la peur qu'il avait lue en elle s'effaçait, mais il ne savait pas bien quel sentiment la remplaçait. Elle semblait sur ses gardes.

— Oui, ce serait stupide, en effet. J'espère qu'ils ont retenu la leçon, dit-il sans réfléchir.

A peine eût-il prononcé ces mots qu'il voulut les ravaler. Rappeler à Aisly la perte de son époux n'était certainement pas la meilleure manière de renouer le dialogue — surtout quand il était le seul responsable de cette perte. Il avait prévu de lui dire toute la vérité, bien sûr, mais il préférait remettre cet aveu à plus tard, dans la nuit…

Heureusement, elle ne réagit pas. Peut-être crispa-t-elle un instant les mâchoires, mais rien de plus. Au lieu de l'accuser, elle se redressa, comme pour se donner le courage de lui avouer quelque chose de particulièrement douloureux, et lança :

— Wulfric voulait que je m'offre à toi pour t'extirper des informations.

Le cœur de Magnus se mit à battre plus fort et tout son désir s'éveilla au souvenir de leurs derniers ébats. Elle s'était agrippée à lui et ils avaient passionnément fait l'amour sur sa table de travail ; il pouvait encore entendre ses petits gémissements et sentait presque ses mains sur ses épaules.

Il dut mettre trop de temps à répondre car elle commença à s'expliquer, l'air de plus en plus embarrassé :

— Il veut que je te soutire des informations au sujet du campement, en devenant ta maîtresse.

Magnus dut se racler la gorge pour pouvoir répondre d'une voix à peu près compréhensible.

— Oui, je comprends…

S'arrachant à sa contemplation, il se passa nerveusement la main sur la nuque. Il avait presque l'impression d'avoir du mal à respirer.

— Mais je ne suis pas sûr de comprendre *pourquoi* il t'a demandé de faire une chose pareille.

— Il a découvert la vérité à notre sujet. J'imagine que tout le monde pouvait voir que nous… Que nous nous aimions bien… Et puis, quelqu'un nous a vus ensemble.

Intrigué, Magnus se tourna vers elle. Ils avaient pourtant été prudents — enfin, assez prudents. Par les dieux, elle était bel et bien en danger et c'était sa faute !

— Nous avons été vus dans la forêt, précisa-t-elle, sans attendre qu'il lui pose la question. Par Wyn, la fille d'Arte. Je pense qu'elle avait un faible pour toi et qu'elle nous a suivis, sans se douter de ce qui allait se passer. Elle nous a aussi entendus, plus tard…

Son visage s'enflamma et elle se tut lorsque deux serviteurs entrèrent, apportant de l'eau chaude et un repas copieux.

— Mange et profite de l'eau chaude pour te laver. Je te laisse faire ; il faut que je parle aux hommes qui t'ont trouvée. Nous devons nous préparer au cas où des guerriers du village t'auraient suivie. Tu es dans ma chambre et personne ne te fera de mal ici, tu as ma parole.

Aisly acquiesça d'un air absent, dévorant déjà son repas des yeux.

Magnus sortit dans le couloir, referma la porte derrière lui et prit une profonde inspiration. Il avait tellement rêvé de cet instant et pourtant, jamais il n'avait vraiment cru qu'elle viendrait le rejoindre. Maintenant qu'elle était chez lui, il ne pourrait certainement pas s'empêcher de la toucher, de l'embrasser.

Et pourtant, il devait se tenir à distance. Il avait retrouvé son identité mais ne pouvait toujours pas lui faire la moindre promesse. Pourtant, tandis qu'il rejoignait la grande salle, il sut qu'il ne pourrait se retenir.

A moins qu'elle ne l'exige de lui…

# Chapitre 20

Après avoir mangé et changé de vêtements, Aisly se sentait déjà mieux. Un serviteur lui avait apporté sa tapisserie et, après avoir retiré ses vêtements sales et s'être lavée, elle avait pu enfiler la robe propre qu'elle avait apportée. Trop fatiguée pour enfiler par-dessus sa lourde chasuble de laine, elle s'enveloppa d'une cape de velours souple qu'elle avait trouvée suspendue au mur. Elle devait appartenir à Magnus ; son odeur émanait encore du tissu…

On ne lui avait cependant pas encore rendu son épée. Elle n'aurait qu'à la réclamer le lendemain.

Tout ce qu'elle voulait faire, pour le moment, c'était se pelotonner dans l'immense lit et s'endormir ; mais elle était dans la chambre de Magnus et ne savait pas encore si elle y était vraiment la bienvenue. Dans la grande salle, il avait paru surpris de la voir. Mais heureux. Elle-même avait été submergée par un sentiment de soulagement et de bonheur quand elle avait reconnu son visage. Aisly se sentait soulagée parce qu'elle savait que tout se passerait bien tant qu'il serait là pour la protéger, et heureuse parce qu'il lui avait terriblement manqué. Elle n'avait pas vraiment compris à quel point elle se sentait perdue sans lui, avant de le revoir. Mais il y avait quelque chose de changé chez lui.

Quand elle l'avait vu, debout près de la grande table, elle avait failli ne pas le reconnaître. Seule son aura de puissance lui avait permis de voir en lui l'amant qu'elle était venue retrouver. De toute évidence, il était fait pour diriger… Il lui avait pourtant fallu quelques secondes pour admettre que cet homme si imposant était bel et bien Magnus.

Ses cheveux et sa barbe avaient un peu repoussé et quelque chose, dans son comportement, avait changé depuis son départ d'Heiraford. Elle ne lui avait pas encore suffisamment parlé pour s'en assurer, mais elle aurait juré qu'une partie de ses souvenirs lui était revenue : à présent, il avait tout d'un homme sûr de lui et déterminé.

Quand il s'était approché d'elle, elle s'était aperçue qu'il portait des vêtements bien plus élégants que n'importe lequel des villageois : une tunique de brocart sombre brodée de fil d'argent et un pantalon de peau finement tannée. Oui, c'étaient les atours d'un homme riche et éminent. Elle s'était dit qu'en tant que chef de campement, il devait être assez important mais elle fut tout de même surprise de le voir jouer ce rôle qu'elle ne lui connaissait pas — et qui, il fallait bien l'avouer, lui allait comme un gant.

Maintenant qu'elle était propre et réchauffée, elle explora la grande chambre pendant quelques minutes, remarquant la présence de coffres, sans doute remplis de trésors, et d'étagères chargées d'armes et d'armures. Découvrir tous ces petits morceaux de sa vie — de sa *vraie* vie — la fit douter du peu qu'elle pensait savoir de lui. Comment avait-il atteint un tel rang parmi les siens ? D'où venait-il ?

Elle n'avait aucun droit de lui poser de telles questions. Et d'ailleurs, elle n'avait pas besoin d'en connaître les réponses, puisque aucun avenir entre eux n'était envisageable. Plus elle en saurait sur lui, plus elle aurait du mal à se séparer de lui.

Soudain, la porte de la chambre s'ouvrit à la volée et elle se retourna pour découvrir la silhouette de Magnus, qui se découpait, massive, sur le seuil. Elle n'eut même pas le temps d'essayer de contrôler ses émotions que son cœur se mit à battre la chamade. Il la dévisagea un instant, d'un air surpris, examinant la cape qu'elle portait. De toute évidence, ce vêtement revêtait une certaine importance pour lui et elle se sentit affreusement présomptueuse de l'avoir enfilé. Elle entreprit de s'en débarrasser quand il ferma la porte derrière lui et s'avança.

— C'est bon, Aisly, tu peux la garder, dit-il d'une voix posée qui ne parvenait pas à dissimuler complètement son agitation.

Il se détourna rapidement, passant nerveusement ses mains dans ses cheveux, encore et encore. Finalement, il s'immobilisa devant la cheminée, les yeux perdus dans les flammes.

Aisly préféra poser la cape sur le lit et en lisser les plis avec soin. Ce lit était décidément énorme, assez large pour accueillir deux hommes de la taille de Magnus…

— Je n'aurais peut-être pas dû venir, finit-elle par dire, voyant qu'il ne bougeait toujours pas. Je ne voulais pas te causer de problèmes…

A ces mots, il finit par tourner la tête.

— Tu ne me causes aucun problème, je t'assure. J'avais laissé quelques hommes en poste près du village, en cas de retour des rebelles, et l'un d'eux t'a suivie jusqu'ici. Tu n'as pas couru le moindre danger en venant. Il a préféré garder ses distances parce qu'il n'était pas certain de tes intentions, mais il m'a confirmé qu'aucun villageois ne t'avait suivie. Quels que soient leurs projets, ils n'ont pas encore l'intention de passer à l'action.

Aisly acquiesça. Elle n'avait pas du tout remarqué le Danois qui l'avait suivie, mais la révélation de Magnus ne la surprenait qu'à moitié.

— Quoi qu'il en soit, maintenant que je suis ici, je vois bien que c'était idiot de venir… Je n'ai pas vraiment d'informations à te donner, juste quelques vagues menaces à te rapporter. Wulfric a exigé que je vienne t'espionner mais il ne m'a rien dit de plus.

— Cet homme te fait peur et je suis content que tu sois venue me trouver.

Ses paroles avaient beau être réconfortantes, sa mâchoire restait serrée, comme s'il réprimait ses pulsions.

Et il avait raison de le faire. Ils devaient se contrôler, tous les deux. Les choses étaient différentes à présent, et ils ne pouvaient plus se toucher à chaque fois qu'ils se retrouvaient seuls.

Tout avait changé. Mais le corps d'Aisly n'avait pas encore enregistré ce changement. Une vague de chaleur commençait à l'envahir. Il était si grand, si fort… Depuis leur séparation, elle avait un peu oublié à quoi il ressemblait exactement, mais elle se souvenait très bien de l'effet que lui faisait ce grand corps d'homme quand il était contre le sien, qu'il l'enveloppait et la protégeait. Une pulsation légère, presque impalpable, naquit entre ses cuisses et elle serra les jambes pour l'empêcher de progresser. Cet aspect-là de leur relation n'était plus.

— Je suis heureuse que tu ailles bien, Magnus.

Lorsqu'elle prononça son nom, quelque chose changea dans le regard de son ancien amant, comme un bouclier qu'il aurait enfin abaissé devant elle. Elle avait eu du mal à prononcer ces deux syllabes mais fut tout de suite ravie d'avoir osé le faire.

— Est-ce que la mémoire t'est revenue ?

— A peu près, oui…

Il s'interrompit, ouvrit la bouche puis la referma à nouveau, se frottant la lèvre du bout des doigts avant de passer une nouvelle fois la main dans ses cheveux. Aisly suivit des yeux le mouvement des muscles de son bras.

Finalement, il se décida à dire ce qui semblait tant le troubler :

— Je veux que tu saches la vérité au sujet de la visite de Godric ici.

Aisly ne savait pas vraiment à quel aveu elle s'était attendue, mais certainement pas à celui-là !

Les paroles de Magnus la frappèrent avec brutalité, lui

rappelant que ses sentiments pour cet homme étaient plus que déplacés. Il était danois, et les Danois restaient ses ennemis.

— Il est arrivé avec ses guerriers pour se battre, pas pour demander notre aide dans la recherche des filles disparues. Il voulait nous détruire, tuer autant qu'il le pouvait — même les innocents.

— Je ne…

Ce n'était pas du tout la conversation qu'elle avait imaginé avoir avec lui. Elle ne voulait pas entendre parler de Godric, ni devoir penser à sa confrontation avec Magnus. Elle préféra tourner les talons, fuir ces aveux qu'elle n'avait pas envie d'entendre, mais Magnus s'approcha, dans son dos.

— Tu dois le savoir, Aisly, insista-t-il. Ton époux et ses hommes n'ont pas été sauvagement assassinés comme le prétendent les villageois.

Il la toucha enfin. Du bout des doigts, il vint effleurer la naissance de son cou par-dessus sa robe de lin, et elle sentit tout son corps s'enflammer comme s'il avait caressé sa peau nue. Elle l'entendit prendre une respiration tremblante. Ressentait-il la même chose qu'elle ?

— Ils sont morts pendant la bataille après avoir brûlé plusieurs maisons. Nos femmes et nos enfants étaient en danger… Des innocents auraient pu mourir…

Cette vérité affreuse bouleversa Aisly, bien qu'elle n'eût aucun mal à y croire. Godric ne cessait de parler du jour où il tuerait tous les Danois. Il répétait que ces envahisseurs devaient être chassés du pays avant d'avoir pu épouser des Saxonnes et salir le sang des grandes familles en leur faisant porter leurs rejetons. Il n'aurait pas hésité à blesser des innocents pour parvenir à ses fins. Au fond d'elle-même, elle l'avait toujours su.

Et elle l'avait épousé.

Une nausée brutale lui souleva le cœur, menaçant de la rendre malade. Elle avait épousé cet homme dépravé et pourtant, la honte ne l'avait saisie que lorsqu'elle avait découvert l'identité de Magnus. Son amant s'était montré bon et attentionné dès le premier jour, mais elle s'était détournée de lui. Un sanglot lui noua la gorge, lui faisant monter les larmes aux yeux. Elle réprima ses pleurs, tremblante, la main pressée contre son cœur.

Soudain, il l'attira contre son torse chaud, puissant, et la serra dans ses bras. En un instant, elle retrouva cette profonde sérénité qu'elle ressentait toujours en sa présence — cette sérénité qui rendait la situation à la fois meilleure et pire.

Incapable de s'écarter de lui, elle appuya sa joue contre son torse pour entendre les battements réguliers et apaisants de son cœur.

— Je t'en prie, pardonne-moi d'avoir douté de toi… Je sais que tu es un homme bon, un homme juste, mais j'ai laissé mon devoir envers lui m'influencer. Je t'ai tourné le dos… Jamais je ne m'étais montrée plus cruelle. Après tout ce que tu as fait pour moi, j'ai eu tort…

Elle sentit alors les lèvres de Magnus effleurer son front et ses bras la serrer si fort que cela en devint presque douloureux. Mais elle garda le silence. Elle ne voulait pas qu'il desserre son étreinte.

— Je comprends, ma belle. Tu n'as pas à te justifier.

Bien sûr qu'il comprenait. C'était encore une preuve qu'elle ne méritait pas un homme tel que lui. Et même si elle avait mérité sa gentillesse, jamais elle ne pourrait être sienne. Même ici, dans le sanctuaire de sa chambre, elle pouvait entendre les voix étouffées des Danois, de l'autre côté du mur.

Elle ne comprenait pas leurs paroles mais imaginait aisément qu'ils racontaient des légendes de batailles menées contre les Saxons, contre son peuple. Et c'était Magnus qui les avait menés dans ces batailles. Elle ne le croyait pas capable de faire du mal à des innocents, mais cela ne l'autorisait pas à rester près de lui. Il pouvait peut-être la protéger, lui donner l'impression qu'elle lui était précieuse, mais il ne serait jamais vraiment là, avec elle. Tôt ou tard, ses batailles finiraient toujours par l'éloigner.

Il était son ennemi. S'il apprenait la vérité, Alstan serait en droit de la déshériter. Rester avec Magnus l'obligerait à abandonner tout ce qu'elle avait toujours connu.

— Je suis désolé d'avoir ordonné à mes hommes de te prendre ce que tu avais. J'étais en colère et j'ai laissé mes émotions m'aveugler, reprit Magnus. J'ai toujours les tapisseries et je veux te les rendre.

— Les tapisseries de ma mère ?

Il acquiesça.

— Je suis sincèrement navré…

Sa voix paraissait sincère et son regard s'était adouci. Il redevenait l'homme dont elle se souvenait, l'homme qu'elle avait connu à Heiraford. Il redevenait son étranger.

Elle jeta soudain un petit coup d'œil à sa blessure — presque guérie. Une fine ligne rouge coupait son sourcil et montait se perdre dans ses cheveux, témoin du passage de la lame de son ennemi, mais la peau n'était plus ni enflée, ni infectée.

La beauté profondément masculine de son profil indemne avait stupéfié Aisly mais se retrouver ainsi, face à son visage magnifique et totalement intact, la bouleversa. Et il s'était offert à elle. Aisly voulait tant que cet homme soit de nouveau sien…

Elle adorait tout en lui : le reflet des flammes dans ses yeux, les éclats dorés de sa chevelure, ses lèvres parfaites, légèrement entrouvertes quand il la regardait.

— J'aimerais…

— Attends.

Il l'interrompit brutalement mais s'adoucit bien vite en la serrant plus tendrement contre lui, caressant son visage d'une main. Son pouce suivit la ligne de sa bouche, laissant une traînée de frissons sur son passage.

— Il faut que tu saches que je dois bientôt me marier.

Ces quelques mots jetèrent un froid glacial sur les épaules

d'Aisly. Sous le choc, la gorge nouée, elle lutta quelques instants pour reprendre sa respiration. Pas un seul instant elle n'avait pensé qu'une autre femme pouvait avoir des droits sur lui ; en tout cas, pas après avoir goûté à la gentillesse de son accueil. *Gentillesse.* Comment avait-elle pu confondre cette bonté de façade avec un sentiment plus profond, plus passionné ?

— Je suis vraiment désolée, je ne pensais pas que…

Elle essaya de se dégager de son étreinte mais il refusa de la laisser partir.

— Ce n'est pas ce que tu crois : je n'ai jamais rencontré ma promise.

— Oh…

Elle s'efforça de se détourner, de ne plus voir son beau visage pour réfléchir posément à ce qu'il lui annonçait. Le fait qu'il n'ait jamais vu sa fiancée rendait-il les choses plus faciles pour elle ?

Oui. Cela voulait dire qu'il n'avait pas de sentiments pour elle. Cela voulait dire aussi qu'Aisly n'avait pas pris la place de cette femme — pas vraiment. Enfin, si, mais comme Magnus n'avait pas la moindre affection pour *l'autre*…

Il la tira soudain de ses pensées en lui prenant le menton avec douceur pour la regarder.

— Laisse-moi te raconter ce que je me rappelle de ma vie passée. Cela t'aidera peut-être à comprendre.

— Tu te souviens vraiment de ton passé ?

En dépit du choc qu'elle venait d'éprouver, elle ne put réprimer un élan de joie à l'idée qu'il ait recouvré la mémoire.

— Oui, en partie.

Il lui rendit son sourire — le premier sourire sincère qu'elle voyait se dessiner sur ses lèvres depuis leur séparation — et cela suffit à la réchauffer, à la bouleverser…

— Je veux tout te raconter.

Sans trouver de mots à lui répondre, elle acquiesça. Oui, elle voulait connaître sa vie. Elle voulait tout savoir de lui.

— Viens.

Il retrouva sa gravité et lui prit la main pour la conduire jusqu'au lit. Elle eut une courte hésitation mais il la prit dans ses bras et l'installa au milieu du matelas avant de se débarrasser de ses bottes pour la rejoindre. Comment avait-elle pu penser que ce lit était assez grand pour accueillir deux hommes de sa taille ? Une fois qu'il fut assis, le dos contre les planches de bois de la tête de lit, elle dut se tasser pour lui laisser un peu de place. Mais il ne la laissa pas s'éloigner et l'attira dans le creux de son bras, où elle se pelotonna confortablement.

Ils discutèrent toute la nuit, jusqu'au matin. Peu à peu, tandis qu'ils parlaient, les voix se turent dans la grande salle et le reste du manoir plongea dans le silence.

Magnus lui raconta son enfance passée dans l'ombre de Vakr qu'il prenait pour son père. Il lui parla de sa mère et des bébés qu'elle avait perdus — à cause de la brutalité de Vakr bien sûr, même s'il ne l'avait pas compris à l'époque. La culpabilité le rongeait toujours autant. Pourtant, qu'aurait bien pu faire un petit garçon ?

Aisly ne le quitta pas des yeux un seul instant et resta tout contre lui. Il ne surprit pas la moindre trace de doute ou de reproche au fond de ses grands yeux verts. Au contraire, ses regards étaient aimants, compréhensifs, et sa main restait posée sur lui, abandonnée sur son cœur.

Quand il lui parla du mariage que le jarl Eirik avait arrangé pour lui, il sentit son cœur se briser en voyant la douleur marquer le visage d'Aisly — et plus encore lorsqu'elle acquiesça, en silence, consciente de ce qu'une telle union pouvait représenter pour les siens. Il ne put se débarrasser du poids qui pesait sur lui, de la boule douloureuse qui se formait dans sa poitrine. Instinctivement, il la serra plus fort encore et posa sa main sur celle d'Aisly, contre son cœur.

— C'est mon devoir, ma belle. Je dois l'accomplir.

Des paroles bien vides… De nouveau, elle se contenta d'acquiescer.

— Ton père serait réellement fier de toi, murmura-t-elle enfin, après un long silence. Tu dois en être sûr, c'est important.

Elle se redressa et prit appui sur son coude, ses tresses cuivrées retombant sur sa poitrine. Sans s'en apercevoir, ils s'étaient peu à peu allongés au cours de leur conversation, et Magnus n'était plus appuyé que sur l'un des coussins.

— Oui, je le sais.

Bien sûr, une partie de lui-même désirait toujours accomplir la volonté de son père, mais Aisly était devenue plus importante que cela à ses yeux. La facilité avec laquelle elle avait peu à peu chassé ses autres désirs était même un peu effrayante. Non. Pas effrayante, mais naturelle. Il était si facile de tomber amoureux d'une telle femme. Ce qui l'effrayait surtout, à présent, c'était à quel point il désirait abandonner tout ce qu'il était, oublier tous ses efforts et sacrifices passés. Pour elle.

Elle dut lire dans ses pensées car la voix d'Aisly se fit plus douce encore lorsqu'elle reprit la parole. Il avait déjà entendu cette voix maintes fois mais il sentait toujours son sang s'échauffer, son sexe réagir à la sensualité de ce chuchotement si tendre.

— Moi, je suis fière de toi.

— Aisly…

Sans vraiment savoir ce qu'il voulait lui dire, il laissa le silence envahir la chambre une fois de plus, et se contenta de caresser la peau soyeuse et veloutée de cette petite main sous la sienne.

— Je t'en prie, ne me considère pas comme une femme indécente, mais je…

Elle s'interrompit à son tour et ses joues se teintèrent d'un joli rose. Elle n'eut pas besoin d'en dire plus pour qu'il la comprenne : il pouvait lire son désir dans ses yeux.

Un instinct, un *besoin* qu'il ne pouvait contrôler le déchira. Sans réfléchir, il la renversa sous lui. Leurs corps semblaient faits pour s'assembler ; lui, si grand, et elle, si petite. Il savait exactement comment s'allonger, comment bouger. Lorsque son sexe dressé se pressa contre la cuisse d'Aisly, elle lâcha un petit hoquet de surprise qui suffit à faire perdre à Magnus toute conscience de ce qu'il faisait.

— Tu n'es pas indécente, lâcha-t-il.

Non, c'était lui qui était indécent d'enflammer les désirs de cette femme alors qu'il n'avait rien à lui offrir.

— Je voudrais juste…

Elle tenta de se contrôler, mais les mots lui échappaient en dépit de son regard grave, presque inquiet.

— Que Dieu me pardonne, je te veux, Magnus. Je sais que je n'ai pas le droit de te désirer. Je sais que nous sommes ennemis et que je ne pourrai jamais être tienne, que je ne pourrai jamais être l'épouse d'un Danois. Je sais qu'il ne nous reste que cette nuit volée à nous partager, mais j'en ai tellement envie… Je te désire plus que tout. Je veux passer cette dernière nuit avec toi — avant que nous soyons obligés de nous séparer.

Magnus l'embrassa, laissant enfin s'exprimer son ardeur. Son baiser n'était pas affectueux et maîtrisé, mais instinctif et désespéré. Elle se laissa faire, offerte à lui, et leurs lèvres se dévorèrent en quête d'intimité, de réconfort. Quand, cédant à son besoin de se rapprocher d'elle, il finit par retrousser la robe d'Aisly, elle le dévisagea quelques instants, comme perdue. Alors, sans un mot, il se redressa et se débarrassa de sa tunique et de sa chemise. Elle l'imita, jetant sa robe au sol, près du lit. Magnus ne put s'empêcher d'admirer ses seins d'une rondeur parfaite, ses tétons roses et déjà tendus pour lui. Puis elle s'allongea, les cuisses entrouvertes devant lui. Alors il baissa les yeux, s'enivrant de la toison soyeuse nichée là…

— Magnus.

Sa voix se faisait prière et ses yeux verts, impatients, descendirent jusqu'à l'étoffe tendue de son pantalon.

— J'ai besoin de toi, je t'en prie…

N'écoutant que son cœur, il lança impulsivement :

— Tu ne repartiras pas demain. Reste plus longtemps.

Elle parut surprise mais acquiesça encore une fois. C'était tout ce dont il avait besoin. D'un geste sec, il arracha les lacets de cuir qui fermaient son pantalon et laissa son sexe se dresser, libre et triomphant, avant de s'allonger sur elle.

Aisly saisit le sexe de son amant et le guida en elle. Il entra dans un puissant coup de reins qui arracha un cri à Aisly. Le plaisir qu'il ressentit à retrouver ce corps de femme si doux, si sensuel, l'enivra tellement que pendant quelques secondes, il ne put réfléchir. Tout ce qu'il sentait, c'était cette peau brûlante, veloutée, l'humidité qui enveloppait son sexe, le faisait frémir et lui promettait la jouissance. Quand il parvint enfin à formuler une pensée cohérente, il se rendit compte qu'il lui avait fait mal. Elle était si petite et il avait été si pressé qu'il n'avait pas pris le temps de s'assurer qu'elle était prête pour lui…

— Je suis désolé, parvint-il à murmurer, l'esprit embrumé par le désir.

Elle eut un petit gémissement et il l'examina quelques secondes. Elle avait les yeux fermés et, quand il se redressa pour ne pas peser de tout son poids sur elle, elle donna à son tour un petit coup de reins.

— C'est si bon… Je t'en prie…

Elle se cambra un peu plus et il sentit ses muscles se resserrer sur lui, lui arrachant un soupir de plaisir.

Rassemblant toute sa volonté, il prit son temps. Peu importait son besoin de soulagement, son empressement, il ne voulait pas se montrer brutal.

Il prit donc les mains d'Aisly dans les siennes et pressa leurs doigts entremêlés contre le matelas, au-dessus de leurs têtes. Cette position étirait le corps de son amante comme une offrande et il ne perdit pas de temps pour en profiter, prenant l'un de ses tétons entre ses lèvres jusqu'à ce qu'elle gémisse de plaisir et se frotte instinctivement à lui. Se laissant emporter par cette fièvre qui les saisissait tous les deux, il donna un coup de reins involontaire, puissant et profond.

Par les dieux, que tout cela lui avait manqué ! Son corps entier criait son besoin d'elle.

— Regarde-moi, murmura-t-il d'une voix rauque qu'il ne se connaissait pas.

Elle obtempéra, dévoilant des pupilles si dilatées que le vert de ses yeux n'était plus qu'un fin liséré argenté. Il plongea une nouvelle fois en elle, lui arrachant un autre gémissement, si doux qu'il put à peine l'entendre.

— Je t'aime, lui glissa-t-il à l'oreille, ses mains toujours pressées contre celles d'Aisly, n'osant pas détourner les yeux.

Elle le dévisagea un instant avec surprise, puis son regard s'adoucit, se fit tendre et chaleureux.

— Je t'aime, Magnus. Je t'aime tellement que cela me fend le cœur…

Sa voix se brisa sous le coup de l'émotion, déchirant quelque chose en Magnus. Il l'embrassa, avec douceur. Son désir incontrôlable s'apaisa juste assez pour lui permettre de faire preuve de plus de délicatesse maintenant qu'il était en elle, aussi près d'elle qu'il le pouvait.

Ils s'éloignèrent quelques instants pour reprendre leur souffle puis Magnus pressa son front contre celui d'Aisly et poussa encore un peu en elle. Leurs deux voix fiévreuses s'unirent sous le coup du plaisir. Sans parvenir à se retenir davantage, il se mit à bouger en elle, contre elle, suivant un rythme tendre mais résolu.

Les mouvements de son amante s'ajustaient si bien aux siens. Elle susurrait son nom, encore et encore, comme s'il n'était pas son ennemi, et il écoutait sa voix avec passion. Lorsque ses murmures se firent suppliants, il accéléra, plus brusque, plus fiévreux, jusqu'à ce que le corps d'Aisly se resserre avec tant de fermeté autour de lui que cela en devint presque douloureux.

— Laisse-moi t'écouter. Laisse-moi t'entendre jouir…

Elle obéit, s'abandonnant au plaisir en poussant une série de soupirs à son oreille. Il la rejoignit rapidement dans l'extase, accélérant encore jusqu'à s'épandre en elle. Il n'avait pas lâché ses mains et s'écroula sur elle, secoué de violents tremblements.

Lorsque leurs regards se rencontrèrent à nouveau, il lut un tel émerveillement dans les yeux d'Aisly qu'il sut tout de suite qu'elle partageait sa passion. Quelque chose d'infime mais d'essentiel avait changé entre eux, alors que le monde qui les entourait était resté exactement le même.

Il était toujours danois, ennemi d'Aisly. Il était toujours destiné à épouser une femme pour faire son devoir et obtenir enfin le pouvoir dont il avait tant rêvé. Mais, avec sa demoiselle de feu, il goûtait une chose qui lui avait toujours manqué, une chose qu'il avait cherchée toute sa vie.

Ils s'étaient trouvés…

# Chapitre 21

Aisly s'était sentie épuisée après avoir rejoint Thornby à pied, et plus encore après avoir fait l'amour avec Magnus. Elle avait néanmoins lutté contre le sommeil aussi longtemps qu'elle l'avait pu, préférant passer la nuit à discuter avec lui et à savourer leur nouvelle intimité. Les doutes qui avaient pesé sur leur liaison, au village, s'étaient évaporés.

Peut-être se sentaient-ils si proches parce qu'ils n'avaient qu'une nuit à partager ; à moins que leurs sentiments n'aient été les mêmes depuis le début. Quoi qu'il en soit, Aisly comprit soudain qu'elle se moquait du fait que Magnus soit danois.

Il était Magnus, tout simplement : l'homme qu'elle aimait.

Elle se laissa enfin aller à fermer les yeux et succomba au sommeil, dans les bras de son amant. Il la serrait contre lui, ses jambes passées autour des siennes. Pour la première fois, il ne serait pas obligé de partir avant les premières heures du jour, de peur qu'on ne le surprenne. Pendant quelques heures divines, toute inquiétude s'était envolée.

Mais au matin, tout changea.

Aisly se réveilla en sursaut. Un peu perdue, elle s'agrippa à la couverture et recouvrit son corps nu d'un geste vif. Les draps portaient encore l'odeur de Magnus… Une délicieuse vague de chaleur la parcourut, l'apaisa en lui rappelant ce qui s'était passé la veille — comment elle s'était retrouvée nue dans ce lit étranger. Son corps était un peu endolori après leurs élans passionnés, mais le plaisir valait bien ces légères courbatures.

Elle jeta un regard autour d'elle. La chambre était vide. Le matelas était déjà froid là où il avait dormi et, à en croire les voix animées qui provenaient de la grande salle, la matinée devait être très avancée. Elle avait été trop épuisée pour entendre Magnus quitter la pièce. Ce n'était peut-être pas un mal, au fond, car elle n'aurait certainement pas pu s'empêcher de le retenir ; et ils n'avaient pas besoin de commencer cette journée d'une telle manière.

Elle n'avait rien à lui offrir, comparé à la vie de roi qui l'attendait, une fois son mariage célébré. Et il méritait cette vie de roi.

Elle se leva donc, s'habilla rapidement puis mangea le porridge et le pain que l'on avait déposés pour elle près de la porte. Une fois son repas terminé, elle récupéra ses quelques fils d'or et laissa la tapisserie de sa mère dans un coin : il était temps pour elle de partir.

Si jamais elle croisait Magnus dans la salle, elle prendrait soin de tout lui expliquer mais sinon, elle essaierait de quitter le campement sans être vue — et elle aurait moins de peine à partir sans attirer l'attention si elle ne portait pas la tapisserie sur son épaule…

En fait, elle espérait ne pas rencontrer Magnus car il pourrait trop facilement la faire fléchir, la convaincre de rester. Elle ne voulait pas le placer dans une telle situation. Il voulait se marier pour obtenir le pouvoir dont il avait rêvé et elle ne pouvait l'en blâmer : il avait travaillé dur toute sa vie pour arriver à ce moment. Il serait plus simple de ne pas perdre de temps à lui rappeler — et à *se* rappeler — tout cela.

Si elle devait lui faire face, sa gentillesse le pousserait à agir en fonction d'elle. Mais si elle partait sans le voir, il poursuivrait ses propres projets et épouserait sa fiancée du Nord.

Elle avait cru, quelques instants, pouvoir passer inaperçue dans la grande salle mais de toute évidence, elle s'était trompée. Dès qu'elle entra dans la pièce, tous ceux qui s'y trouvaient la dévisagèrent, abandonnant ce qu'ils étaient en train de faire. Les conversations s'interrompirent et la salle entière plongea dans le silence. Etait-ce parce qu'elle était saxonne ? Ou bien parce qu'elle avait passé la nuit dans la chambre de leur maître ? Sans doute un peu des deux.

En un éclair, ses joues s'enflammèrent. Quoi que ces gens pensent, ils ne parviendraient pas à lui faire regretter le temps qu'elle avait passé avec Magnus.

Heureusement, ni lui, ni les hommes qui partageaient sa table lorsqu'elle était arrivée la veille n'étaient présents. Ignorant de son mieux les regards insistants qui pesaient sur elle, Aisly s'approcha de l'une des rares femmes qui ne la dévisageait pas. Elle était agenouillée près du foyer, occupée à préparer un ragoût pour le prochain repas. Des miches de pain chauffaient doucement sur l'une des pierres basses placées dans l'âtre gigantesque. Aisly lui en demanda une, mais la femme se contenta de la regarder sans répondre. Bien sûr, elle ne devait pas comprendre sa langue... Aisly lui montra donc le pain du doigt et la femme acquiesça, la laissant se saisir d'une miche et la glisser dans sa besace.

Sans un mot, Aisly quitta alors la grande salle et la demeure de Magnus.

Elle n'était pas sa prisonnière, bien sûr, mais après la réception que les gardes lui avaient réservée la veille, elle ne savait pas vraiment à quoi s'attendre, une fois qu'elle se retrouverait dans la rue. Comme dans le manoir, tout le monde la dévisageait d'un air indéchiffrable mais on la laissa passer, sans chercher à l'arrêter.

Elle atteignit rapidement la grande porte, surprise de voir que le campement ressemblait tant à son village. Il y avait beaucoup de monde dans les rues ; des guerriers surtout — à voir leurs armes — mais aussi des femmes, et tous s'attelaient à la tâche, comme les habitants d'Heiraford.

Le marteau d'un forgeron résonnait au loin. Une femme plongeait ses bras dans l'eau mousseuse du bac dans lequel elle lavait ses vêtements. De jeunes enfants se couraient après en criant, jouant entre les maisons.

Aisly ne comprenait pas le langage de tous ces gens mais, en traversant Thornby, elle songea que leurs ragots devaient beaucoup ressembler à ceux qui circulaient chez elle.

Peut-être parviendrait-elle à convaincre Alstan que les Danois n'étaient pas très différents des Saxons. Une bonne chose finirait peut-être par émerger de toute cette histoire… Cuthbert était un homme raisonnable. Alstan pourrait lui parler et lui faire comprendre que vivre en paix avec les habitants de Thornby était la meilleure option. Après tout, les villageois savaient tous que Magnus était étranger avant même de savoir qu'il était Danois, et ils l'avaient néanmoins apprécié. Pourquoi les choses devaient-elles changer, à présent ?

En approchant de la porte, elle chercha Magnus des yeux mais ne le vit nulle part. C'était mieux ainsi, bien entendu, mais elle ne put réprimer une certaine déception à l'idée de ne pas le revoir une dernière fois. Si seulement elle avait pu demander à quelqu'un où il était… Mais comment le faire sans éveiller les soupçons ? Elle garda donc la tête basse et passa la porte discrètement, au milieu de tous ceux qui entraient et sortaient du campement.

Un groupe de guerriers paraissait rentrer d'un entraînement : ils tiraient leurs armes derrière eux et essuyaient leurs fronts, humides de sueur. Un autre groupe passa, composé de femmes qui portaient des seaux — sûrement pour les remplir à la rivière. Aisly n'eut aucun mal à se mêler à elles, après avoir dissimulé ses cheveux sous le capuchon de sa cape.

La neige avait cessé de tomber et formait encore quelques monticules, à l'ombre des arbres. C'était une bonne nouvelle :

Aisly n'aurait pas à s'inquiéter des traces qu'elle laisserait derrière elle.

Dès qu'elle fut assez loin des remparts pour ne pas être vue, elle pénétra dans la forêt et suivit la route à l'ombre des arbres, pour éviter qu'on ne la remarque. Elle ne savait pas où était parti Magnus et n'avait donc aucune idée de l'avance qu'elle aurait sur lui s'il décidait de la suivre. Dans le doute, elle décida d'avancer aussi vite que possible.

Magnus examina la lame de son épée et l'homme agenouillé devant lui, l'homme qui avait osé le défier. Entouré des corps de ses hommes, cet idiot refusait encore de se rendre. Un mélange de sang et de salive coulait le long de sa barbe, coiffée en deux tresses.

— Tuez-moi maintenant, païen, car je ne connaîtrai pas le repos tant que vous et les vôtres serez sur cette terre, lança Wulfric de sa voix chargée de venin.

Une menace bien vide, étant donné qu'il avait les mains liées dans le dos. Que comptait-il faire ?

Les sentinelles étaient venues trouver Magnus à la première lueur du jour. Apparemment, Aisly avait dû être suivie. Non par des hommes du village, comme il l'avait craint, mais par les rebelles danois qui étaient de retour et l'avaient pistée jusqu'à Thornby. Heureusement, quelques guerriers avaient aperçu les rebelles, de loin, et avaient réussi à les encercler à bonne distance, en attendant que le jarl Eirik et Magnus arrivent avec des renforts. Là, le combat avait fait rage et, une fois le petit camp vidé de ses guerriers, on avait découvert Wulfric, caché dans une tente.

— Si vous comptiez me tuer, il faut reconnaître que c'est un échec, répliqua Magnus, son épée toujours pointée sur Wulfric, tandis que son cheval piaffait derrière lui.

Ses hommes avaient déjà mis pied à terre pour rassembler les corps de quinze rebelles, morts ou gravement blessés. Si

Wulfric était encore en vie, c'était surtout dû à la surprise éprouvée par Magnus quand il l'avait reconnu. Il avait ordonné qu'on l'épargne.

— Pourquoi avez-vous abandonné votre village et tous les vôtres ?

L'homme sourit d'un air satisfait. Etait-il fou ?

— Je ne les ai pas abandonnés, répondit-il. Cuthbert est faible, un chef qui s'accroche encore à de grands principes désuets comme la diplomatie dont on doit faire preuve envers vous, Danois. La diplomatie ne sert à rien face à des envahisseurs bien décidés à diriger notre pays. Vous ne connaissez rien d'autre que la guerre, la violence et le pouvoir. Aimez-vous toujours autant cela, maintenant que votre guerre et votre violence se retournent contre vous ? C'est *moi* qui ai eu l'idée de me servir de ces rebelles pour vous affronter, mais Cuthbert n'a rien voulu entendre. J'ai seulement fait ce que j'avais à faire.

— Et qu'aviez-vous à faire ? demanda Magnus, soudain soupçonneux.

— Nous avions besoin de faire la paix avec les rebelles avant de sceller notre alliance. Ils voulaient des femmes, alors je leur ai donné des femmes…

— C'est donc vous, le responsable des enlèvements ?

La simple pensée de ces deux pauvres jeunes filles aux mains de ces barbares rendit Magnus malade.

Mais, en face de lui, loin de s'émouvoir, Wulfric se contenta de hausser les épaules.

— Le prix à payer était bien faible pour garantir la sauvegarde de mon peuple.

— Je comprends mieux ce qui s'est passé avec Godric. Vous ne l'avez envoyé que pour attiser les braises de la guerre…

— Non, Danois, il est venu parler avec vous et vous l'avez tué de sang-froid. Vous seul êtes coupable de sa mort !

Magnus le reconnaissait bien là : son fils avait parlé avec la même haine irréfléchie que cet homme, agenouillé devant lui. Les illusions de Godric l'avaient conduit à penser que sa poignée de guerriers saxons mal entraînés serait de taille face à son armée danoise. A présent, Magnus comprenait pourquoi. Le père lui-même se nourrissait de ces illusions, qu'il avait transmises à son héritier.

Préférant ne pas répondre à l'allégation absurde de son prisonnier — à quoi bon ? —, il répliqua :

— Vous rentrerez à Thornby sous ma garde. J'arrangerai une rencontre avec Cuthbert et vous pourrez ensuite répondre devant lui de vos décisions.

A ces mots, Wulfric éclata de rire.

— Ne vous méprenez pas : quoi qu'il m'arrive, je finirai par triompher. Les rebelles me vengeront. Ils vous tueront, vos hommes et vous, et purgeront cette terre de votre semence !

Cette menace brisa le cœur de Magnus.

— Je n'ai pas d'enfant.

Pas encore, en tout cas, mais Aisly pouvait déjà attendre son bébé, sans le savoir encore.

— J'ai donné aux rebelles l'ordre d'abattre votre catin ; cela devrait résoudre le problème une bonne fois pour toutes, répliqua Wulfric, sans se départir de son sourire.

— Qu'on le bâillonne ! ordonna immédiatement Magnus en rengainant son épée.

Remontant en selle, il rejoignit Vidar qui interrogeait un rebelle blessé.

— Qu'as-tu appris ?

Vidar faisait face au prisonnier prostré.

— La plupart de leurs hommes étaient ici lors de notre attaque, mais une poignée d'entre eux a réussi à s'échapper. Ils ont reçu l'ordre de s'emparer d'Aisly et d'attendre les instructions de Wulfric.

Magnus acquiesça. Il avait peur pour elle mais la savait en sécurité, à Thornby.

Tout de même, il avait hâte de la rejoindre…

— Ils ne l'atteindront pas, lâcha-t-il, les dents serrées.

— Magnus, dis-moi, qui est cette femme à tes yeux ? Je sais que c'est elle qui a soigné tes blessures, mais…

Vidar s'interrompit et se frotta la tempe. Les sourcils froncés, il finit par secouer la tête et reprit :

— Nous avons de plus gros problèmes à régler. Ces villageois ne sont pas une menace pour nous et les guerriers rebelles ont été vaincus. Ceux qui ont réussi à s'échapper ne passeront pas l'hiver et…

— Aisly représente tout pour moi, finit par avouer Magnus.

Jamais encore il n'avait ouvert son cœur à qui que ce soit de cette manière.

— Tout, sauf ta promise, lui rappela fermement Vidar, comme s'il craignait que ce détail lui ait échappé.

Que croyait-il donc ? Comme si Magnus pouvait se permettre d'ignorer une telle chose… Il savait très bien qu'il était fiancé mais n'avait aucune envie d'y penser pour le moment.

Il ordonna à Vidar de s'occuper des rebelles, morts et blessés, puis il fit demi-tour. Flanqué de Leikr et d'Arn, il repartit en direction du campement au grand galop.

— Halte !

Immobilisant brusquement son cheval, Magnus tendit l'oreille : il avait entendu quelque chose, mais quoi ?

Son cœur tambourinait dans sa poitrine et son sang battait bruyamment à ses oreilles.

— Magnus ? chuchota Leikr.

Mais Magnus garda le silence, levant son bras pour faire taire ses hommes.

Le soleil de l'après-midi projetait quelques rayons à travers les arbres. Magnus ne voyait rien d'anormal. Au bout de quelques instants, il commença à penser qu'il avait imaginé le cri d'un oiseau alors que ce n'était plus la saison, mais le chant d'un faucon résonna de nouveau à ses oreilles. Le cri du rapace venait de loin, son imitation était si réussie qu'il aurait pu aisément tromper des oreilles peu averties. Il retentit deux fois, rapidement. C'était un avertissement : un problème était arrivé et son instinct souffla à Magnus qu'il s'agissait d'Aisly. Il lança sa monture en direction de l'appel, l'estomac noué.

Aisly pria avec ferveur pour que l'épée de Godric apparaisse dans sa main mais bien sûr, sa demande ne fut pas entendue. Jamais elle n'aurait pu quitter le campement sans éveiller les soupçons, si elle avait eu son arme à la main. On ne la lui avait pas rendue spontanément et elle n'avait donc pas cherché à la récupérer. Elle ignorait si son épée lui aurait été d'une aide quelconque dans le cas présent ; c'eût sans doute été mieux que rien.

Elle avait l'impression d'avoir à peine quitté Thornby quand elle avait senti le poids d'un regard sur elle. Elle pensa d'abord qu'il s'agissait d'un guerrier danois en patrouille — les hommes de Magnus semblaient être partout à la fois ! L'un d'entre eux avait dû la voir partir et, poussé par la curiosité, décider de la suivre.

Mais au fil de l'après-midi, elle avait commencé à sentir la peur s'insinuer en elle. La présence qu'elle ressentait avait quelque chose de menaçant : on la traquait.

De plus en plus angoissée, elle avait accéléré le pas, et le bruit des feuilles mortes écrasées par de lourdes bottes l'avait suivie comme un écho. Son cœur s'était mis à battre plus fort et elle avait commencé à se mettre en quête d'une cachette au creux des arbres. Malheureusement, elle ne trouva aucun abri digne de ce nom — et si on l'observait, on la verrait s'y réfugier. Elle pensa grimper à un arbre mais se dit que si elle parvenait à s'y hisser en jupe, un homme entraîné pourrait la suivre sans peine.

Elle comprit alors son erreur. Elle aurait dû rester au campement et attendre le retour de Magnus. Il lui aurait sans doute assigné une escorte pour lui permettre de rejoindre la maison d'Alstan. Malheureusement, elle avait choisi de partir en cachette, effrayée à l'idée de ne plus être capable de partir après l'avoir revu.

Soudain, une brindille se brisa quelque part, vers la droite, et elle sursauta, cherchant désespérément des yeux la source du bruit. Toujours rien. Un nouveau bruit, sur sa gauche cette fois. Ses poursuivants l'encerclaient, jouaient avec elle...

Elle chercha une solution mais n'en trouva aucune. Finalement, une silhouette émergea de l'ombre des branchages, juste devant elle.

C'était un homme. Il se tenait devant elle, tout sourire, dévoilant des lignes noires gravées sur ses dents. Elle fit demi-tour et quatre autres hommes apparurent, à quelques pas les uns des autres. Jamais elle ne pourrait s'enfuir mais elle refusait de rester là, docile, à attendre qu'ils la capturent. Cédant à son instinct, elle hurla et s'enfuit en courant dans l'espoir de se faufiler entre deux d'entre eux avant qu'ils ne l'attrapent.

L'un des hommes éclata d'un rire moqueur qui résonna dans le silence de la forêt. Deux rebelles se précipitèrent sur elle, la prenant de vitesse. A l'instant où le premier arrivait à sa hauteur, elle l'entendit hurler — c'était un cri de douleur déchirant, qui sonna d'une façon étrange entre les arbres muets. Aisly ne prit pas le temps de regarder en arrière. Peu importait ce qui l'avait fait s'écrouler : l'autre la rattraperait rapidement et elle ne pouvait se permettre de ralentir le pas. Avec l'énergie du désespoir, elle accéléra encore au risque de glisser sur les feuilles mouillées. Mais cela ne fut pas suffisant. Au bout de quelques secondes, elle sentit des doigts effleurer son épaule. Il était sur le point de la plaquer au sol mais il cria à son tour. Par-dessus son épaule, elle vit la grande masse s'effondrer dans la boue.

Des bruits de pas s'approchaient toujours, la poussant à courir plus vite, puis un autre cri de douleur la fit sursauter.

Au même instant, un corps la plaqua au sol, roulant avec elle dans les feuilles mortes. Elle vit rapidement le rebelle qui lui avait souri. En un éclair, il bondit sur ses pieds, la redressant avec lui. Elle tenta de se débattre mais il la tenait par les cheveux d'une main, et avait passé son autre bras autour de sa taille, la plaquant contre lui dans une étreinte de fer. Brutal et implacable, il lui cria quelque chose — sans doute l'ordre de ne pas lutter.

Elle s'immobilisa donc, mais uniquement parce qu'elle comprit soudain comment les autres rebelles étaient tombés. Une armée de Danois sortait des arbres ! Comment tant d'hommes avaient-ils pu rester cachés derrière ces troncs nus ? Cela n'avait aucune importance... Ils étaient là, et nombreux. Un coup sourd retentit et le rebelle l'attira violemment sur le côté. Il tombait en l'entraînant avec lui. Dans sa panique, Aisly vit briller l'éclat d'une lame dans le soleil couchant. Certainement l'épée qui avait frappé son ravisseur.

Deux mains fortes la saisirent, la libérant de l'étreinte du rebelle qui s'écroulait, inconscient. Déjà prête à se battre contre ce nouvel adversaire, elle tenta de mettre l'homme à distance, mais entendit soudain le son le plus doux qu'elle puisse imaginer : la voix de Magnus.

— C'est moi, ma belle. Tu es sauvée.

Il lui fallut quelques instants pour comprendre ce qui se passait. Il était vraiment là ! Cela paraissait tellement incroyable qu'elle pensa rêver. Pourtant, il se tenait devant elle. Ses yeux pailletés d'or scintillaient dans le soleil. Et il souriait.

— Nous les avons tous capturés ou tués. Tu es sauvée, Aisly.

Sans se soucier de la présence des autres Danois, elle se jeta dans ses bras, plus heureuse que jamais et tellement soulagée que de grosses larmes se mirent à couler sur ses joues. Si Magnus ne l'avait pas serrée si fort contre lui, elle se serait certainement écroulée, trop faible pour tenir debout.

Mais il la tenait et lui caressait les cheveux, en lui murmurant des paroles tendres à l'oreille pour la rassurer.

— Pourquoi es-tu partie ? finit-il par demander, quand elle cessa de trembler.

— Parce que je n'aurais pas supporté de te dire adieu… Magnus, je sais ce que ce mariage représente pour toi, répondit-elle en s'écartant suffisamment pour voir son visage. Je ne veux pas t'obliger à renoncer à tout ce pour quoi tu as travaillé, ta vie durant ; mais je ne peux pas non plus te voir épouser une autre femme. Je pensais qu'il valait mieux que je parte, tout simplement…

Ses paroles semblèrent le blesser, à tel point qu'elle voulut les retirer, mais elle se contenta de le caresser — ses épaules, son torse, tout ce qu'elle pouvait atteindre pour essayer de lui rendre le sourire.

— Me voir épouser une *autre* femme ? demanda-t-il. Est-ce que je dois comprendre que tu envisagerais d'épouser un Danois ? L'homme responsable de la mort de ton mari ?

— Je pourrais t'épouser, toi, Magnus. Pas un Danois. Pas un guerrier. Toi. Tu es tellement plus que cela, tu sais…

Il sourit enfin et l'attira de nouveau contre lui. Elle le laissa faire : elle ne souhaitait se trouver nulle part ailleurs que dans ses bras. Mais au fond, elle savait bien que cela ne changeait rien. A moins que… ?

— Quoi qu'il arrive, je resterai un guerrier, dit-il au bout d'un moment.

— Je sais.

Elle ferma les yeux et enfouit son visage plus encore au creux du bras de Magnus. Un jour ou l'autre, elle allait devoir accepter cela, accepter le fait qu'elle ne le verrait jamais autant qu'elle l'aurait voulu.

— Jarl Eirik ! s'écria soudain Magnus, la faisant sursauter.

Aisly voulut se dégager brutalement de son étreinte, mais il ne la laissa pas faire. Elle découvrit alors un grand blond qui approchait tranquillement, à cheval, et se souvint de l'avoir vu la veille, dans la grande salle. Il portait une cotte de mailles et un mantelet. Quand il mit pied à terre, elle vit qu'il était aussi grand que Magnus — mais son regard était beaucoup plus dur, plus farouche.

Magnus lui avait parlé de lui, pendant la nuit. C'était l'homme qui avait arrangé son mariage, l'homme à qui Magnus devrait répondre s'il désobéissait… Soudain, une peur violente s'empara d'elle, mais elle fit de son mieux pour l'ignorer et se redressa de toute sa hauteur.

— Je veux épouser Aisly, lança Magnus fermement et sans préambule, en langue saxonne.

— Magnus ! s'écria-t-elle, abasourdie. Ne fais pas cela ! Tu as toujours voulu devenir membre d'une famille puissante !

Lui accordant à peine un regard, il secoua la tête, déterminé.

— Non, j'ai toujours *cru* en avoir envie, mais c'est toi que je désire réellement, Aisly. Je n'ai pas besoin de devenir roi. Je n'ai rien à prouver à personne, sauf à moi-même… Et à toi. Je suis déjà le guerrier que mon père voulait me voir devenir et l'homme que je voulais être. A présent, laisse-moi devenir l'époux que tu veux avoir.

Sans lui laisser le temps de répondre, il se tourna de nouveau vers son jarl.

— Magnus, ce n'est pas une question de volonté, répondit celui-ci avec une maîtrise parfaite de la langue, en dépit de son fort accent. C'est une question de devoir : les Alvey veulent nouer une alliance.

— Je le sais bien, et je suis certain que nous pourrons trouver un époux convenable pour leur fille. Nomme un autre dirigeant pour le campement si tu le dois, je ne m'y opposerai pas. Tout ce que je te demande, c'est de me laisser épouser cette femme.

— Tu es le seul qui puisse sceller notre alliance avec le Nord, répliqua Eirik, les bras croisés et l'air plus autoritaire que jamais.

Sans se laisser impressionner, Magnus fit une nouvelle fois non de la tête.

— Je l'étais… autrefois. Mais je ne veux plus de cette vie-là.

Aisly s'agrippa à lui de plus belle, terrifiée.

— Magnus, je t'en prie, n'abandonne pas ton destin pour moi. Tu as trop travaillé pour cela. C'est ce que tu désires, je le sais…

— Ecoute-la, mon frère. Tu as bien mérité ce destin.

Magnus se contenta de sourire, le regard étonnamment serein.

— Oui, je l'ai mérité et je veux diriger mes propres hommes, mais pas si le prix à payer est de perdre Aisly. Passer ma vie avec elle, voilà mon vrai destin.

Le jarl Eirik parut surpris et regarda Aisly, la regarda *vraiment* pour la première fois. Elle ne put s'empêcher de penser qu'il ne la trouvait pas à la hauteur d'un tel sacrifice.

Qu'avait-elle de spécial pour rivaliser avec l'épouse à laquelle Magnus était destiné ? Rien. Elle n'avait absolument rien à lui offrir.

Levant les yeux vers lui, elle s'arracha à son étreinte. Ils avaient besoin de distance… S'il ne la serrait plus contre lui, il finirait peut-être par retrouver un peu de bon sens.

— Je te le demande, Magnus, ne fais pas cela. Je ne peux pas t'offrir ce qu'elle peut te donner.

Au lieu de le faire réfléchir, son insistance ne fit qu'élargir encore son sourire.

— Tu as raison, Aisly, dit-il posément. Tu ne peux pas m'offrir un royaume, mais tu peux me donner le plus important : toutes ces choses dont j'ai besoin et que j'avais négligées. C'est toi que je veux, Aisly. C'est toi que je choisis.

De peur de fondre en larmes, elle croisa les bras et tenta d'ignorer la vague d'amour qui la submergeait.

— Mais… et ton devoir, Magnus ?

— Je continuerai à m'en acquitter. La seule chose que

je ne ferai pas, c'est d'épouser cette femme et de nouer une alliance avec sa famille.

Se tournant à nouveau vers son jarl, il ajouta :

— Quelqu'un devra prendre ma place pour cela. De mon côté, je maintiendrai la paix dans cette région.

Le jarl était tellement silencieux qu'elle eut peur de le voir éteindre brutalement la lueur d'espoir qui naissait en elle. Mais au bout de quelques instants, il lui sourit. D'ailleurs, il était plutôt beau quand il souriait, et Aisly eut l'impression qu'à son tour, il perdait la raison.

— Merewyn sera ravie d'accueillir une autre femme saxonne à sa table…, finit-il par dire, avant de se tourner vers Magnus. Tu as raison : tu peux maintenir la paix dans la région, et c'est pour cela que je t'ai nommé chef de Thornby au départ. Ton mariage avec cette jeune femme ne t'empêchera pas de remplir tes obligations. Tu resteras chef.

— Et le mariage Alvey ?

— Vidar était mon premier choix. Il est mon frère et saura former une alliance plus forte, répondit-il avant d'éclater de rire. Il a refusé quand je le lui ai proposé, mais il ne désobéira pas à un ordre direct.

Sur ces mots, il remonta en selle et ajouta :

— Nous lui annoncerons la nouvelle ce soir !

Sur un petit signe de tête, il repartit en direction de Thornby.

Quand Aisly finit par remarquer que ses mains tremblaient, elle serra les poings, mais cela n'arrangea rien, bien au contraire. Magnus s'approcha avec douceur et chassa une mèche de cheveux de son visage avant de lui caresser la joue.

— Tu m'épouseras, n'est-ce pas ? Avec moi, tu auras un endroit où travailler à tes tapisseries, si tu le souhaites.

Il ne paraissait pas vraiment douter de sa réponse et parlait avec une tendresse qui la fit fondre.

— Tu viens de tout abandonner pour moi…

— Non, pas du tout : je reste chef du campement.

— Mais, ton avenir…

— Mon avenir est là, avec toi, si tu veux bien de moi. Si j'ai assez de chance pour vivre toute ma vie ici, comme chef de Thornby, avec toi à mes côtés, je mourrai heureux.

L'espoir qui avait commencé à naître en Aisly redoubla, décupla. Comment croire qu'un homme aussi extraordinaire pouvait vouloir l'épouser, elle ?

— Tu es vraiment sûr de toi, Magnus ?

Il éclata de rire et sa voix claire résonna dans la forêt. La prenant par la taille, il la souleva de terre pour mieux la regarder.

— Oui, je suis sûr de moi. Je ne pourrai jamais oublier que je suis un guerrier mais en tant que chef, certains de mes devoirs m'obligeront à rester au campement. Je pourrai même sans doute m'arranger pour ne jamais partir plus de deux semaines d'affilée.

Son regard s'adoucit alors et il la serra contre lui, un peu plus encore.

— Epouse-moi, Aisly.

Elle acquiesça et libéra enfin sa joie, joignant son rire à celui de Magnus.

— Je t'aime… Oui, je veux bien t'épouser.

Il l'embrassa alors, scellant leur promesse de ses lèvres chaudes. Autour d'eux, tous les Danois les acclamèrent, mais elle n'en avait que faire.

Magnus était sien. Il était tout pour elle. Rien d'autre n'avait d'importance.

# Épilogue

Aisly laissa ses doigts glisser dans l'épaisse chevelure blonde de Magnus, qui n'avait cessé de pousser depuis l'hiver. D'ailleurs, elle aimait bien que ses cheveux aient cette longueur ; elle pouvait s'y accrocher. Ses doigts disparurent entièrement sous les mèches dorées et réapparurent quand sa main eut atteint les épaules de son guerrier.

— Explique-moi au moins ce que cela veut dire…

Il continua à parler dans sa propre langue, avec un simple sourire. Tant de personnes, à Thornby, connaissaient la langue saxonne et avaient la délicatesse de l'employer quand elle était présente, qu'elle ne maîtrisait pas encore le danois. Elle comprenait une bonne partie des mots, bien sûr, mais Magnus parlait à présent si bas et si vite qu'elle ne parvenait pas à le suivre.

Il finit par se taire et déposa un petit baiser sur son ventre qui s'arrondissait, avant de s'allonger sur le lit, à côté d'elle.

— Je lui disais simplement à quel point j'avais eu de la chance de rencontrer sa mère ce jour-là, près de la rivière…

Elle lui prit la main et le guida sur sa peau pour qu'il sente le bébé bouger.

— Tu vois, notre enfant t'entend, j'en suis sûre. Il donne des coups à chaque fois que tu lui parles.

Magnus sourit de plus belle et ses yeux scintillèrent de joie, tandis qu'il étendait ses doigts pour mieux sentir les mouvements du bébé.

C'était encore le début de l'été et Aisly ne devait accoucher que deux mois plus tard, mais Magnus et elle étaient déjà très impatients.

Durant quelque temps, elle avait craint que son époux n'ait des remords, mais cela n'était pas arrivé. Il s'occupait du campement et partait de temps à autre pour rendre visite à d'autres Danois ou pour régler des conflits, mais il parvenait à passer plus de temps chez lui qu'ailleurs. Leur vie ressemblait à un rêve, trop belle pour être vraie… Et pourtant, cela fonctionnait.

Evidemment, Alstan n'avait pas été enchanté d'apprendre qu'elle épousait un Danois, mais il ne l'avait pas reniée. Elle lui avait rendu visite, une fois, quand Magnus était parti s'entretenir avec lord Oswine pour discuter de l'implication de Wulfric dans la rébellion. lord Oswine avait assuré ne pas être courant de sa trahison — il niait aussi avoir fait disparaître le contrat de mariage. Ses déclarations n'avaient pas suffi à lever les soupçons de Magnus mais il n'avait pas assez de preuves pour agir.

Pour sa part, Alstan avait promis de garder un œil sur son maître et il avait serré Aisly dans ses bras, tout en jurant à Magnus qu'il le tuerait s'il faisait du mal à sa petite sœur.

Il ne viendrait probablement pas leur rendre visite avant un long moment mais elle était certaine qu'un jour ou l'autre, il finirait par se rendre compte de la bonté de Magnus. Elle était aussi certaine que Cuthbert convaincrait les villageois que les Danois n'étaient pas forcément des ennemis — il avait déjà gracieusement accepté le paiement de Magnus en remerciement pour l'hospitalité qu'il lui avait offerte, pendant sa convalescence.

Le seul à connaître une fin malheureuse, dans toute cette histoire, fut Vidar. Il avait passé l'hiver à Thornby et Aisly avait appris à mieux le connaître. C'était un homme agréable, aimable, qui lui avait même offert une longueur de soie bleu foncé — sans doute un moyen de se faire pardonner de lui avoir volé les tapisseries de sa mère. Mais il avait été très contrarié d'apprendre qu'on le mariait.

A chaque fois qu'elle pensait à lui, elle se sentait coupable : c'était elle qui l'avait entraîné dans cette mésaventure.

— Crois-tu que Vidar a atteint le Nord ?

Magnus haussa les épaules et lui caressa la tempe, avant de déposer un petit baiser sur son sourcil.

— Probablement, oui. Mais ne t'en fais pas, Vidar se portera bien : il a survécu à un père qui aurait fait frémir le plus endurci des guerriers, et à deux grands frères qui ont appris à être tout aussi terribles que leur paternel... Je suis sûr qu'il survivra à son mariage.

— Ce n'est pas cela. Je m'inquiète pour lui, répondit-elle, la gorge nouée. Est-ce qu'il ne mérite pas une chance de trouver ce que nous avons trouvé, tous les deux ? Ce que le jarl Eirik et Merewyn ont trouvé ?

Elle les avait rencontrés quand elle et Magnus leur avaient rendu visite, au début du printemps, et avait vite compris qu'eux aussi étaient amoureux.

— Comment pourrait-il connaître un tel sentiment, piégé dans un mariage arrangé ?

— Tout le monde ne vit pas son destin amoureux de la même manière, ma belle. Bien sûr qu'il mérite une chance ! Mais si son mariage ne lui apporte pas ce qu'il désire, il partira. Peut-être sera-t-il plus heureux ainsi...

Aisly ne put réprimer un nouveau regret ; tout cela semblait injuste.

— Et sa promise, elle, sera-t-elle heureuse ?

Magnus resta silencieux quelques instants, jouant innocemment avec une mèche de cheveux d'Aisly.

— S'ils ont de la chance, leur bonheur dépassera peut-être toutes leurs espérances...

Vous avez aimé ? Découvrez prochainement la suite de votre série « Les guerriers du Nord », dans votre collection Les Historiques.

## Retrouvez prochainement, dans votre collection

# Les Historiques

### La promise du Viking, de Michelle Styles - N°930

**SÉRIE : SERMENTS ET GUERRIERS - TOME 2**

*Royaume de Mercie, Angleterre, an de grâce 875*

De retour sur les terres que sa famille a fuies pour échapper à une horde de barbares vikings, Cynehild recherche le mystérieux jarl qui règne désormais sur son domaine afin de l'affronter. Mais ; alors qu'elle touche au but, elle découvre un homme grièvement blessé et à la mémoire vacillante. Incapable d'abandonner à son sort le dénommé Kal Randrson, Cynehild décide de veiller sur lui, le temps qu'il recouvre ses forces. Hélas, l'audacieuse Saxonne comprend vite que Kal n'est autre que le seigneur qui contrôle son domaine depuis trois ans ! Son pire ennemi…

### L'enfant secret du Highlander, de Jeanine Englert - N°931

*Écosse, 1743*

Brandon n'en revient pas. Que fait donc Fiona MacDonald sur ses terres, un nourrisson dans les bras ? Amis d'enfance, ils ont tout partagé autrefois, leurs joies, leurs peines… jusqu'à tomber amoureux. Rien ne semblait pouvoir les séparer, pas même leurs familles respectives qui leur interdisaient de se fréquenter. Comment auraient-ils pu renoncer au lien exceptionnel qui les unissait ? Chaque nuit, Fiona le rejoignait au château d'Argyll, en passant par un tunnel secret ! Et Brandon succombait aux charmes de sa belle aux cheveux de feu… Aujourd'hui hélas, tout a changé. Devenu laird du clan Campbell, il doit venger les siens, décimés par la famille de Fiona. Mais, alors qu'il s'apprête à lui faire payer le prix de cette infâme trahison, Brandon découvre que l'enfant qu'elle protège est le sien – son fils et son héritier…

### La rédemption d'un chevalier, de Melissa Olivier - N°932

**SÉRIE : ILLUSTRES CHEVALIERS - TOME 2**

*Royaume de France, printemps 1218*

Exilé en France depuis des années, le puissant chevalier William Geraint vit à l'écart du monde une existence marquée par l'amertume et la violence. Pourtant, lorsqu'on lui demande d'escorter Lady Isabel de Clancey jusqu'à sa famille dont elle a été séparée, William accepte sans hésitation. Ce voyage est la chance qu'il attendait. Une chance d'expier ses erreurs passées et d'enfin recouvrer la paix. Mais rien ne se passe comme prévu… William a juré de défendre la belle héritière, pas de la séduire. Or, le désir qu'il éprouve pour Isabel le dévore, mettant en péril sa mission…

Les Historiques

## La proposition du comte de Kendall, de Louise Allen - N°933

Lady Jane Newman a un rêve : s'établir comme artiste peintre. Celui de ses parents est tout autre : ils veulent la voir fiancée à un duc ! Punie pour sa désobéissance, elle est envoyée chez sa cousine dans les environs de Bath. Durant son voyage, Jane rencontre un homme à bout de forces, repoussant courageusement un groupe de bandits. N'écoutant que son bon cœur, et faisant fi des convenances, elle vole à son secours et l'accueille dans sa calèche. Ce qu'elle ignore, c'est que l'irruption de cet inconnu va bouleverser sa vie. Dès leur arrivée à Bath, les rumeurs sur la vertu entachée de Jane enflent de manière incontrôlable. D'autant plus que l'homme qu'elle a secouru est Ivo Merton, militaire de son état et comte de Kendall en personne !

## Captive d'un Viking, d'Harper St. George - N°934

**SÉRIE : LES GUERRIERS DU NORD - TOME 4**

*Angleterre, an 871*

Gwendolyn enrage à l'idée de suivre Vidar, le chef du clan ennemi à qui son père l'a promise pour assurer la paix. Non seulement cet odieux Viking la traite sans aucun égard, mais il entend qu'elle lui obéisse en toute chose. Comment se satisfaire d'un rôle d'épouse passive, elle qui est une archère hors pair et une guerrière respectée de tous ? Si Vidar persiste à vouloir faire d'elle une femme docile, Gwendolyn compte bien lui prouver qu'elle ne cède jamais… et encore moins face à un rival.

## L'héritière des Mac Dougall, de Terri Brisbin - N°935

*Écosse, XIVe siècle*

Héritière du clan Mac Dougall, Nuala savait que son rang lui imposait de convoler par raison plutôt que par amour. Mais jamais elle ne se serait attendue à être mariée sous la contrainte ! C'est pourtant ce qui lui arrive quand son château de Lorme est assiégé par les troupes de Sebastian de Cleish. Le farouche guerrier s'est vu imposer un ultimatum par le roi lui-même : s'il n'épouse pas la maîtresse du donjon, Sebastian mourra avant la nuit tombée. Nuala deviendra donc sa femme, et ce dès aujourd'hui…

HARLEQUIN

*Réveillez la lady*
*qui est en vous !*

HARLEQUIN
www.harlequin.fr